JN244002

アカデミアの内と外

英文学史、出版文化、セルフヘルプ

井川ちとせ 著
Ikawa Chitose

小鳥遊書房

Within and without Academia

English Literary History, Print Culture, and / Self-Help

目次

凡例

一．引用頁数は、（　）に引用元の著者等とローマ数字またはアラビア数字を、前後の文脈で引用元が明確なものは数字のみを示す。

一．英語文献の翻訳は、断りがない限り筆者による。

一．引用文中の傍点による強調は、断りがない限り原文のまま。

一．註は章ごとに通し番号を振り、巻末にまとめてある。

はじめに「ロマンスはここにもある」

「前世紀初頭に英語で執筆した小説家のうち、真剣な研究に足るとみなされていたのはわずか三人——D・H・ロレンス、ジェイムズ・ジョイス、ヴァージニア・ウルフだけだった」（Heffer）。ジャーナリストのサイモン・ヘファーは、ケンブリッジ大学で英文学を専攻した一九七〇年代末から八〇年代初頭を、こう述懐している。筆者が日本の大学に通っていたのは、その一〇年後、一九八九年からの四年間である。いまとは違い日本各地の大学と短期大学に英文／英米文学科が設置されていた時代だが、いずこも、ヘファーを憤慨させたのと似たり寄ったりの状況にあったのではないかと想像する。

一九八八年一月初版の『イギリス文学史』は、簡便を宗とした二百ページ余りの入門書である。筆者の手元にあるのは、九一年一一月の重版。卒論のテーマを絞ろうと大学生協で買い求めたものだが、「はしがき」によれば、英米文学科の必修教科である英文学史の教科書として、通年用にも半年用にも使用できるよう、全一四章に構成したのだという（川崎 i）。この本に「ロレンスにあこがれて、ロレンスになりえなかった」（川崎 148）とあるオルダス・ハクスリーで書くと決めて三年次のゼミナール選考に臨むと、先生は難色を示された。先行研究が少なくて苦労するだろうとの、もっともなご懸念からであったかもしれない。筆者は結局、当初の着想、というか思いつきを押し通し、先生は拙い草稿に、申し訳ないほど根気よくお付き合いくださった。

にもかかわらず筆者は、修士課程への内部進学試験に失敗して（英作文の試験で、「カッコ外」を訳せという指示文を読み違え、カッコ内を訳して零点になったことは、のちに知る）、他大学の院を受験することになる。研究者としてのスタートラインに立つために、門前払いは何としても避けたい。それには正典（キャノン）文学の研究を志すのが安全だろうと、ロレンス（と確か未来派との関係）について執筆計画を書き、結果は合格であった。

ロレンスを選んだのはむろん、もとより関心があったためだし、修士課程の二年間、たくさんの先行研究に加えて旧約聖書を読んだことは大きな糧となったが、ずっと頭から離れないことがあった。『イギリス文学史』の、「エドワード王朝期の3人の作家」の項目である。三人の作家の一人、アーノルド・ベネットには一ページ弱が割かれていて、「代表作『老女物語』（*The Old Wives' Tale*, 1908）」の「背景は（彼の他の作品とおなじく）イギリス中部で「5市（Five Towns）」と呼ばれる陶磁器産業地域。およそこのうえなく散文的な地方だが、その1つに暮らす呉服屋の姉妹のこのうえなく散文的な後半生をしこしこと描いた」、「けっしてエクサイティングとも呼べない文学である」（川崎 140）とされていた。さらに「ベネットがはしなくもヴァージニア・ウルフ（中略）と、芸術創作上の議論に巻きこまれたとき、彼は「性格造形（キャラクタライゼイション）こそ小説のアルファでありオメガである」という古い立場を主張して、一笑に付されてしまった」（川崎 140）という。

ウルフに一笑に付された、エクサイティングでない文学とはいかなるものか。そもそもエクサイティングでない文学が同時代の読者に受け入れられたのはなぜか。かえって興味をそそられ、博士課程に進んですぐ手に取ったのが、『五市のアナ』（*Anna of the Five Towns*, 1902）であった。神保町の北沢書店にあった唯一のベネット作品だったからだ。たちまちベネットの物語世界に引き込まれて、『クレイハンガー』（*Clayhanger*, 1910）と『老女物語』も取り寄せた。そうしておよそ四年半越しに、『イギリス文学史』の誤謬に気づく。「このうえなく散文的な後半生」とはおそらく、当時定着していた『老女物語』という邦題からの連想だろう（以下、古くからの言い伝えを意味する原題のニュアンスは失われるが、本書では『二人の女の物語』の訳を当てる）。実際に描かれているのは、姉妹の一〇代半ばから没するまでであり、生涯「散文的な地方」に暮らすのは姉のコンスタンスのほうだ。妹のソファイアはパリに駆け落ちし、結婚生活が四年で破綻したのちも彼の地に留まり、晩年に帰郷を果たすまで独り下宿屋を営む。少なくともプロイセン軍占領下のパリは、語のごく一般的な意味において間違いなく「エクサイティング」な背景であろう。ベネットは、エクサイティングな歴史的事件の渦中にあって庶民が淡々と日常生活を営むさまを活写したのであった。

　したがってベネット作品がもっぱら「5市」を背景としているわけではない。それどころか一九一七年には、今後「5市」を小説の舞台としないと宣言している（Bennett, *Letters*, vol. 3, 31）。「英国小説における〈自然主義（ナチュラリズム）〉の代表者」（川崎 140）たるベネットはなんと、ウルフらのロンドンの拠点ブルームズベリーと目と鼻の先のクラークンウェルを舞台とする『ライシーマン・ステップス』（*Riceyman Steps*, 1923）で、文壇から（第一章で詳述するとおり、ウルフも無視できないほどの）高い評価を得るいっぽうで、ロンドンや大陸ヨーロッパの高級ホテルや百貨店、劇場やカジノなどの舞台に、リボルバーや宝石、王位継承権や遺産相続をめぐる陰謀などをふんだんに盛り込んだミステリーの（そしてセルフヘルプ・マニュアルの）ベストセラー作家でもあった。

それはともかく、「5市」が舞台の文学を、読みもしないでエクサイティングでないと決めつけるのは、ずいぶん乱暴ではないか。『五市のアナ』の語り手が、高台に登ったアナの視点から五市をはるかに見晴かすくだりを引いてみよう。

> この密集した赤褐色の街並みほど散文的なものはないかもしれない。これほどロマンスとかけ離れたように見えるものはないかもしれない。けれども確かに、ロマンスはここにもある。ロマンスは、見る眼のある者にとっては、工業製品の生産地のただなかにさえ存在し、この強大な錬金術の粗野なところを和らげ、むさ苦しい外観を輝かしい姿に変えるのだ。（*Anna* 14）

視点の移動は、物理的でもあり修辞的でもある。のちに独学者向けの『文学の鑑識眼——その養成術』（*Literary Taste: How to Form It*, 1909）でベネットは、「偉大な文学の創造者とは、最も広い視野と、最も強い感受性の持ち主」であり、その人生は「世界が退屈な場所だという考えを否認する、長いエクスタシー」であると述べている（6）。偉大な文学の創造者は、読者を「トンネルから丘の斜面へと導き出して」、「彼らと対等の立場に置く」（7）。これこそが、ベネット作品を貫く文学観である。

ただ、あまのじゃくの筆者をベネット文学の風景へと導いたのが『イギリス文学史』であったのは事実である。ベネット生誕一五〇年に当たる二〇一七年五月二七日、五市の一つ、ターンヒルことストーク・オン・トレントの市庁舎で、サイモン・ヘファーのスピーチを聴きながら、皮肉な巡り合わせを顧みた。アーノルド・ベネット協会主催の晩餐会の会場となった市庁舎は、協会が生誕百年の記念行事をおこなった場所でもある。一二三名の出席者のほとんどは、ベネットの孫で会長のデニ・エルダンを始めとする協会員であったが、ヘファー夫妻の他、ベネットのブロンズ像を制作したカール・ペインズとマイケル・トールボット、生誕一五〇年を記念して『五市のアナ』を脚色したニュー・ヴィック・シアターのデボラ・マクアンドリューも招かれていた。前夜の『五市のアナ』プレミア上演は満員御礼、この日午後のブロンズ像の除幕式にも約二百名が駆けつけた。これら三つのイベントはいずれも、居合わせた個々の興奮が伝染し合って大きな高揚感に包まれた。

筆者にとって読書は幼い頃から、外部からの刺激を遮断するのに最適の、孤独な営みであったし、いまもいくぶんそうである。研究の道に進んでからは別の意味で、つまりつねに油断なくテクストと距離を取る必要から、孤独である。そもそも学術論文に「たちまち物語世界に引き込まれて」などという感想はそぐわない。物語世界への完全な没入は、狭義の文学テクストを読むより多くの時間を、先行研究の渉猟と批評理論の読解に費やすようになっていっそう、贅沢に感じられる。批評理論は読んでも教えてもエクサイティングだが、もしも文学研究を仕事にしていなかったとしたら、もっと物語に身を委ね、我を忘れて楽しんでいたのではないか。そんなわだかまりを抱えるのが自分独りでないと知るのは今世紀に入ってほどなく、後述の情動論的展開ないしはポストクリティークの言説に触れてのことである。

わだかまりは、二〇一四年八月末から一年間のサバティカルをストーク・オン・トレントで過ごし、地域の読書会に加わり、ベネット協会の評議員として活動するうちに、さらに膨らむ。イギリスの、作家の名を冠した協会の多くは、一般の愛好家に開かれており、ベネット協会の場合は、入会／更新申込書に所属先の記入欄を設けていないため正確な数は把握し難いものの、研究者の割合は多く見積もって三割というところだろう。筆者は二〇〇九年からの会員であるが、一四年に初めて出席した年次総会で、「学者の論文は無味乾燥〔dry〕だ」というフロアからの辛辣な発言に、遅まきながら、文学テクストを読むことの、アカデミア内外の乖離を思い知ることになった。

第一章「リアリズムとモダニズム——英文学の単線的発展史を脱文脈化する」は、サバティカルに入る前にあらかた書き上げてあった論考で、ウルフがベネットを「一笑に付」した一件を「時代の変わり目がはっきりと見える事件であった」（川崎 140-41）と画定するような文脈化の力学を解きほぐし、別様にあり得た英文学史の記述を試みたものである。この論考を筆者は、「脱文脈化の試みがこの〔アカデミア内外の〕乖離を乗り越える一助となることを願」って結んだのであるが、この結びのどこか他人事のような無責任さに、内心忸怩たるものが残った。そこでアカデミアの外のフィールドに飛び込み、というよりむしろ知らぬ間に導き入れられ、一〇年をかけてまとめたのが本書の姉妹編『読書会の効用、あるいは本のいろいろな使いみちについて——イングランド中部Tグループの事例を中心に』である。アカデミアの外にいる読者にも読まれることを期して大半を書き下ろした『読書会の効用』を補完すべく、本書は、過去に発表した学術論考や発表原稿のなかから、出版文化、セルフヘルプ、そしてときにミドルブラウという蔑称でひと絡げにされる独学者や一般読者の営みに関するものを選んで、六つの章に編んだ。第三章および第五章は、それぞれ初出の際に紙幅の都合で割愛した草稿を含む複数の論考を再編したものであるが、残りの章と同様、当該研究領域における新たな知見や扱った対象のその後の展開などを踏まえた改稿は、あえておこなわなかった。発表時点での事象のありようやその捉え方は、それらが批判的に再検討される際に、多少の資料的価値を有するものと期待してのことである。一冊の本のなかで相互参照するために補筆したり削ったりした箇所はあるものの、修正は最低限に留めた（前掲の忸怩たる結びもそのまま残している）。

第二章と第三章は、ベネットという周縁に対する中心として、あるいはリアリズムを「古い立場」として葬り去ったモダニズムの作家として、盛んに研究がおこなわれてきたロレンスとジョイスをそれぞれ扱う。元となった拙稿は、日本ロレンス協会と日本ジェイムズ・ジョイス協会の大会シンポジウムに、ゲストとしてお招きいただいたご縁あって執筆したものである。第二章「情動と「多元呑気主義（ポリアナリティクス）」――ポストクリティークの時代にD・H・ロレンスを読む」では、ロレンスの「多元呑気主義」が、今世紀転換期の批評理論における情動論的転回ないしはポストクリティークの潮流と響き合うことを指摘し、アカデミア内外を架橋する読みの可能性を提示した。第三章「ガーティのケース――『ユリシーズ』第一三挿話のメランコリックなヒロイン」は、イングランドの出版文化やメディア言説などがいかに植民地アイルランドにおける主体形成に関与したかを明らかにすると同時に、主体による誤読に希望を見出す。

第四章「抑圧と解放？――ヴィクトリア朝小説に見る生命、財産、友情、結婚」は、緻密かつ難解な議論で知られる人類学者マリリン・ストラザーンが一九七三年から翌年にかけて執筆しながら四〇年以上、日の目を見ることのなかった一般読者向けの単著と、二〇〇〇年代後半にシャロン・マーカスらが提唱した「ジャスト・リーディング」あるいは「表層的読み」との親和性に着目した。一九七〇年代以降のアカデミアで主流を成してきた「徴候的読み」は往々にして、抑圧と抵抗という解釈枠組み（ストラザーンのいわゆる「ステレオタイプ」）に従ってテクストの余白や行間や裂け目に目を凝らすあまり、テクスト表層に顕在するもの（ストラザーンのいわゆる「明明白白の事実」）を見過ごしてきたと言える。この章では、ヴィクトリア朝社会における女の抑圧状態ないしは規範的異性愛体制の攪乱の寓話とも読める小説の表層に、歴として描かれた友情と親族関係に光を当てる。取り上げるテクストは、エリザベス・ギャスケルとウィルキー・コリンズという、いずれも学術研究の対象に格上げされるのに時間を要した作家によるものである。なお第三章は、下敷きとしたのが二〇〇八年の研究発表であるため、マーカスらの二〇〇七年と〇九年の議論に言及してはいないものの、テクスト表層に顕在するものを「ちょうど十分に／ただ／正当に読むこと」を実践している。

第五章「二〇世紀転換期イギリスにおける独身男性事務職員のセルフヘルプ」では、ヴィクトリア朝後期にあたる一八八〇年代からエドワード朝の終わる一九一〇年頃までの労働組合機関誌とセルフヘルプ・マニュアルないしはハウツーものと呼ばれる自助の手引きの分析を通じて、従来、看過されがちであった独身男性事務職員の経験の再構築を目指した。彼ら新しいホワイトカラー労働者は、文学市場を支える読者でもあったから、数々のハウツーものを世に問い、事務職員を主人公とする小説を物したベネットの仕事とその周辺のテクストも手がかりとした。付録では、ベネットの仕事におけるノンフィクションの位置づけを示すとともに、ベネットによる事務職員小説五作を概観した。

とくに後者に関しては、先行研究の乏しい女性事務職員を主人公とする二作に紙幅を割いた。

第一章の考察対象が、おもに一八八〇年代から一九三〇年代までの文学テクスト生産の物質的文脈であり、ジャーナリズムと学術研究という二つの領域間の交渉の力学であるのに対し、最後の第六章「「ミドルブラウ」ではなく「リアル」——現代イギリスにおける文学生産と受容に関する一考察」では、一九九〇年代以降のグローバルな出版業界の再編と新興メディアの登場に伴う文学生産と流通の変化、作者と読者との関係の変容について論じた。『読書会の効用』の主人公であるT読書会の、参与観察および聞き取り調査にも触れる。

本書は、読まれることで生命を得る本についての本である。読者にとってまったくの無味乾燥でないことを願ってやまない。

第一章

リアリズムとモダニズム

英文学の単線的発展史を脱文脈化する

はじめに　英文学史の「驚異の年」？

一九二二年は、英文学にとって特別な年である。T・S・エリオット（T. S. Eliot: 1888–1965）の『荒地』（*The Waste Land*）、ヴァージニア・ウルフ（Virginia Woolf: 1882–1941）の『ジェイコブの部屋』（*Jacob's Room*）、ジェイズム・ジョイス（James Joyce: 1882–1941）の『ユリシーズ』（*Ulysses*）が出版されたことで、のちにモダニズムと名指されるようになる思潮の驚異の年（アヌス・ミラビリス）として英文学史に刻まれる。『荒地』は一〇月、エリオットみずからが編集する『クライテリオン』（*The Criterion*）の創刊号を飾ったのち、アメリカで一二月に、イギリスでは翌年九月に書籍化された。イギリス版を、ヴァージニアとレナード・ウルフ（Leonard Woolf: 1880–1969）が運営するホガース・プレスから、夫妻が文字どおり手ずから印刷・製本のうえ刊行したことも、文学史的に意義深い。『ジェイコブの部屋』が、ヴァージニアの長編としては（第三作で）初めてホガースから出版されたことも特筆に値しよう。また、一九一八年から二〇年にかけてアメリカの『リトル・レビュー』（*Little Review*）誌に一部連載され、ニューヨークの悪徳防止協会に訴えられ焼却処分の憂き目に遭った『ユリシーズ』を、パリのシェイクスピア&カンパニーが予約販売のかたちで世に出したことは、モダニズム文学のコスモポリタンな広がりを象徴する出来事だ。

「モダニズム」という語は、M・H・エイブラムズらの『文学用語辞典 第一一版』によれば、おもに第一次世界大戦後の文学やその他の芸術の主題、様式、概念、スタイルの特徴を指して用いられ、具体的にどのような特徴をモダニズムとみなすかは論者によって異なるものの、西洋文化・芸術の伝統的基盤との意図的かつ完全な断絶を意味するとの見解で、多くの批評家は一致しているという（Abrams & Harpham 226）。文学においてモダニストが断絶を試みた伝統とは、リアリズムという様式である。「はじめに」で見た日本の学部生向けの入門書は、イギリスのリアリズムを代表する作家アーノルド・ベネット（Arnold Bennett: 1867–1931）の項目をこう締め括っている――「おそらくそのころまでに自然主義はもはや過去のものとなっていたのだろう。いやその根底にある19世紀的写実主義（リアリズム）の、命脈が尽きようとしていたのだといえるかもしれない」（川崎 140）。

ヘイドン・ホワイトもまた、モダニズムが招いた不可逆の転回を強調する。

> モダニズム以降、こと、物語を語る〔storytelling〕という作業に関しては、伝統的な語りの技法は――パロディ以外の目的では――役に立たなくなった。モダニストの文学実践は、かつては物語の主体としての役割を果たしていた、あるいは少なくとも物語内の出来事に対してのあり得る解釈を代表する役割を果たしていた登場人物という概念を、事実上無効にしてしまった。またそれは、出来事や登場人物の行動を筋道立てて組み立て、終わりが始まりのなかにどのように包含されているかを明らかにすることで意味–効果を生むという誘惑に抗う。（White 74）

仮に伝統的な技法がモダニズムによって無効になったのだとしても、その伝統的な技法がモダニズム以前には有効であったという事実に変わりはないはずである。ホワイトらの主張は、ある時代にはその時代に最も相応しい技法が用いられるということだから、それぞれの技法の価値は相対化されて然るべきだ。けれども実際は、例えば一八世紀末から一九世紀初頭にかけての文芸思潮とされるロマンティシズムが、時代が必然的に生んだ様式として今日でも盛んに研究がおこなわれているのに対し、リアリズムとモダニズムの間には、明確な序列化が為され、伝統的な技法は、あたかも一切の実験の可能性を排除する、静的なテンプレートであるかのごとく記述される。

「哀れなリアリズム。陳腐で二流。新鮮なロマンティシズムと新奇なモダニズムに挟まれて、まるで文学および文化の歴史というサンドウィッチの、スパムみたいに味気ない具」とは、レイチェル・ボウルビーによる現状の要約である（Bowlby, Foreword xi）。近年、リアリズムの評判は芳しくなく、「悲しいことに、誰もそれについて論じない」し、「仮に言及されることがあれば、くだらないとまでは言わないものの、面白みがないことが自明のものとして、一瞬で、反射的に一蹴される」（xi）。

だが、モダニズムの地位の相対化が試みられていないわけでは決してない。一九九〇年代半ば以降、ケヴィン・デットマーとスティーヴン・ワット編『複数形のモダニズムを市場に出す』（Dettmar and Watt, editors, *Marketing Modernisms: Self-Promotion, Canonization, Rereading*, 1996）、アウストラウズル・エイステインソン『モダニズムの概念』（Eysteinsson, *The Concept of Modernism*, 2000）、リン・ハプグッドとナンシー・パクストン編『モダニズムの外部に』（Hapgood and Paxton, editors, *Outside Modernism: In Pursuit of the English Novel, 1900-30*, 2000）、ショーン・レイサム『「わたしはスノッブだろうか？」』（Latham, *"Am I a Snob?": Modernism and the Novel*, 2003）[1]といった研究書が出ているし、一九九九年にはジョンズ・ホプキンズ大学を拠点とするモダニズム研究協会（Modernist Studies Association）が新モダニズム研究（the new modernist studies）という表現を初めて用い、従来のような手放しの礼賛とは異なる、モダニズムの批判的再検討の作業を目標に掲げた（Ardis 13）。また、近年認知されつつあるミドルブラウ研究の系譜は、アリスン・ライトの『永遠のイングランド』（Light, *Forever England: Femininity, Literature and Conservatism between the Wars*, 1991）とジョン・ケアリーの『知識人と大衆』（Carey, *The Intellectuals and the Masses: Pride and Prejudice among the Literary Intelligentsia, 1880-1939*, 1992）に遡ることができ、二〇〇八年には英米を中心としたプロジェクト「ミドルブラウ・ネットワーク」が始動し、電子と紙、両方の媒体で成果を発表し続けている（Middlebrow Network）。ただし、これらの本の表題やプロジェクトの名称には、学術出版市場への冷静な目配りが窺える。ボウルビーが論集『リアリズムにおける冒険』（*Adventures in Realism*）に序文を寄せた二〇〇七年当時、「過去数十年間に出版されたリアリズム関係の批評書が片手で数えられるほど」（Bowlby xi）しかなかったのは、身も蓋もないことを言ってしまえば、売れそうになかったからだろう。そもそも『リアリズムにおける冒険』と題した本を編むこと自体が——ボウルビーやスラヴォイ・ジジェクらが共著者として名を連ねることで、ある程度の売れ行きが約束されるとしても——冒険である。[2]

右に列挙した文献のなかには、リアリズム小説のなかにモダニズムの実験的スタイルの萌芽を見ることで、リアリズムの価値を高めんと目論むものもあるが、[3]本章の目的は、リアリズム小説の実験性を吟味することではなく、実験性、それもある種の実験性に富むことをもって論じるに値するテクストと定めるような文脈化の力学を検討することにある。英文学史において盛期モダニズムと呼ばれる時代は、イギリスにおいて英文学が大学の教育課程として制度化されようとしていた時代でもある。[4]研究に値し、文学史に名を留めるに値し、シラバスに掲載するに値する対象と、そうでないものとを腑分けする際に、いかなるイデオロギーが作動したのか。[5] 一九三二年にケンブリッジ大学の英文学者F・R・リーヴィス（F.R. Leavis: 1895–1978; 以下FRと略す）が創刊した季刊誌のタイトル（*Scrutiny*）が示唆するように、イギリスで形成されつつあった文学理論は、テクストを政治的・経済的・文化的文脈から引き離したうえで、テクスト内の言語を精密に吟味することを批評の要諦とし、英文学を、時間も空間も超越し、世界の万民に共通する普遍的価値を体現するものとして性格づけた（竹村 295）。したがって英文学研究は、有機的統一体として閉じて自律した（とみなし得る）テクストこそを吟味の対象に選ぶことになる。そのようなテクストの実験性を代表するスタイルとして高く評価されるのが、現代社会に固有の疎外の経験を描出すべく編み出された〈意識の流れ〉である。人は現実をそれぞれの主観を通じて断片的にしか捉え得ないとの諦観に裏打ちされたものであるが、断片化された意識を近代の病弊と認識すると同時にその意識を写し取る様式を礼賛する志向は翻って、悪弊を重層決定的に生み出す現実を包括的に捉えんとする試みを、ナイーヴかつ帝国主義的な営みとみなして斥ける。英文学を脱イデオロギー化するというイデオロギー化がおこなわれたわけである。[6]

本章は、郷里のイングランド中部地方を舞台に市井の人びとの日常と心理を克明に写し取った「リアリズム小説家」として、長らく英文学史の周縁に置かれてきたアーノルド・ベネットと、正典化され、その晦渋さゆえにつねにより精緻な解読の対象とされるモダニズム作家との同時代性に注目し、リアリズムからモダニズムへという単線的な発展史の脱文脈化を試みるものである。おもに一八八〇年代から一九三〇年代までの文学テクスト生産の物質的コンテクストを考察の対象とし、ジャーナリズムと学術研究という二つの領域間の交渉を跡づけていきたいと思う。

シルヴィア・ビーチとジョイス。シェイクスピア＆カンパニーにて（Joyce 91）。

1　ブラウのバトル？

パリのシェイクスピア&カンパニーで、一九二二年に撮影された写真がある。代表のシルヴィア・ビーチ（Sylvia Beach: 1887–1962）がジョイスと並んで写り、ジョイスの背後にはロンドンから届いたポスターが二枚貼られている。一枚は『スポーティング・タイムズ』（*Sporting Times*）のポスターで、「スキャンダル」と「ユリシーズ」の二つの語が目を惹く。もう一枚は、ジョイスの身体に一部隠れているが、「アーノルド・ベネットの「ユリシーズ」評／今週のアウトルックを読まれよ〔Arnold Bennett on "Ulysses" / Read This Issue of Outlook〕」と読める。このポスターでは、ベネットの名前と、『ユリシーズ』と、ベネットが書評を寄せた雑誌『アウトルック』（*Outlook*）がすべて同じ太さと大きさで印字され、なおかつベネットの名前が『ユリシーズ』よりも先に来ている点が注目に値する。当時こうした扱いは珍しくなく、ポスターばかりでなく書籍のダストカバーにも、ベネットの書評を裏表紙に転載したり、ときには、おもて表紙に作者よりもベネットの名前を大きくあしらったりといったことがおこなわれていた(Shapcott 90–91)。ベネットが好意的な評を書くと、本が売れたのである。ただしこのときは、ベネットがシェイクスピア&カンパニーの名前と所在地を書き添えなかったため、せっかくの書評が販売促進に繋がらないのではないかとジョイスは気を揉んだという(Deming 20)。

このような現象についてFRの指導学生で妻となったQ・D・リーヴィス(Q.D. Leavis: 1906–81; 以下QDと略す)は、ケンブリッジ大学の博士論文として執筆し一九三二年に上梓した『フィクションと一般読者』(*Fiction and the Reading Public*)でつぎのように述べている。

> 信頼できる書店主に訊ねれば、例えばアーノルド・ベネット氏が毎週寄稿していたコラムである小説に言及するだけで、その版が売り切れたり、最近では彼の後継者であるハロルド・ニコルソン氏がBBCの番組で『万人の道』[7]に触れたところ版切れになったり、といったエピソードを進んで話してくれるだろう。小説の宣伝はいまや、彼らのような作家が放ったおざなりの見解、すなわち批評というよりも独断といった性質の発言を引用するだけというのが一般的で、商魂たくましい出版社はそうした文句を帯やカバーにあしらって再刊するのである。(22)

「ベネット氏が毎週寄稿していたコラム」とは、彼が一九二七年から三一年に没する直前まで連載を続けた『イーヴニング・スタンダード』(*Evening Standard*)紙の文芸欄を指す[8]。実際、ベネットのコラムが掲載される木曜日は『イーヴニング・スタンダード』の売り上げが跳ね上がり、書店はベネットが好意的な評を寄せた本を百部余分に発注し、版元のなかには早朝版を確認して増刷の判断をするだけでなく、月曜の入稿時に編集部に電話で照会し、自社の本が取り上げられているとわかれば翌週の『イーヴニング・スタンダード』の広告枠を買い、さらに掲載されたコラムから適当な箇所を抜粋して二大日曜紙『オブザーヴァー』(*The Observer*) と『サンデー・タイムズ』(*Sunday Times*) の広告に使うというものさえあった (Mylett xxiii–xxiv)。QDが、ベネットの影響力に過去形で言及し、彼の後継者としてニコルソン (Harold Nicolson: 1886–1968) の名を挙げているのは、ベネットが前年に亡くなっているためで、註では、ベネットに唯一匹敵するのは一八八〇年代に活躍したアンドリュー・ラング (Andrew Lang: 1844–1912) だと言い添えている (281)。こうした状況を、QDはむろん由々しき事態と見ている。

ここで彼女が導入するのが、ブラウの概念である。文芸誌を「その内的証拠」と読者層をもとに「三つのクラスに分類」し、「これらのレベルを「ハイブラウ」、「ミドルブラウ」、「ロウブラウ」と呼ぶ」ことを提案している (19–20)。ハイブラウとロウブラウという語の初出は、『オックスフォード英語辞典』によれば、それぞれ一九一一年と二三年、ミドルブラウは一〇年以上遅れて二五年である。一九二四年のエッセイでヴァージニア・ウルフは、作家から見た巨大な文学市場について「日刊紙があれば週刊誌も月刊誌もあるし、イギリスの定期刊行物もアメリカの定期刊行物も、ベストセラー向けの読者層もワーストセラー向けの読者層も、ハイブラウな読者も流血ものを好んで読む読者もいる」と述べており、ケイト・マクドナルドが指摘するとおり、ハイブラウとロウブラウの二項対立の構図にミドルブラウはまだ入り込んでいない (Macdonald 6)。

ベネットが、ウルフを「ロンドンのハイブラウ」に君臨する「女王」、みずからを「ロウブラウ」と位置づけたのは、一九二九年一一月二八日の『イーヴニング・スタンダード』紙上でのことである（ES 327）。ベネットがミドルブラウという語を用いたことはないが、一九三〇年には、凡庸であるとか月並みであるとか、良くも悪くもない、二流の、といった意味をもつ "mediocre" や "middling" という中間項に論及している。

凡庸〔mediocre〕というのは月並み〔middling〕ということである。それもよかろう。月並みな人びとは月並みな本を一番喜ぶのである。それで結構ではないか。人はそれぞれ自分の好みを満足させる権利があるのだ。何の咎もない。生煮えの本を好む人間は、焼き過ぎた肉を好む人間（たいていのイギリス人がそうだが）と同じく、罪人ではない。

凡庸な作家が成功することは社会的に正しいことであり、事実彼らは成功している。というより、彼らは真に一流の作家よりも華々しく活躍している。最も部数が大きいのは、名声を馳せているものでないのは言うまでもなく、扇情的で悪評を買っているものですらない。無害な必要悪ならぬ必要な凡庸が、密かに部数を伸ばしているのである。シンクレア・ルイスは有頂天になって、アメリカでは自分の本が聖書のつぎに売れているなどと主張しているけれども、わたしは懐疑的だ。並外れて凡庸なハロルド・ベル・ライトの売り上げが、『バビット』の作者〔ルイス〕の本の売り上げを凌ぐと思う。〔後略〕

文芸批評家の主たる務めと悦びは、文学を最高水準に維持することである。換言すれば、文

芸批評家は凡庸の敵であるはずなのだ。（ES 一九三〇年八月二一日、403–04）

ベネットはむろん、「凡庸の敵」として、みずから文学の水準を維持する任を負っている。

ミドルブラウの初出は現在のところ、『オックスフォード英語辞典』の出典記録よりも早い一九二三年まで遡ることができる（Macdonald 6）。ニコラ・ハンブルによれば、ジョイスやウルフの作品が、小説における実験のモデルとなり、そのラディカルに刷新された様式と、より伝統的な語りの技法とを区別する必要が増し、後者がミドルブラウとみなされるようになったという（Humble 11）。つまり、一九二〇年代に突然、ミドルブラウ作家がミドルブラウ小説を書き始めた、というのではなく、より伝統的な技法で書かれたリアリズム小説の地位が、モダニズムの登場によって変動したということである（11）。エリカ・ブラウンとメアリー・グローヴァーも、このハンブルの分析を踏まえて、ミドルブラウとは一九二〇年代に新しく登場した文学様式ではなく、文学の展開の結果登場した批評用語であると見ている（Brown & Grover 8）。

ただしモダニズムもまた、その実践者がみずから命名した様式ないし運動ではないという意味では、ミドルブラウと同様、批評用語である。越智博美が指摘するように、少なくともエリオットやエズラ・パウンド（Ezra Pound: 1885–1972）が文学に引き起こした革命という意味でのモダニズムという用語を発明したのは、アメリカ南部の詩人で批評家のアレン・テイト（Allen Tate: 1899–1979）であり、この用語が初めて活字になったのは、テイトが編集に携わっていた『フュージティヴ』（*The Fugitive*）誌一九二四年二月号においてのことであって、パウンドはみずからがその中心にいた運動を、一九三七年になっても「まだ名づけられていない運動」と呼んでいた（越智3）。

ＱＤの一九三二年の著書はブラウの概念について、読者との間にすでにある程度の共通理解が存在するものと前提している。ＱＤは具体的な定期刊行物を挙げ、例えば『クライテリオン』、『アデルフィ』（*The Adelphi*）、『カレンダー』（*The Calendar*）をハイブラウ、『タイムズ文芸補遺』（*The Times Literary Supplement*）、『ロンドン・マーキュリー』（*The London Mercury*）、『リスナー』（*The Listener*）、『エヴリマン』（*Everyman*）をミドルブラウ、『ジョン・オ・ロンドン』（*John O'London's*）をロウブラウに振り分けている（19-20）。すでに見たようにＱＤが雑誌のブラウを分類する際の要件は、「内的証拠」つまり内在的価値と読者層であったが、じつのところ、雑誌のブラウを決定するのが販売部数であることは、つぎの一節に明らかだ。

> 典型的なロウブラウ文芸誌は一号あたり三万から五万部を売り、なかには一〇万部という雑誌もあるのに対し、その上のクラスの『ロンドン・マーキュリー』は一万部にしか達しない。『クライテリオン』の場合、販売部数は不明だが、季刊から月刊になりまた季刊に戻るという揺らぎが示すのは、十分な読者を得られていないということだ。同じような歴史を持つ『アデルフィ』は、『クライテリオン』よりは市場を意識した雑誌であるが、一九二三年から一九二七年にかけては定価一シリングの月刊誌として平均四千二百部を売っていたのが、一九二七年から一九三〇年にかけては半クラウン〔＝二シリング六ペンス〕の季刊誌として千七百まで部数が落ち、現在はまた一シリング月刊誌になって売り上げは四千五百部を下回っている。（20）

クリス・ボールディックが「販売部数が五千を越える出版物はほとんどすべて、芸術的基準に無関心であるか反感を抱いているものと見て差し支えなかった」と論じているのは、リーヴィス夫妻のような価値の裁定者に対する皮肉である（Baldick 29）。実際、FRの『スクルーティニー』は一九三〇年代を通じて、一号あたりの販売部数が七五〇を越えることはなく（Carey 7）、論集『継続のために』（*For Continuity*）は、マイノリティ・プレスと誇らしげに名づけられた版元から、「初版 千部」と誇らしげに記して刊行されている。一九三〇年代以降、商業主義的で実験性に乏しいとみなされた作品とその発表媒体は、ロウブラウまたはミドルブラウと印づけられ文学の正典から排除されることになる。

イギリスでは、一八七〇年の教育法の通過で初等教育が義務化され、その恩恵に浴した新しい識字層をターゲットに、安価な読み物週刊誌、いわゆるペニー・ウィークリーが一八八〇年代以降、雨後の筍のごとく創刊された。その嚆矢、ジョージ・ニューンズ（George Newnes: 1851–1910）が一八八一年に創刊した『ティット・ビッツ』（*Tit-Bits*）の爆発的人気を受けて、そのフォーマットを模倣した雑誌の創刊が、最初の一年間で二〇を越えた（Bourne 16）。のちに『デイリー・メール』（*The Daily Mail*）や『デイリー・ミラー』（*The Daily Mirror*）の成功で新聞王の名をほしいままにするノースクリフ卿ことアルフレッド・ハームズワース（Alfred Harmsworth: 1865–1922）も、一八八八年に編集者兼発行人として『ティット・ビッツ』ふうの『アンサーズ』（*Answers*）を世に送り出している。QDによれば、「かつては異議申し立てを受けることもなく鑑識眼の基準を定めてきた少数派」がいまや「数で圧倒されている」のは、ノースクリフ卿のせいであった（185）。もちろん『イーヴニング・スタンダード』を発行していたビーヴァーブルック卿（Lord Beaverbrook: 1879–1964）も同罪である（QD 176-86）。二〇世紀において、程度の差はあれ読み書き能力を有する四千三百万人のうち、本を買ったり借りたりする人びとは、地理的に散らばっているだけでなく、発達や教育の差に応じて互いに孤立しているため、定期刊行物という巨大な組織が、書評や広告、文芸欄を通じて作者と読者の仲買人〔middlemen〕として機能する必要があるのだが（QD 19–20）、その仲買人のせいで「鑑識眼の画一化」が生じ（QD 22）、「少数派たる批評家が重要なフィクション作品とみなす作品――D・H・ロレンス、ヴァージニア・ウルフ、ジェイムズ・ジョイス、T・F・ポウイス、E・M・フォースターの小説」や「スタンダール、プルースト、ドストエフスキー、ヘンリー・ジェイムズ、コンラッドのようなハイブラウ作家たち」（QD 46）が、単に読み書き能力があるだけの多数派に見向きもされなくなってしまったというのである（QD 4–5）。みずからを「凡庸の敵」とみなしていたベネットも、QDに言わせれば、鑑識眼の画一化を助長する仲買人に過ぎなかった。

では『ユリシーズ』をベネットが擁護した事実は、どう理解すればよいだろうか？　あるいはドストエフスキーがイギリスで広く読まれるようになったきっかけが、ベネットの文芸コラムにあったことはどうだろう？　ベネットは一九〇八年三月から一九一一年九月まで、最初の一八ヶ月間は無報酬で（Mylett xv）、ジェイコブ・トンソン（Jacob Tonson）の筆名で政治・文芸週刊誌『ニュー・エイジ』（*The New Age*）のコラムを担当しており、一九一〇年三月三一日号では、『カラマーゾフの兄弟』の仏訳版の不備を指摘し、ロンドンの出版業者ウィリアム・ハイネマン（William Heinemann:

1863–1920）にこう呼びかけて結んでいる――「ときにハイネマンさん、ドストエフスキーの英語版全集はいつ出ますかね？」[9]（Tonson 519）。この六週間後にはハイネマンが、著名なロシア文学翻訳家コンスタンス・ガーネット（Constance Garnett: 1862–1946）の訳でドストエフスキーの主要作品を順次刊行することを発表し、一九一二年には第一巻として『カラマーゾフの兄弟』を配本した（Mylett xvi）。原典の出版からじつに三三年を経てのことである。

『イーヴニング・スタンダード』については、ベネットは毎週木曜の文芸コラムを担当するだけでなく、一九二三年にビーヴァーブルック卿がこの新聞を買収する際に、つぎのような助言を与え、編集方針の決定に大きく関与している。

> 『スタンダード』の件。あれは、教育のある人びとが少しは支持する唯一の夕刊ですが、今後はなおいっそう彼らの支持が得られるようにすべきです。わたしが思うに、扇情的な記事で購読者をつるような新聞では、名声は得られません。〔後略〕
>
> 〔前略〕わたしなら、全紙面、とくにニュース記事をうまく書かせたいと思います――現在は、あまり興味を惹くような書き方ではありませんから。要は明晰さに欠けるのです。本、絵画、舞台、音楽、どれをとっても現在はうまくありません。
>
> 〔中略〕
>
> あなたが『スタンダード』で得たいのは道徳的な名声であろうと推察します。部数だけを考えていたのでは名声は得られませんし、名声だけを考えていたら部数が伸びません。けれども

中道というものがあります。しかもほんの少し右寄りがいいのです！（Bennett, *Letters*, vol. 3, 203–04）

「道徳的名声」とは、『デイリー・エクスプレス』（*Daily Express*）や『サンデー・エクスプレス』（*Sunday Express*）といった、まさに「扇情的な記事で購読者をつる」タブロイド紙の成功に飽き足らないビーヴァーブルック卿が、欲していたものである。『イーヴニング・スタンダード』は、ある程度の部数を売りながら「教育のある人びと」の鑑識眼を満足させるという意味で、知的なミドルブラウであると同時に、政治的には中道右派の夕刊紙を目指すことになる。その購読者に向けて、書評の連載を開始したごく初期にベネットは、ハイブラウの雑誌——前衛芸術運動の渦巻派を率いたウィンダム・ルイス（Wyndham Lewis: 1882–1957）の『エナミー』（*The Enemy*）——を紹介している。

わたしは『エナミー』の創刊を歓迎する。季刊の予定である、たぶん。優れた文芸季刊誌としては他にも『クライテリオン』と『カレンダー』の二誌があるが、もっと欲しいところだ。月刊誌もいくつかあってよい。〔中略〕現在発行されている、知的な読者向けの月刊誌の平均的なものは、文学や芸術における最新の表現に対して、滑稽なくらい衒学的な態度を取るか、敵意をあらわにするか、まったく当たり障りのない見解しか示さないか、怯えるか、のいずれかである。大衆誌のほうはと言えば、新しい文学や芸術に関しては、写真を除いては、そもそも態度と呼べるようなものを持っていない。（ES 一九二七年四月二八日、45）

このようにハイブラウの雑誌が増えることに期待したつぎの週には、大衆誌に期待を寄せることも忘れない。

> 大衆誌は自主規制の枠のなかでよく健闘している。一、二の洗練されたハイブラウ月刊誌が露骨に見下す大衆誌のほうが、はるかに質の高い文学作品を掲載していると言っても過言ではなかろう。大衆誌に頻繁に寄稿しない第一級の作家はほとんどいない。逆に、ハイブラウの洗練された雑誌に寄稿する第一級の作家はほとんどいない。
>
> 〔中略〕
>
> 新たに別の、というか複数の大衆誌の創刊が待たれる——数多い一般読者のいや増す知への欲望に真剣に応えるような大衆誌の創刊である。(ES 一九二七年五月五日、46)

FRは、ブラウにかかわらずコラムで取り上げるベネットの姿勢に批判的で、一九三〇年刊行のパンフレット「大衆文明と少数派文化(Mass Civilisation and Minority Culture)」[10]のかなりの紙幅をベネットからの引用に割き、ハイブラウもロウブラウも一緒くたに論じるベネットが物笑いの種になるどころか多大な影響力を有していることを「教養ある読者がもはや存在しないこと」の証左と見立てている(24–31)。

ジョン・ギロリーが簡潔に要約しているように、FRのナラティヴでは、一七世紀までは、社会は大衆の多数派文化と知識人の少数派文化とに分かれてはいたものの、知識人は、文化全体の水準が低下することのないよう、過去の文化の功績を媒介する機能を担うばかりでなく、共同体の生活に完全に統合されていた。その「有機的な」社会秩序がさまざまな理由で崩壊し始め、第一次世界大戦後の社会において、「ハイブラウ」と「ロウブラウ」との差異として認識されるような分裂を生む（Guillory 139）。大衆が少数派の地位に疑義を突きつけ、文化における権威を覆すような言語を創造し始めたことを新たな脅威と受け止めたFRにとって、「ハイブラウ」という語の登場は、この風潮の最も警戒すべき証拠であった――「「ハイブラウ」という語が英語に加わったことは不吉な兆しである。わたしはすでに、文化はつねに少数派が守ってきたと述べた。しかし今日の少数派は、居心地が悪いだけでなく敵対的な環境に置かれていることを意識しないではいられない」（FR, "Mass Culture" 38）。このナラティヴが妥当かははなはだ疑問ではあるが、ギロリーによれば、英文学の伝統の見直しを迫る力は看過し得ないほど大きなものであった（Guillory 139）。

二〇世紀転換期には、『ティット・ビッツ』のような大衆誌だけでなく、「リトルマガジン」と総称される少部数のハイブラウ雑誌の創刊も相次いだ。そのほとんどは短命で、『エナミー』も、ベネットの支持もむなしく、文字どおりの三号雑誌に終わった。ルイスが一九一四年に創刊した『ブラスト』（*Blast*）にいたっては、翌一五年の第二号が最後である。その理由を、QDもFRも、教養ある読者の不在に帰するわけであるが、確かに比較的長続きしたリトルマガジンには富裕なスポンサーがついていた（Baldick 28）。一七年続いたエリオットの『クライテリオン』の場合は、オックスフォード大学時代からの友人で、『ダイアル』（*The Dial*）の編集長であったスコウフィールド・セアー（Scofield

Thayer: 1890–1982）が、ニューヨークでロザミア卿夫人と出会ったのが縁で、彼女の出資を得て発刊にこぎつけた（Eliot, *Letters*, vol. 1, 840–41）。ロザミア卿夫人は、ノースクリフ卿の弟の妻で、パウンドいわく「良質の文学への関心など一切ない一族に嫁いだ」人物である。[11] ロザミア卿は、兄の死後アソシエイティド・ニューズペイパーズの社主となり、ロイズ銀行での長時間勤務に疲れたエリオットは、ロザミア卿の下で働く可能性を探っていた。[12] 定期刊行物の市場全体としては、多数派が少数派を駆逐したと言えるのかもしれないが、少なくとも『クライテリオン』は、多数派向けのビジネスの収益に支えられていた。

さらに、ＱＤのブラウの分類を逸脱するかたちで、少数派みずからが少数派の追い打ちに加担したと言えるようなケースもある。エリオットやウルフの長文エッセイがたびたび『タイムズ文芸補遺』の巻頭を飾っていたことが、それにあたる。『タイムズ文芸補遺』の記事は無署名が原則であったが、ウルフは一九二五年に、ハイブラウの『アシニーアム』（*The Athenaeum*）や『ダイアル』だけでなく『タイムズ文芸補遺』や『ロンドン・マーキュリー』などに発表済みのエッセイを『一般読者』（*The Common Reader*）にまとめる際、初出情報を明記しており（*Common Reader* 3）、ＱＤがこれを見落としたとは考えにくい。他方エリオットは、一九一九年に『アシニーアム』の編集部入りの誘いを断った理由の一つを、つぎのように兄に説明している。

『アシニーアム』は、かつてはロンドンで最も有力な文芸週刊誌でした。その後一八九〇年代に力を失い、この二〇年間は社会改造を訴える月刊誌として発行されていました。それが現在、経営者が変わり、新たに編集長になった人物が〔文芸週刊誌に戻ったのですが〕、〔年俸〕五百ポンドで彼の助手を務めないかと誘ってくれたのです。この件については何日か熟考しました。辞退した理由はつぎのとおりです：
(1) この雑誌が成功するか確信が持てないのです。もし失敗したら、ぼくは二年〔の契約満了〕後、路頭に迷うことになります。新しい雑誌には危険がつきものです。全盛期の『アシニーアム』には競争相手はありませんでしたが、いまは『タイムズ文芸補遺』が二位です。『アシニーアム』は六位です。(Eliot, *Letters*, vol. 2, 282–83)

こうしてエリオットは安定した銀行勤めの傍ら執筆活動をおこなうことを選ぶのであるが、エリオット自身が頻繁に寄稿して『タイムズ文芸補遺』の紙面を活気づけたことが、『アシニーアム』の苦境の、少なくとも遠因となったことは想像に難くない。

2 年五百ポンドの不労所得 vs. ホワイトカラー労賃

後で見るように『荒地』の発表後、新たな表現様式を模索していたエリオットが、ベネットのもとを訪れて教えを乞うたこと、『クライテリオン』にベネットが寄稿していること、など、QDの序列化の妥当性を疑わせる事例には事欠かない。とはいえ、ベネット自身が「ブラウのバトル」に身を投じたのも事実である。一九二九年一一月二八日の『イーヴニング・スタンダード』では、ウルフとの間に、エリート連中が取り沙汰しているような確執は存在しないと明言し、ウルフの作品を評価するいっぽうで、先述のとおり、ウルフをハイブラウの女王と呼び、彼女らが拠点とするブルームズベリー地区は「ロウブラウもたくさん混じっていなければ住めたものではないだろう」と皮肉っている（ES 327）。およそ一年前にも、長編『オーランドー』（*Orlando*）を「ハイブラウの戯れ」（ES 一九二八年一一月八日、210–11）と評している。こうした発言が、みずからの創作力についての執拗な攻撃に対する防御的な応戦であったことは、つぎの一節に窺える。

この〔フィクションや詩を書くのであれば年五百ポンドの収入と鍵のかかる部屋が必要であるというウルフの〕主張には議論の余地がある。ドストエフスキーは芸術とは無関係の非常な心配事につねに悩まされながら、世界で最も優れた小説をいくつも物した。口幅ったいことを言うようだが、わたしだって鍵などかからない部屋で、自分の自由になる年五百ポンドの収入などない、というより五〇ポンドすらないという恐ろしい現実をよく知りながら、たくさんの長編を書いてきたのである。もっと口幅ったいことを言わせてもらうなら、わたしがお金と鍵のかかる部屋の両方を手に入れたとたん、ロンドンのハイブラウたちは共謀し、あの人はもう書けないと、こぞって言い立てたのである。（ES 一九二九年一一月二八日、327）

ウルフの主張とは、オックスフォード大学の二つの女子学寮での講演を下敷きとした『自分だけの部屋』（*A Room of One's Own*）で提示した、女が執筆活動をおこなうための条件である。ベネットは女という主語を省いてしまったが、五百ポンドと鍵のかかる部屋という卑近かつ具体的な道具立ては秀逸で、フェミニスト・マニフェストとして今日でも頻繁に引用されるフレーズである。[13] ウルフが属す上層中産階級の家庭においては、息子には当然のごとくパブリックスクールからオックスブリッジへの進学が期待され、実際、彼女の兄弟も、いわゆるブルームズベリーグループの男たちの多くも、ケンブリッジに学んでいるのに対し、ウルフや姉のバネッサにはそうした教育の道は閉ざされ、就業の機会も限られていた。[14]

五百ポンドという額は、『アシニーアム』の編集長がエリオットに提示した年俸と奇しくも一致するが、ウルフが必要性を訴えるのは給与所得ではなく、不労所得であることに注意が必要だ。『自分だけの部屋』によればウルフは、一九一八年に、伯母の遺産によって終身にわたり年五百ポンドを得られるようになってようやく、埋め草のための雑文を新聞に寄稿するような意に染まぬ仕事から解放され、創作に専念できるようになったという（38–39）。なるほど彼女の代表作とされる作品は、『自分だけの部屋』も含め、一九一八年以降に出版されている。ウルフにはすでに（『自分だけの部屋』では明かされていないけれども）、一九〇四年に死去した哲学者の父レズリー・スティーヴン卿が残した資産の運用で得られる不労所得があり（Lee 556–78）、ウルフいわく「無一文のユダヤ人」ではあっても、神経衰弱に苦しむ彼女の気晴らしにと一九一七年には印刷機を買い、ともに出版社を立ち上げ創作を支えてくれた夫があったのだが（ニコルソン 53, 65–67）、彼女の主張を額面どおりに受け取るならば、それでは不足だったということだ。

下層中産階級出身のベネットの場合は、一六歳で父の経営する事務弁護士事務所に入り、働きながらロンドン大学の法学専攻の入学試験を受験、合格したものの学位を得ることはなく、一八八九年、二一歳のとき、ロンドンの事務弁護士事務所に週給三五シリング（年九一ポンドほど）の速記事務員として入所する。すぐに「極めて繊細かつ複雑な、訴訟費用の請求書を整えるという業務に天賦の才を発揮して」年二百ポンドにまで昇給するが、勤めの傍ら雑誌に投稿していたコラム類が女性週刊誌『ウーマン』（*Woman*）の編集長の目に留まり、編集部に誘われて辞職する。編集者への転職は二五％の減収を意味したが、週一日は終日、四日は半日だけ勤務すればよいというポストで、執筆により多くの時間を割けることに魅力を感じての決断であった（Bennett, *Truth* 31–32, 54）。

すでに言及したように、一八七〇年の教育法は、それまで読み書き能力を持たなかった階層をホワイトカラー労働市場に参入させ、新しいジャーナリズムの受容者を生んだだけでなく、さらにこの受容者のなかから書き手を生んだ。『ティット・ビッツ』のような雑誌は、読み物の掲載に加え、毎週、懸賞金付きのコンテストを実施することで、読者に読む習慣を浸透させるだけでなく書く動機づけを与えたと言える。ベネットの場合――父親から法学士号取得を期待されていたくらいだから、仮に教育法の恩恵に浴することがなかったとしても相応の学校教育を施されていたであろうが――物を書いて得た初めての報酬が『ティット・ビッツ』の懸賞金であったことを考えると（Bennett, *Truth* 41–42）、彼もまた一八八〇年代から九〇年代にかけての新しいジャーナリズムに育まれた作家の一人に数えてよいだろう。当時、こうしたジャーナリズムの受容者と発信者に対して、不信感をあらわにする者も少なくなかった。例えばヘンリー・ジェイムズの短編やオーブリー・ビアズリー（Aubrey Beardsley: 1872–98）の挿画が呼び物の前衛的な季刊誌『イエロー・ブック』（*The Yellow Book*）は、つぎのような投書を掲載した。

明白で疑いの余地がないのはつぎのようなことです。すなわち、公立学校を通してこの島の隅々にまで無知が広まったせいで、読者の大多数と作家の大多数、両方の性格に、恐るべき大変化が生じているのです。「紳士階級の学者」が、わたしが若い頃にはまだ活躍していましたが、読者としても作家としても重要な地位を失ってしまいました。出張販売人や株屋の事務員（とその奥方や令嬢）が、彼の地位と読者としての影響力をぶんどったのです。そして、新聞記者が、彼の落としたペンを拾ったのです——なんと新聞記者が（なかには女性記者もいるでしょう）、ですよ！〔後略〕

いいですか、編集長殿、批評をおこなうには、ある種の資質が必要です——ある種の素養が必要なのです。〔中略〕知識が必要です——というか、大学教育は邪魔にはならないでしょうし、フランスやロシアの文学に精通していてもよいでしょう。伝統的な教養が必要です。そして何よりも、余暇が必要です。というのも、よく考え抜いて物を書くには、余暇が不可欠だからです。

（The Yellow Dwarf 128–31）

一般読者からの投書の体を取って二三ページにも及ぶこの記事を書いたのは、じつは他ならぬ編集長その人で（McDonald 36）、槍玉に挙げているのは『ティット・ビッツ』のようなペニー・ウィークリーではなく、『アカデミー』や『アシニーアム』、『スペクテーター』（*The Spectator*）や『サタデー・レビュー』

(*The Saturday Review*)といったハイブラウの雑誌や新聞であるが、こうした媒体の購読者であるホワイトカラー労働者を、侮蔑的に「大衆〔mob〕」と呼び(The Yellow Dwarf 129)、大学教育も伝統的な教養という資本も持たず、十分な余暇も得られない賃金労働者には、まともな物が書けないと断じている。むろん十分な執筆時間が確保できないことは大変に不利なことであり、逆境のなかで筆を折った者が多数いたであろうことは想像に難くない。しかしながら、公立学校出身者にまともな物は書けないという主張に対しては、『イエロー・ブック』そのものが反証となっている。

前の号に掲載された自然主義の色合いの濃い短編小説「故郷への手紙(A Letter Home)」は、ベネットが法律事務所勤めの傍ら書き上げた最初の文芸作品であったし、最初の長編『北部から来た男』(*A Man from the North*)は『イエロー・ブック』の版元ボドリー・ヘッドから出版された。ボドリー・ヘッドは当時、若い作家の因習破壊的な作品を世に送り出すことで知られており、ベネットはそのブランドイメージを戦略的に利用したのである(McDonald 73)。ボドリー・ヘッドが無名の新人を積極的に起用したのには、ピーター・マクドナルドが指摘するように、地方出身の事務職員であった社主のジョン・レイン(John Lane: 1854–1925)が、限られた資本を元にロンドンの業界に参入する際、原稿料や印税を安く抑えられて好都合だったという理由もあったため(McDonald 72)、作家と版元はいわばウィン・ウィンの関係にあった。とはいえ、創作上の理想に燃えて一年以上を費やした『北部から来た男』の対価は「タイプ清書の謝礼を差し引いたら、帽子が一つ買えるだけ」しか残らないほどだったというから(Bennett, *Truth* 80)、金にならない文芸作品を書き続けるためには、効率的な請負仕事がぜひとも必要だった。

生活の糧と割り切って、別の筆名を用いて連載小説などを書き流す作家は多かったが、ベネットはすべてのフィクション作品を実名で発表し（Drabble 80; McDonald 14）、さらに自伝的エッセイで「職人著述家として時給換算で一〇シリング未満の請負仕事はやらないことにしている」（*Truth* 98–99）などと公言して憚らなかった。これもまた、彼を攻撃に晒されやすくした理由の一つである。一八九八年九月一二日の日記には、執筆と執筆環境を整えることとの均衡を保つうえでの葛藤を、吐露している。

> 大衆向けのフィクションを書くのは不愉快だけれど、毎日机に縛られて女性誌の編集をするよりは、はるかに好ましい。ひょっとしたら、女性誌の編集に比べれば、さほど不名誉でも、良心が痛むことでもないのかもしれない。女性誌を編集するということは、たとえ比較的進歩的な雑誌であったとしても、週に一度、因習を助長し進歩を阻害することに他ならない。それにフィクションのほうが実入りはいいと思うし、幸せになるには相応の金が必要なのだ。（Bennett, *Journal* 90–91）

こうしたベネットの判断とは対照的に、エリオットは寡作が名声に繋がるということをよく心得ていた。『アシニーアム』の編集部入りを辞退した二つ目の理由は、「わたしの名声は、本当に少ししか書かないけれど、本当に良い物を書くということで築かれているため、こうした類の物をわたしの書き物に加えるべきではない」と考えたためであり、また「毎週、毎週、さして関心もない本について相当の量を書く仕事」のせいで「オリジナルの作品を書くエネルギーをいまよりももっと消耗して」しまうことを回避したかったためでもある。しかも、「これまでもとてもよくしてくれた」ロイズ銀行が、彼のために新しい部門を用意していたというのが、三つ目の理由である（Eliot, *Letters* vol. 1, 90–91）。大手商業銀行の専門職は、公立学校出身の下層中産階級の男にも、学士課程に進まなかった上層中産階級の女にも、開かれていなかった可能性である。[15]

3 「ベネット氏とブラウン夫人」再読

のちにモダニストと呼ばれることになる世代は、意図的に前の世代との断絶を強調する。この断絶のナラティヴのなかで今日よく知られているのが、ウィンダム・ルイスの「われわれの渦は過去を恐れない、われわれの渦はそれを忘却したのだ」という『ブラスト』誌上での声明であり、ウルフのエッセイ「ベネット氏とブラウン夫人（Mr. Bennett and Mrs. Brown）」であろう（Hapgood 23）。このエッセイでウルフは、一九一〇年を分水嶺に措定する――「あらゆる人間関係は変わりました――雇い主と召使いの関係、夫と妻の関係、親と子の関係。そして人間関係が変わると同時に、宗教、礼儀、政治、文学においても変化が生じます。これらの変化が起こった時点を一九一〇年前後と位置づけることにしましょう」（Woolf, "Character" 445）。一九一〇年に、エドワード七世からジョージ五世へと治世が移ったことは紛れもない史実であるが、ウルフは一九二四年当時活躍していた作家たちをエドワーディアンとジョージアンとに振り分け（Woolf, "Character" 450）、単線的な文学の発展史を効果的に印象づけることに成功した。前者はH・G・ウェルズ（H. G. Wells: 1866–1946）、ベネット、ジョン・ゴールズワージー（John Galsworthy: 1867–1933）、後者はフォースター（E. M. Forster: 1879–1970）、ロレンス（D. H. Lawrence: 1885–1930）、リットン・ストレイチー（Lytton Strachey: 1880–1932）、ジョイス、エリオットである。ウルフいわく、あらゆる人間関係が変容した一九一〇年前後に創作を始めたジョージアンが「作家稼業について学ぶことができる存命中のイングランドの小説家は一人もいない〔no English novelist living〕」（450）。なぜなら、「コンラッド氏はポーランド人」で「あまり参考にならないし」、「ハーディ氏は一八九五年以降、小説を書いていない」からだ（と、国籍を理由にコンラッドを除外するいっぽうで、アイルランド人のジョイスと、イギリスに帰化する前のエリオットは同胞としてひと括りにする）。エドワーディアンことウェルズ、ベネット、ゴールズワージーの三人は、一九一〇年当時最も著名で成功した小説家であった（と発話してウルフは遂行的に彼らを過去の人に仕立てるのだ）が、彼らに小説の人物造形を教わろうとするのは、靴職人の下で時計作りを学ぼうとするに等しいという（450）。

この原稿を手にしたエリオットは、ウルフに宛てて「歴史上極めて重要な批評」と称賛し、ウルフの主張に同意するだけでなく、[16] のちにほぼ同様のことを詩作に関して述べている――「いずれの国にも〔イギリスにもアメリカにも〕、一九〇八年に書き始めた者にとって参考になるような詩人はいなかった。頼みとなるのは、それより前の時代の詩か別の言語で書かれた詩だけだった」[17]。しかしエリオットはウルフに賛辞を送った七週間後、ベネットに、「ある構想」すなわち「スウィーニー・アゴニステス（Sweeny Agonistes）」として断片のまま発表されることになる韻文劇について、「あなたの助言だけが唯一の頼みなのです」と訴えて面会を乞うている。この書簡を読む限り、小説と詩に関しては若い世代の頼みとなる先達が不在であったとしても、他の文学様式についてはその限りでないということらしい。[18] ウルフやエリオットが喧伝した断絶のナラティヴは、「ベネット氏とブラウン夫人」のテクストの成立過程を少しばかり詳しく検討することで、さらにほころびが目立ってくる。

ウルフはすでに「現代の小説(Modern Novels)」と題した『タイムズ文芸補遺』の巻頭エッセイで、ベネットを物質主義者と批判しているが、[19]「ベネット氏とブラウン夫人」執筆の直接のきっかけは、ベネットが一九二三年三月二八日、『カッセルズ・ウィークリー』(*Cassell's Weekly*)誌上で『ジェイコブの部屋』に加えた否定的なコメントである。

> ある小説を、眼識のある少数派と眼識に欠ける多数派の両方に感銘を与えるような大きな影響力を有するものにするのは何だろう? 第一に、小説には真実味がなくてはならない。〔中略〕登場人物がリアルであればその小説には見込みがある。そうでなければ忘れ去られるのが運命だ。(Bennett, "Is the Novel Decaying?" 112)

小説はハイブラウとそれ以外の読者の両方に訴えかける必要があるが、要は『ジェイコブの部屋』にはその力がない、ということだ。この主張の当否は措くとして、少なくともこれに対するウルフの反論は、おそらく「多数派」の目に触れることすらなかった。『カッセルズ・ウィークリー』が(QDの分類に従うなら)ロウブラウの週刊誌であったのに対し、[20] ウルフが寄稿したのはハイブラウの『ネイション&アシニーアム』（*The Nation and Athenaem*）であったからだ。『ネイション&アシニーアム』は、エリオットが編集部入りを辞退したあと部数の減少に歯止めがかからなかった『アシニーアム』が、一九二一年に政治週刊誌『ネイション』と合併したもので、二三年にはブルームズベリーグループの一員であるジョン・メイナード・ケインズ（John Maynard Keynes: 1883–1946）が買収し、レナード・ウルフが文芸欄の編集主幹に就いている。ヴァージニアがこの週刊誌の二三年一二月一日号に寄せたのとまったく同じテクストが、アメリカではひと足早く一一月一七日の『ニューヨーク・イーヴニング・ポスト』（*The New York Evening Post*）に載り、この発表済み原稿が二四年五月一八日のケンブリッジ異端会での講演用に書き改められて『クライテリオン』七月号に「フィクションの登場人物（Character in Fiction）」として転載され、一〇月三〇日にふたたび「ベネット氏とブラウン夫人」の表題でホガース・プレスからパンフレットとして刊行された。『クライテリオン』掲載にいたった経緯は、エリオットの書簡によれば、エリオットがウルフに転載を勧めたのではなく、「短編小説か随筆」の寄稿を求めたエリオットに、ウルフが発表済みのこの原稿を「学部生向けに書いたもの」と断りつつ提供した、というものである。[21] ここでは便宜上、内容の異なる二通りのテクストをそれぞれ「最初のバージョン」と「後のバージョン」と呼び、二つの点に注目したい。[22] 一つは、最初のバージョンでは直接言及していないベネットの長編『ヒルダ・レスウェイズ』（*Hilda Lessways*）に、後のバージョンではかなりの紙幅を割いている点。もう一つは、後のバージョンの準備のために読み進めていたはずのベネットの別の長編『ライシーマン・ステップス』に、触れずじまいになっている点である。

最初のバージョンが出てから約半年後の二四年四月二四日、友人で画家のエセル・サンズ（Ethel

Sands: 1873–1962）に宛ててウルフは、「スピーチの内容を補強するために『ライシーマン・ステップス』を読まなくてはいけません」と、準備を進めていることを伝えている（Woolf, *Letters* 100）。『ライシーマン・ステップス』（以下『ライシーマン』と略す）が出版されたのは二三年一〇月二五日、おそらくウルフが最初のバージョンを脱稿した後のことであろう。その最初のバージョンが活字になった頃には、『ライシーマン』はすでに少なくとも一万六千部、出版から三ヶ月弱で三万部以上を売っている（Hepburn, Introduction 97）。出版から四ヶ月後、ベネットは懇意にしていたアンドレ・ジッド（André Gide: 1869–1951）につぎのように書き送っている。

> わたしは間違いなく、H・G・ウェルズとともに、若者たちの激しい非難にさらされてきました。というよりむしろ、出す本すべてが、あらゆる方面からの攻撃を誘発しました（ウェルズのほうが激しく攻撃されていましたが）。またブルジョワの読者は、『プリティ・レディ』（*The Pretty Lady*）や『リリアン』（*Lilian*）のようなまったく無害な作品にずいぶんと反感を抱きました。そんなわけで、わたしは過去の人とみなされていたのです。『ライシーマン・ステップス』が事態を一変させ、わたしは突如として大衆の人気者になりました――ただし『ライシーマン・ステップス』の卓越した点ゆえではなく、ヒロインが読者の心を惹きつける、善良で、信頼できる、私利私欲のない、高潔な人物だからという理由でです！　彼女は家政婦なのですが、ロンドンの読者もニューヨークの読者も皆、彼女のような献身的な召使いが見つかればよいのに、と願っているのです！（Bennett, *Letters*, vol. 3, 213）

ウルフを始めとする若い世代の作家から指弾されるばかりでなく、婚姻制度の埒外のセクシュアリティを扱ってブルジョワ読者の不評を買っていたベネットの最新作について、出版直後の書評はいずれも概ね、『クレイハンガー』(*Clayhanger*, 1910)、『ヒルダ・レスウェイズ』(1911)、『この二人』(*These Twain*, 1916) から成る「クレイハンガー三部作」以降低迷が続いていたベネットの復活を言祝ぐ、といった論調であった (Hepburn, *Arnold Bennett* 410–25)。『ネイション&アシニーアム』一一月一〇日号のローズ・マコーリー (Rose Macaulay: 1881–1958) の評も、その例外ではない。

「ライシーマン・ステップス」は大変素晴らしい本だ。この本でベネット氏は、百万長者や教養のない金持ちからはるかに遠ざかり、教養のない貧乏人のもとに戻ってきた。そして彼らを、クラーケンウェルというむさ苦しい背景のなかに置いた。〔中略〕この本は、豊かな想像力によって生み出され、巧みに表現された、じつに見事な場面に溢れている――例えば、書店主とその妻が娯楽を求めて外出し、行く先々で夫が過度に物惜しみする様子だとか、台所に下がった召使いがステーキの誘惑に屈してしまう様子だとか、日曜の朝のライシーマン・スクエアの様子だとか。これら以外にもたくさんの場面に見られる、洞察力に裏づけられた鮮烈なリアリズムは、ベネット氏最盛期のそれである。〔中略〕「ライシーマン・ステップス」は間違いなく、彼が長らく書いてきた小説のなかで最高のものである。(Macaulay 418)

「百万長者や教養のない金持ち」とは、ロンドンの最高級ホテルのレストランで、メニューにないステーキを所望する娘のわがままを聞き入れるために、即座にホテルを買収してしまうアメリカ人富豪や（*The Grand Babylon Hotel*, 1902）、ハロッズとロンドン初の百貨店ホワイトリーズを足して二で割ったような「ヒューゴズ」の辣腕経営者[23]や（*Hugo*, 1906）、第一次世界大戦の特需に潤う自動車部品製造業者（*The Pretty Lady*, 1918）たちのことを指すと思われるが、翻って『ライシーマン』の主人公は、ロンドンの裏寂しい通りで古書店を営む吝嗇家ヘンリー・アールフォワードと、彼と再婚することになる未亡人のヴァイオレット・アーブであり、二人の下で働く召使いエルシーである。過去にも好んで吝嗇家を描いたベネットが[24]、このタイミングで、フランス自然主義を彷彿させる舞台と人物を選んだ動機は、出版直前にジッドに宛てた書簡に明かされている――「イギリスには、バルザックを越える様式を案出しようとしている若い小説家たちがいます。彼らは成功しそうにありませんが、わたしは同じ試みをして、もう少しで成功するところです」（*Letters*, vol. 3, 201）。

J・B・プリーストリー（J. B. Priestley: 1894–1984）が（QDの分類ではミドルブラウの）『ロンドン・マーキュリー』に寄せたレビューは、マコーリーのそれよりもはるかに明晰かつ的確に、『ライシーマン』の卓越した点を論じている。

今日、われわれにとって何らかの価値があるロマンスとは、おそらくただ一つ、安易に興味を惹く道がすべて閉ざされているときに、リアリティを切り抜けていくようなタイプのロマンスである。ベネット氏がこの物語において誠に見事に到達したのがこのロマンスであり、氏が、いまだかつてこれほど十全に自身の芸術的メソッドの正当性を証明したことはなかった。物語が、静かに、虚を衝くように進む過程で、われわれはすべてを二つの異なる視点から、すなわち外側と内側とから、客観と主観とによって、ほとんど同時に見つめることができる。〔中略〕幾人かの主要な登場人物があるが、誰一人として他者を排除して舞台の中央を占めることはなく、われわれは半ダースのそれぞれ異なる意識に自由に出入りできるのだ。われわれは、例えばエルシーが、アールフォワードにとって、彼の妻にとって、医師にとって、恋人にとって、街角に現れる年下の崇拝者にとって、どのように見えているのかを知っている。そして、これらすべての人びとがエルシーにどう見えているのかも知っている。〔後略〕(Priestley 204-05)[25]

このようなメソッドのゆえに、われわれ読者は、例えば第一部第一二章のタイトル「恩人(The Benefactoress)」を、エルシーの雇い主ヴァイオレットを指すものと理解しながらも、字義どおりに受け取ることはない。メソッドの実験性を吟味することは本章の眼目ではないけれども、一点だけ、プリーストリーの分析に補足するならば、『ライシーマン』は、複数の登場人物の「意識に自由に出入りできる」というモダニズム小説の特徴を思わせるメソッドを導入すると同時に、ほとんどの場面で、読者に、主観と客観を統合する特権的な位置を与えている。例外の一つは、エルシーの恋人でシェルショックに苦しむジョーが非標準英語の一人称で語るくだりである(Bennett, *Riceyman* 302)。ジョーの経験とそのフラッシュバックを補完する客観的な視点を欠くことで、彼の経験の異様さが効果的に際立っている。

さて、プリーストリーのレビューに比べるとずいぶんと表層的なマコーレーのそれは、異なる雑誌が同じ本を取り上げる場合には、雑誌のブラウに応じたレビューが掲載されるというQDの主張[26]のよい反証であるけれども、いずれにせよ、マコーリーが『ライシーマン』をベネットの最高傑作と呼んだ三週後に、ウルフが同じ雑誌でベネットを過去の人と断じたのは、いかにも間が悪い。先に見た「スピーチの内容を補強するために『ライシーマン・ステップス』を読まなくてはならない」というウルフの言葉は、ベネットの話題作への言及を避けることが、自説の説得力を弱めることに繋がるとの認識を示唆していよう。にもかかわらずウルフが俎上に載せたのは、一九一一年出版の『ヒルダ・レスウェイズ』であった――「たまたま最初に目についた本を開いてみることにしましょう――『ヒルダ・レスウェイズ』です。彼が小説家らしく、どうやってわたしたちにヒルダがリアルで説得力があるように感じさせるのか、見てみましょう」(Woolf, "Character" 452)。つまり偶然を装っているけれども、この選択が意図的であることに疑いの余地はない。最新の話題作ではなく一〇年以上前の作品を取り上げる理由が「たまたま最初に目についた」からであるということに、同時代の聴衆や読者が納得したのか、いささか疑問ではあるが、結果として、ウルフの世代論を反復強化するには最適の材料であったことを、後世のわたしたちはよく知っている。

詳しくは稿を改めて論じたいが、わたしたちは、ウルフの『ライシーマン』への応答を、『ダロウェイ夫人』(*Mrs. Dalloway*)の登場人物セプティマスの姿に見出すべきなのかもしれない。一九二二年に始まった『ダロウェイ夫人』の執筆は二五年一月まで続いたが、二八年刊行のアメリカのモダン・ライブラリー版に寄せた序文では、シェルショックを克服することなく自殺するセプティマスが最初のバージョンでは存在していなかったことや、形式に関しては「先行する世代の作家たち」が模範とならないため、あらかじめプランを練ることなく展開するに任せたことなどを明かしている（Woolf, *Mrs. Dalloway* vi）。

ジッドに宛てた手紙では『ライシーマン』の「卓越した点」が何であるか、ベネットは明言していないが、ブルジョワ読者は、吝嗇家夫婦に雇われたエルシーの人柄〔character〕に魅了される。このような読者の反応はまさに、一九一〇年を境に変容した人間関係の具体例としてウルフが筆頭に挙げた「主人と召使い」の関係が、一九一〇年のさまざまな出来事——相次ぐストライキや、上院の拒否権廃止を争点とした総選挙など——と大戦を経ても、何ら変わらないと信じたい読者の願望の表れと言える。冒頭に置かれて小説の基調を決定するはずの「ここはまだ整理できていないんですよ。じつを言うと、一九一四年からこっち整理できていないんです」（Bennett, *Riceyman* 7）というヘンリーの、客を装って古書店に立ち寄ったジョーの主治医に対する言葉は、文字どおり、ヒューズの飛んだままになったランプを指すものとして、注意を払われなかったということか。エルシーは、ブルジョワ読者から、リアルな人物造形ゆえではなく、みずからの願望を充填する空っぽの器として歓迎され、ベネットは困惑しながらも翌年、エルシーを主人公とした短編（"Elsie and the Child"）を上梓する。さらに一〇月には、「眼識のある少数派と眼識に欠ける多数派の両方に感銘を与えるような大きな影響力を有」してこそ一流の小説であるとの持論そのままに、『ライシーマン』がジェイムズ・テイト・ブラック記念賞を受賞する。

一九一九年創設のこの賞は、イギリスで最も歴史ある文学賞であるばかりでなく、エディンバラ大学の英文学の教授が選考するという点で他に類がない。一九二三年度の小説賞の選考にあたったのは、形而上派詩人の研究で知られ、エリオットにも影響を与えたハーバート・ジョン・クリフォード・グリアソン（Herbert John Clifford Grierson: 1866–1960）であった（Baldick 132）。この賞の受賞作一覧を眺めると、ウルフのナラティヴを遡及的に焦点化した文学史との齟齬に気づかされる。第一作はヒュー・ウォルポール（Hugh Walpole: 1884–1941）の『秘密の都市』（*The Secret City*）。ベネットと親交のあったウォルポールは、ベネットの『ニュー・エイジ』の文芸コラムを通覧したうえで本にまとめるよう促し、『本と人』（*Books and Persons*）として刊行された選集は彼に捧げられている。翌年はロレンスの『ロスト・ガール』（*The Lost Girl*）、一九二四年はフォースターの『インドへの道』（*A Passage to India*）が選ばれているから、ベネットは二人のジョージアンに挟まれた格好であるし、モダニズム文学の「驚異の年」の受賞作は、QDがミドルブラウに分類するデイヴィッド・ガーネット（David Garnett: 1892–1981）の『狐になった奥方』（*Lady into Fox*）である。このブラウの混在を、FRなら、大学教授と大衆文明との共犯関係の一例と一蹴するかもしれない（Guillory 138）。だが、エドワーディアンのリアリズムからジョージアンのモダニズムへという単線的な発展史とは異なる文学史があり得たことを、感じずにはいられない。

4　「活気と進取の気性に富む古い世代」

ある時期までの英文学科の学生は、ウルフの代表的な文学論として繰り返し引用される「ベネット氏とブラウン夫人」に触れ、正典化されたウルフを介してベネットやウェルズを眼差すことを学んできた。エドワーディアンとジョージアンをめぐる世代論を、例えばFRは「アーノルド・ベネット——アメリカ版」で引き合いに出し、セオドア・ドライサー（Theodore Dreiser: 1871–1945）が『シスター・キャリー』（*Sister Carrie*, 1900）で用いたメソッドとアプローチを批判する際に、それらをエドワーディアンと呼べば事足りるといった語り口を採る（"Arnold Bennett" 99）。このように世代とブラウの対立を強調する一九三〇年代のモダニスト的な図式の上に、現在の英文学研究の基礎は築かれたのであるが（Ardis 97）、当のモダニストたちの実践は、かなり融通無碍であったように思われる。エリオットがヒュー・ウォルポールに寄稿を依頼する際に示した趣意にも、それは窺える。

新しい評論誌、とくに寄稿者にあまり高額の原稿料を支払う余裕がない評論誌の、創刊間もない時期には、わたしのような編集主幹は、主として個人的な友人に寄稿を頼らざるを得ません。えておりますので、一番苦労をしております。と申しますのも、最も高名な作家に時期尚早の〔中略〕『クライテリオン』は掲載する小説の水準を、雑誌全体の水準と同程度に維持したいと考依頼をするのは望ましくないと感じていたからです。この雑誌が知られるようになってきましたので、以前より容易になったことは確かですが、目下、掲載したいと思う作家は極めて少なく、依頼できる立場にある作家となるとさらに少ないのです。しかし『クライテリオン』にはもっと小説を掲載することがぜひとも必要ですので、いまこうしてあなたに短編小説か、もしくは（短編と同じくらい興味深いものになろうと思います）未発表の小説の一部を提供していただきたく、

お願い申し上げることをお許しいただけましたら幸甚です。（Eliot, *Letters*, vol. 2, 293）

一九二四年一月二三日付のこの依頼が単なる追従口とも思えないのは、『クライテリオン』創刊前の二二年七月二一日に、同世代の独文学者エルンスト・クルツィウス（Ernst Robert Curtius: 1886–1956）にこう伝えているからである。

この雑誌の大きな目標は、この国の思想と書き物の水準を、国際的な比較と歴史的な比較を通じて向上させることです。イングランドの作家のなかでは、活気と進取の気性に富む古い世代と、若い世代で、どんなに進歩的であっても、より真摯な取り組みをしている書き手、例えばウィンダム・ルイス氏やエズラ・パウンドらを組み合わせていくつもりです。（Eliot, *Letters*, vol. 2, 550–51）

そもそもエリオットがウォルポールに依頼をしたのも、「評判を得るために、良質なフィクションをもう少し多く載せたほうがよい」というウォルポールの助言に意を強くしてのことだった（Eliot, *Letters*, vol. 2, 293）。ウォルポールの見立ては、先に引いた、『イーヴニング・スタンダード』でのベネットの主張――ハイブラウの雑誌には第一級の作家による質の高い文学作品がほとんど掲載されない――と一致する。エリオットはウォルポールが快諾してくれれば、ウォルポールが薦めた作家たち――メイ・シンクレア（May Sinclair: 1870–1946）、ヴァージニア・ウルフ、ステラ・ベンソン（Stella

Benson: 1892–1933)、デイヴィッド・ガーネット、ウィリアム・ジャーハーディ（William Gerhardie: 1895–1977）――からも寄稿が得られやすくなると、口説いている（*Letters*, vol. 2, 294）[27]。そしてこの書簡の数ヶ月後、一九二四年四月号と六月号に、ウォルポールの『老婦人たち』（*The Old Ladies*）の最初の二章が掲載されることになる。芸術至上主義（art for art's sake）の雑誌と広くみなされている『クライテリオン』は、「評判を得るために〔for popularity's sake〕」、古い世代の助言を受け入れるにやぶさかでなかった。

また、同じ年の九月一〇日、エリオットはベネットのもとを訪れ、『クライテリオン』誌上でのウルフへの再応答を提案している。

T・S・エリオットが昨夜、〔ロンドンの紳士クラブ〕リフォーム・クラブに、わたしの二件の先約の間を縫って会いに来た。一年前の『カッセルズ・ウィークリー』での人物描写に関するわたしの発言に対する、彼の『クライテリオン』誌上のヴァージニア・ウルフの応答（じつのところ二度目の応答であるが）に関心を惹こうというのだった。このテーマについて寄稿してほしいとのことだった。書くと答えておいた。おそらくは断片的な短いエッセイのかたちでだが。期日はいつまでに、とは言えないが、彼女への応答として書く、とも話した。〔中略〕わたしは、あの詩〔『荒地』〕はわからないと言った。彼はわたしの言うことは意に介しない、なぜならあのような執筆様式はもうやめて、いまは戯曲の執筆に傾注しているからだと言った。〔中略〕それで彼はわたしの助言を求めた。そこでわれわれは、彼がその戯曲の筋書きと対話部分のサンプルを書いてくるということに決めた。彼の鑑識眼が非常にしっかりしていることがわかった。「ヴァージニア」流派のフィクションについての彼の見解は素晴らしい。『アデルフィ』に載ったポーリーン・スミスの作品を気に入ったとか。[28] などなど。彼のことが以前よりもずっと好きになった。(Bennett, *Journal* 64–65)

「ヴァージニア」流派のフィクションについて、エリオットがいかなる見解を開陳したかは知る術がないが、ウルフへの再応答は結局、実現を見なかった。ベネットは代わりに、フィレンツェに滞在した折の日記を提供し、それが一九二七年一二月、翌年一月、二月と三度に分けて掲載された。最初の依頼から三年も経過しているが、ベネットは自身の出版エージェントに日記の権利関係について相談し、「肝心なのは、エリオットが金儲けのために『クライテリオン』を出しているのではないという点で、わたしはなるべく早く彼のことを助けてやりたいのです」と急かしている (Bennett, *Letters*, vol. 1, 367)。なぜこのタイミングでなのかは不明であるが、日記が『クライテリオン』一九二七年一二月号の巻頭を飾っていることは、[29] ベネットの寄稿が雑誌の存続に貢献するとの判断がエリオットとベネット双方にあったことを窺わせる。さらに興味深いことに、ベネットのフィレンツェ滞在は、ウルフが分水嶺に措定した一九一〇年のことであった。

古い世代と新しい世代とを組み合わせたのは『クライテリオン』ばかりではない。「T・E・ヒュームとエズラ・パウンドが初めてイマジズムと渦巻派の背後にある原則を打ち出した」『ニュー・エイジ』もまた (Sholes)、ブラウの間の交渉に開かれた媒体として、読み直される必要がある。『ニュー・エイジ』が、エズラ・パウンドやウィンダム・ルイス、T・E・ヒューム（T.E. Hulme: 1883–1917）らに実験の場を提供したことは事実であるけれども、アン・アーディスが指摘するように、同じ紙面のしかも論説で、編集主幹のA・R・オレイジ（Alfred Richard Orage: 1873–1934）らが繰り返し、モダニストの実験では決して達成することのできない、社会救済の手段としての芸術復興というギルド社会主義の責務を訴え続けたことを看過してはなるまい（Ardis 145）。一九一四年七月九日の論説を一部、引いてみよう。

ウィンダム・ルイス氏の新しい季刊誌『ブラスト』（レイン発行、二シリング六ペンス）は『イエロー・ブック』の後継と言われている。だがそれは、わたしが思うに、決して名誉なことではない。というのも、あの時代を振り返って、あの雑誌に何か哲学があったと認める者がいるだろうかと疑問に思うからだ。〔後略〕

あの雑誌はどういう点で重要なのか？　現代社会の精神的アナーキズムの新たな兆しに過ぎない、というのがわたしの答えだ。断っておくが、わたしはただ御託を並べているわけではない。わたしは年嵩だから、『イエロー・ブック』の創刊から廃刊にいたるまでの時期を生きてきたし、そしてその理論だけでなく実践と呼ばれるものも知っているのだ。自慢じゃないが、何でも知っていると言える。それでわたしの頭のなかに残った結論は、過去三〇年間、知識人の精神的特性は劣化し続けてきたということだ。われわれは復興の道を探らねばならないと、わたしはこのコラムでしばしば訴えてきた。けれどもいまわたしは、『ブラスト』の創刊とそれが生むであろう犠牲者の数と性質から、『ニュー・エイジ』は今後これまで以上に態度を明確にせねばならないと実感している。正直なところ、現在この仕事は信じ難いほど困難である。昨今では、まともな考え方をするにも努力がいる。精神科医が、患者と一緒にいて正気を保つのが難しいとしばしば気づくように。（R.H.C. 229）[30]

これが、ヒュームの現代芸術についての連載コラム（Hulme 230–32）に先立って掲載されているのである。オレイジ同様、ジェイコブ・トンソンことベネットも、『イエロー・ブック』に対しては批判的な見方を示している。一九一〇年九月八日号の「本と人」のコラムである。

ハイクラスの書き物に特有のさまざまな技巧や表面的な特徴を備えたものを書ける人間は何十人といるけれども、それはハイクラスとは似て非なるものである。絶滅した奇抜な雑誌――『イエロー・ブック』、『サヴォイ』、『ダイアル』、『アングロサクソン』や『ネオリス』――が、その証左としては十分だ。こういった雑誌の問題は、文学上の気取りと退屈さであったし、それはいまでも変わらない。かつては皆、こうした雑誌を、娯楽としてではなく義務として読んだものだった。

　極めて危険なのは、大衆を見下し、芸術家だけに訴えようとする、ありがちな態度である。そもそも誰にも大衆を見下す権利などないのだ。最高の芸術家は概して、何とか大衆の心をつかんで良好な関係を維持し得ることに、諸君もお気づきになるだろう。（Tonson 442）

QDは、ベネットのような仲買人による市場操作を批判しながら、ベネットが操作の道具として利用している（と彼女が考える）文芸欄の言説を、みずからの現状分析の材料とすることに矛盾を感じないらしく、つぎのように述べている。

一九〇九年にある批評家が『ニュー・エイジ』（という進歩的週刊誌）上で、〔貸本屋〕ミューディの利用登録者（当時はもっぱら上層中産階級であった）に関する所見を述べている。いわく、彼らは「何かに熱中するということがめったない」。「ではなぜ」、と彼は問う、「彼らはわざわざ現代のフィクションを読むのか？」と。答えは、芸術的、精神的、道徳的、教育的な目的、いずれでもなく、ただ単に時間つぶしのためだけに読むのである。芸術家のなかで小説家を好む理由は、小説が、最小限の時間とお金の消費で最も長く倦怠からの一時休止をもたらしてくれるからだ。これが現代ではすべての階級の読書習慣についての妥当な説明であり、この習慣が新しい種類の文学を生んだのである――心身の倦怠や神経疲労の折に読まれることを前提とした雑誌やそれと同等のベストセラーを。（49）

「ある批評家」が他ならぬベネットであることを本文では明かさず註に回したことに他意はなかったとしても、『ニュー・エイジ』を「進歩的な週刊誌」と呼んでそれ以上の説明を加えなかったことには、作為を感じないでもない。『ニュー・エイジ』は、オレイジを編集長として一九〇七年に新しい雑誌に生まれ変わって間もなく、その進歩的な内容にもかかわらず、一九〇八年の九月には一万六千、一一月には二万二千という販売部数を記録している（Scholes）。この規模が示唆するように、購読者層は、陸軍将校や植民地総督から、公務員、法廷弁護士、事務弁護士、寄宿学校の教員、商店の店員、使用人、熟練工まで、じつに幅広かった（Drabble 165）。[31] 先に引いたオレイジの論説ひとつ取っても、『ニュー・エイジ』がリーヴィスらの図式に収まらない媒体であることは明らかだ。何よりベネットは一九〇九年に、当時の上層中産階級の読書習慣を批判しているのであって、一九二九年には、「今日ほど多くの大衆が、本の良し悪しを見極める力や良書に対する知的な関心を示す時代はかつてなかった」として、一般読者の眼識と知性に信頼を寄せている（ＥＳ　一二月一九日、333）。

ＦＲは、グレシャムの法則を引き合いに出し、教養ある読者が不在の文学市場においては、いずれ悪書が良書を駆逐すると予言したが（“Mass Culture” 18–20）、ベネットの見解は違う。読むのが追いつかないほど多くの新刊が出版されているにもかかわらず、その大半が読むに値しない本であると嘆く「学者ぶった輩」は、出版社が、半ダースの駄作で生じる損失を、一冊の成功による利益で埋め合わせようとする現行のシステムを批判するが、ベネットはこのシステムは健全かつ公正であると主張する（ＥＳ　一九二九年一二月一九日、333）。なぜなら、出版社は概して、ある本を傑作と見極める際にはある程度の確信を持っているのに対し、プロの出版顧問でさえ、ある本が傑作でないとはなかなか断定できないからだ。事実、今日名作と認められている本が、出版当初はまるで売れなかったというケースは珍しくない。「疑わしきは罰せず」の伝で、傑作でないと断定できないならば、賭けに出て刊行するというシステムだからこそ、とくに新人にとっては比較的容易に版元を見つけられるという利点がある（ES 一九二九年一二月一九日、333）。ここでベネットは、このシステムのお蔭で世に出ることのできた作家として、『響きと怒り』（*The Sound and the Fury*）を上梓したばかりのウィリアム・フォークナー（William Faulkner：1897–1962）を取り上げる。『響きと怒り』は、詩集も含めるとフォークナーの五作目に当たるが、一九二九年当時、いずれも本国での売り上げは芳しくなく、イギリスではまだ一冊も刊行されていなかった。ベネットはアメリカから全作品を取り寄せるべく手配してようやく『響きと怒り』のみを入手し、「ジェイムズ・ジョイスに影響を受け、頭にくるほど、想像を絶するほど難解なものを書く」、いまは鳴かず飛ばずのこの若い作家が、やがて広く受け入れられるであろうと予言して、このコラムを締め括っている（ES 一九二九年一二月一九日、333–34）。

周知のとおり、フォークナーは悪書に駆逐されるどころか、その難解さゆえの不遇も、いまとなっては良書の証として神話化され、今後もアメリカ文学のシラバスから削除されるとは考えにくい。資本不足を逆手に取って、海の物とも山の物とも知れない無名作家たちの前衛性を「キーノート叢書」としてパッケージ化したボドリー・ヘッドが、ベネットに機会を与えたことを思い出そう。商業的成功を見込めない実験的な作品を世に問うリトルマガジンや、ホガース・プレスや、リーヴィスらの著作を扱ったマイノリティ・プレスのような媒体の意義は高く評価せねばならない。しかし、利潤を追求する出版社が一様に文化産業の誹りを受ける法はない。

5 英文学科、学外講座、文芸ジャーナリズム

作為を匂わせる寡黙さは、ベネットにも見られる。ベネットは、『クライテリオン』にフィレンツェの日記が掲載された二年後の『イーヴニング・スタンダード』で、ウルフのエッセイについてこう述べている――「いかにも、彼女は、わたしと架空のブラウン夫人について本を書いている。しかしわたしはその本を読んでいない（なぜだかわからないが）」（ES 一九二九年一一月二八日、327）。ベネットが本当に読んでいなかったのか確認はできないが、この口吻は『ライシーマン』を黙殺したウルフのやり方をも想起させる。さらに注目すべきは、ベネットが『クライテリオン』誌上でウルフへの再応答をおこなわなかった理由である。

君に寄稿小論を送りたいのだけれども、そうするのが本当に恐いのです。執筆には細心の注意を払わなければいけないでしょうから！　わたしの記事は、とくに本に関する記事は、かなり急いで書きなぐったものです。またわたしには、はなはだしい無学という障害があります。というか、わたしが長年悔やんでいるのは、どんな領域〔subject〕についても何ら正確な知識を持ち合わせていないことです。わたしはいつも学者のことを羨ましく思うのです。（Bennett, *Letters*, vol. 3, 286）

これがエリオットへの申し開きであるが、一八六〇年代生まれのベネットの世代が、少なくともイン

グランドの大学において、そして少なくとも英文学に関して、体系だった知識を得られるような環境は整っていなかったのだから、これほど引け目を感じる必要はないのではないか。一八八〇年代生まれのエリオットらが学んだオックスフォード大学で、英語英文学のコース(Final Honours School in English Language and Literature)が設置されたのが、一八九三年一二月のことであり、ケンブリッジ大学では一九一〇年代も終わりのことである。

というよりむしろ、アレクサンドラ・ローリーが指摘するように、一八八〇年代までに、英文学を学術研究の対象としない数少ない大学レベルの教育機関がオックスブリッジだったことを考えれば(Lawrie 30)、ベネットの弁明は過剰と言わざるを得ない。そもそも一九四〇年頃まで、文学には「詩、戯曲、散文フィクションだけでなく伝記、紀行文、随想、回想録、批評、歴史、哲学論考、説教、政治演説、科学の講義録までが含まれると当然のように考えられていた」(Baldick 251)。"subject"と呼ぶにはあまりにも広範なこの領域について正確な知識を持ち合わせるなどということ自体、およそ不可能である。ベネットの『ニュー・エイジ』のコラムや、同じ時期に連載した(『カッセルズ・ウィークリー』の前身である)『ティーピーズ・ウィークリー』(*T.P.'s Weekly*)のコラムをまとめた独学者向けの指南書『文学の鑑識眼――その養成術』(*Literary Taste: How to Form It*, 1909)などでの、学者に対する辛辣な批判に親しんだ者には、この卑屈と言ってよいほどの弁明は奇異に感じられる。後者はニュー・エイジ・ブックスから刊行され、『ネイション』はベネットを「大衆の教師〔schoolmaster〕」とみなし、そのメッセージを「簡潔で直截で感動を呼ぶ」と評している[32](Hepburn, Introduction 52)。もとより『ニュー・エイジ』の一つの強みは、ブルームズベリーグループやオックスブリッジの学士たちとはかなり異質なスタッフや寄稿者の「独学者や地方出身者らに特有の不躾な垢抜けなさ」にあったはずである（Scholes）。彼らは「大学に行ったことがあるとすれば、ロンドン大学か、地方の大学か、オレイジ自身がそうであったように、教員養成大学であった」（Scholes）。

「教授たち」と題した『ニュー・エイジ』のコラムでベネットは、ジョン・チャートン・コリンズ（John Churton Collins: 1848–1908）の訃報に接して、死屍に容赦なく鞭打っている。

> 彼は大変な学識を積んだ。というより、文学の領域〔subject〕に関しては連合王国で最も博識であったと思う。だが、いかんせん、独自の鑑識眼というものに恵まれなかった。〔中略〕彼には芸術的な感性がなかったのだ。学識をひけらかす以外には――それは学者にとってはつねに愉快なことだけれど――彼のエッセイは無味乾燥で退屈だった。わたしは彼の講義を聴いたことはないが、理想的な学外講座の講師であったろうと想像する。〔中略〕より最近の、現代の〔詩の〕傾向に関する著作は、伝統という引き手綱を外されてよちよち歩きしかできない典型的な教授の、典型的な無能ぶりを如実に示したものだった。（Bennett, *Books* 41–42）

さらに「我が国の教授たちの大半は同類」であるとして、批判の矛先をジョージ・セインツベリー（George Saintsbury: 1845–1933）やウォルター・ローリー（Walter Raleigh: 1861–1922）にも向ける。「物思いに沈んでいるときには、セインツベリー教授と同じくらい文学に関する事実に通じていたらいいのにと羨ましくなることもある――とはいえ、聞くところでは、『嵐が丘』を書いたのはシャーロットだと述べたことがあるそうだが」（Bennett, *Books* 42）とか、ローリーが「芸術家たち、すなわち実際に創作をおこなう人びとの不評を買いたくなかったなら、「スタイル」や「シェイクスピア」に関する本を出版すべきではなかった。これらの本は燃やしてしまうべきだ」とか、とにかく手厳しい。一九一〇年一一月三日にもふたたびコリンズらに言及し、今度はピエール・ベイル（Pierre Bayle: 1647–1706）、サント＝ブーヴ（Charles Augustin de Sainte-Beuve: 1804–69）、イポリット・テーヌ（Hippolyte Taine: 1828–93）といったフランスの批評家の仕事と比べ、偉大なイングランド人の英文学の批評家〔the great English critics of English literature〕のそれは断片的で偏狭だと論難し、「専門家集団全員――ブラッドリー〔Bradley〕、ハートフォード〔Hertford〕、ダウデン〔Dowden〕、ウォルター・ローリー、エルトン〔Elton〕、セインツベリー――から専門家の地位を奪うことにいささかのためらいも感じない」とさえ言い放つ（Bennett, *Books* 267–69）。

『文学の鑑識眼』においてはことに、知識偏重の学外講座に否定的である。

さあ、あなたが怖じ気づいて小声で抗議するのが聞こえてきましたよ――「彼が英文学のコースを受講するよう指示したりしませんように！　なぜならわたしには絶対にそんなことできっこないのだから」。そんなことは指示しませんよ。もしあなたの目的が学外講座の英文学講師になることだったら、何か徹底的で気が滅入るようなことを指示すべきでしょう。けれどもあなたの目的は、わたしが見たところ、ただ芸術から最高の、そして最も鮮烈な悦びを得ることなのだから、正規のコースを受講するよう勧めたりしません。いやむしろ、正規のコースを取ったりしないよう説得したいくらいです。誰でも、とりわけ初学者は誰でも、文学史のコースを受講すれば必ず、何の悦びも利益ももたらさない単なる知識を獲得するために、たくさんの時間をうんざりしながら浪費することになります。〔中略〕あなたが存在するのは、文学事典になって文学を崇めるためではありません。文学はあなたに奉仕するために存在するのです。(Bennett, *Literary Taste* 69)

エリオット宛の弁明の手紙には一九二七年六月三日の日付があるが、その一年後の『イーヴニング・スタンダード』においても、英文学者に対する否定的な発言を繰り返している――「いまでは、アンドリュー・ラングもチャートン・コリンズと同じく身罷ってしまった。コリンズは、ラングと同様、九〇年代には、われわれ純真な若者から、ジョージ・セインツベリーをも凌ぐ、学術上の無限の知識の究極の権化だと思われていた」(ES 一九二八年六月七日、168)。知識偏重の専門家集団への批判は、「どんな領域についても何ら正確な知識を持ち合わせていない」みずからの「無学」に対する引け目の、裏返しに過ぎなかったのであろうか。

コリンズは英文科設置前のオックスフォードに学び、卒業後はジャーナリストとして活躍、一九〇四年からはバーミンガム大学で英文学を講じるが、ベネットが言及しているように、長く学外講座運動(the university extension movement)を推進し、みずから講師を務めていたことで知られる。他方で、一八九一年には『英文学研究』(*Study of English Literature*)を上梓し、オックスブリッジにおける英文学の制度化を訴えた。当時、「精神的な弛緩」をもたらすものと広くみなされていた英文学を、学術的で体系だった方法で教授することが可能であるとの主張を裏づけたのは、学外講座における経験の蓄積であった（Lawrie 87）。コリンズが英文学の制度化の重要性を訴えた主たる動機は、オックスブリッジの卒業生が、適切な批評の訓練や文学研究の基礎知識を欠いたまま『サタデー・レビュー』などの文芸誌にジャーナリストとして大量に採用されるようになり、彼らの量産する、無知で素人じみたレビューや文芸記事が一般読者に悪影響を及ぼすことへの懸念であった（Lawrie 39）。ベネットはコリンズとセインツベリーをひと括りにして非難しているけれども、コリンズは、同世代で同じようにジャーナリストとして出発し、一八九五年にエディンバラ大学教授に転じたセインツベリーの欠点を公然と批判している。セインツベリーは教鞭を執りながら、問題の『サタデー・レビュー』の編集にも携わり、複数の研究書や入門書を上梓、『ケンブリッジ英文学史』でも多くの章を分担執筆しているが、ベネットの言うとおり、作品の出版年や基本的な史実などを取り違えることが少なくなかった。とくに『英文学小史』（*A Short History of English Literature*, 1898）に誤りが散見されることから、コリンズは彼の大学教授としての資質に疑問を呈したが（Lawrie 49）、著作ばかりでなく講義もまとまりがなく混乱していたことが知られていた（富山 157）。そのセインツベリーが『クライテリオン』創刊号の巻頭を飾っていることを考えても、ベネットの弁明はますます不可解である。

6　遍在する奇跡

作品の良否の見極めを市場の判断に委ねる出版社とは異なり、みずから傑作と認めた本が日の目を見るよう働きかける書評家は、文学の「産婆〔midwife〕」であるとの矜持を（ES 一九二九年一二月一九日、332）、ベネットは持っている。この矜持はしかし、「凡庸の敵」との自覚とともに、ベネットを仲買人と呼ぶQDそしてFRの「少数派」理論に接近させる。文学鑑賞の悦びを重視し、文学研究の知識偏重を否定するベネットは、『文学の鑑識眼』の読者に古典を薦める。その理由は、同時代の作品の良し悪しを判断することが、初学者にとってはとくに、容易でないためだ。「古典が古典である理由」と題した第三章では、「情熱的な少数派〔the passionate few〕」という表現を繰り返し用い、持論を展開している。

古典とは、文学への強烈で永続的な関心を抱く少数派〔the minority〕に悦びをもたらす作品です。古典が生き続けるのは、少数派が、悦びという感情をふたたび味わいたいと熱望して、絶えず好奇心旺盛に、またそれゆえ絶えず再発見に努めようとするためです。古典は、何らかの倫理的な理由で生き残るのではありません。何らかの規範〔canons〕に一致するからとか、省みられずとも死に絶えないから、というのでもありません。古典が生き残るのは、それが悦びの源泉であり、蜜蜂が花を無視することができないように、情熱的な少数派がそれを無視することができないからなのです。情熱的な少数派は、「正しいもの」を正しいからという理由で読むわけではありません。事の前後を誤ってはいけません。「正しいもの」が正しいものであるのは、ひとえに情熱的な少数派がそれを読むのが好きだからです。したがって――ここでようやくわたしの言いたいことに辿り着くわけですが――文学の鑑識眼にとって唯一、最も本質的なこととは、文学への熱い関心なのです。それさえあれば、後のことは自然とついてきます。いま現在、古典に悦びを見出せなかったとしても、何ら問題ありません。あなたの関心という駆動力が、経験を蓄積させ、経験が悦びという手段の使いみちを教えてくれるでしょう。(Bennett, *Literary Taste* 24–25)

しかし、何世代あるいは何世紀かにわたり少数派の鑑識眼に耐えてきた作品を手当たり次第に読み——「差し当たりは、買いなさい——批評の権威のお墨付きを得たものなら何でも買いなさい」(Bennett, *Literary Taste* 16)——経験を蓄積すれば、独学者もいずれ少数派の仲間入りができると期待させる点で、ベネットはリーヴィスらと大きく異なる。ベネットのような仲買人の手から文学批評を奪還し、大学や学校を拠点とした新しい対抗的な「少数派文化」の創始を希求したリーヴィスらに対し[33]、ベネットの目指すところは、文学を少数派の占有物とするのではなく、文学への情熱をいわば感染させていくことであった。

ただ読むのが好きで本を読むという実践を、新しい識字層は、乗馬のような「高級な娯楽におけるエチケット」のごとく、生育過程で自然と身につけていない場合には、羞恥心に苛まれながら獲得することになる「たしなみ」に等しいものと受け止めている(Bennett, *Literary Taste* 1)。すでに見たように、一八九〇年代に『イエロー・ブック』が「娯楽としてではなく義務として」読まれていたのは、そのような外発的動機にもとづいてのことである。本来内発的な関心を向けられるべき文学について、指南するのは難しい——「文学とは何か、お教えしましょう! いや、お教えできたらどんなにいいでしょう。でもわたしにはできません。誰にもできないのです。その秘密に一瞬かすかな光を投げかけたり、わずかな手がかりを与えたりというくらいが関の山です」(Bennett, *Literary Taste* 4)。そのわずかな手がかりとして、恋の相手のことを腹心の友に打ち明ける場面を喩えに、ベネットは説明を試みる。

あなたは、じつを言うと、その晩あなたの心を占めているその特定の問題について、彼に隠しておきたいような気もしたのですが、抗し難いほどに魅了されたものだから、何とか話題に上せたのです。そして、腹心の友が思いやり深く思慮深いだけでなく、敬意に満ちた好奇心を示してくれるのに気を良くして、この問題に次第に深く踏み込み、次第に確信を強め、ついには、ものすごいささやき声でこう口にするのです――「いいかい、彼女はまさに奇跡なんだよ!」その瞬間、あなたは文学の領域にいたのです。(Bennett, *Literary Taste* 4)

ただし、「あなた」が恋をした相手は、ただの若い女性であって、若い女性を「奇跡」と呼ぶことができるのなら、この世界のたいていのものは奇跡と呼べることになる、とベネットは続ける。ベネットによれば、これは皮肉ではなく、むしろ最も肝要な認識である。「あなた」がその遍在する奇跡のうちの一つに目を開かれたこと、その発見を他の誰かに伝えずにはいられない衝動に見舞われたこと、そしてそれを伝えた友人の眼が開かれ、翌日、別の女性を奇跡だと感じること、それが「文学の影響力というものだ!」(Bennett, *Literary Taste* 5–6)。

このように関心を伝播させていくことが文学の力であり、その伝播に一役買うのが書評家ということになる。ベネットはかつて、書評家としての自分は「伝道師〔propagandist〕」（*Truth* 92）であるとも語っている。[34] 世界のあらゆるものに奇跡を見出す文学の創造者にとって、人生とは「世界が退屈な場所だという考えを否認する、長いエクスタシー」であり、文学の価値を理解するということは取りも直さず、世界の価値を理解することに等しい（Bennett, *Literary Taste* 6-7）。そしてさらに、モダニストには受け入れ難い世界観が展開される。

人生を構成する部分が互いに孤立し分離しているのではなく、人生のすべてが、統合された地図上で組み合わされて相互に関係しているのです！　文学の精髄は統合することです。文学は、蝋燭と星を結びつけ、イメージの魔法によって高次なものの美を卑近なものの内に表すのです。美の開示と視野の内にあるすべてのものを組み合わせるだけでは飽き足らず、いたるところに因果関係を跡づけることで、道徳的な知を発揮するのです。（Bennett, *Litrary Taste* 7-8）

エッセイに限らずフィクションにおいても繰り返し強調されるこの世界観は、ベネット自身が他所で認めているように、ハーバート・スペンサー（Herbert Spencer: 1820–1903）の影響によるものである。一九〇六年に初めて読んだ『第一原理』（*First Principles*）についてベネットは、一九一〇年九月一五日の日記にこう記している――「『第一原理』がわたしを因果関係の感覚で満たすことで、いかにわたしの人生観を一変させたか、また間違いなくいかに計り知れぬほど改善させたかを考えると、この本についてのわたしの意見ははっきりする。わたしの書くほとんど一行一行に、『第一原理』が認められるだろう」(Bennett, *Journal* 392)。スペンサーの名声が頂点に達したのは一八八〇年代のことであり(Gagnier 315–16)、一九一〇年を境にあらゆる人間関係が変容し、第一次世界大戦が物事の因果関係を粉砕してしまった後では、ベネットの因果律はただ虚ろに響くだけかもしれない。けれども、社会の変化を理解し折り合いをつけたいという人びとの欲望が、二〇世紀転換期の作家に共有され作品群に共鳴していることに変わりはない。

一九〇九年刊行の『文学の鑑識眼』は、ホダー&ストートンが一二年に出版を引き継いで一四年には第八版を、二七年にはジョージ・ドランがアメリカ版を出し、ベネット没後の三七年にはジョナサン・ケープ、翌三八年にはペンギンブックスと版元を変えながら、信頼できる文学鑑賞の手引きとして長く親しまれたが(Hepburn, Introduction 52)、ベネットが勧めるような、伝記的情報を手がかりに作者と登場人物を同一視しながら小説を読み進めたり、詩の韻律をいったん無視して小説と同じようにストーリーを追うことに専念したりするような鑑賞法は今日、修士課程以上の学生に対してはまず推奨されない。登場人物がリアルに描かれているか否かを云々することも、学術論文の作法に背くと言ってよいだろう。メアリー・プーヴィが一九世紀の小説について論じているとおり、「リアリズム」および「リアリスティック」という言葉は今日、大学院で訓練を受けていない読者にとって、フィクションに描かれた世界とフィクションの外側の世界との類似を意味するのに対し、大学で教鞭を執り学術論文を書く「プロの文学批評家」は、これらの語をそのような類似の効果を生む形式上の約束事の意味で用いる。専門化の謂である近代化の過程で、小説は物語の外の世界との照応関係を否定することで、他のジャンルと袂を分かっていくが、現代の一般読者が一九世紀のリアリズム小説を好むのは、小説が「リアリスティック」で、読めば百年前の事柄について知ることができると信じているためだ。だがそもそも今日「文学」とみなされているテクストを物した一九世紀の作家たちは、みずからの書き物が芸術的な有機的統一体としてのみ読まれることも、反対にもっぱら現実の世界についての情報を得るための啓発的な娯楽として消費されることも、想定していなかった（Poovey ch. 6）。小説を学術研究の対象として格上げせんとする試みは、プーヴィも言うように、読むことを、他の高度に専門化された仕事と区別がつかないほど難しい営みにしてしまった。脱文脈化の試みが、この乖離を乗り越える一助となることを願う。

第二章

情動と「多元呑気主義（ポリアナリティクス）」

ポストクリティークの時代にD・H・ロレンスを読む

よく思い出すのは、イングランドにいた頃、群衆のなかで、ほんの一瞬、ジプシーの女と目があったときのことだ。彼女にはわかったし、わたしにもわかった〔She knew, and I knew〕。何がわたしたちにわかったのだろう？　わたしは、はっきりさせることはできなかった。それでも、わたしたちにはわかったのだ。（Lawrence, *Studies* 92）

D・H・ロレンスの評論集『アメリカ古典文学研究』（*Studies in Classic American Literature*, 1923）[1]からの引用である。こうした一節に出会うとすぐさま、他者を安易に代理／表象する主体の奢りを戒めるのが、知識人の作法となって久しい。だがもし、他者を尊重することが認識論的不確かさを絶対化することを意味するとしたら、多元主義社会を志向する知識人は、複数の他者を、知り得ない客体として等し並みに扱うという逆説に陥り兼ねない。

しかるに、ロレンスが記述した名状し難いある種の交感、主体と客体の二元論では捉えられない「わかった」という肯定的直感を、一次的経験として知る者は少なくないのではないか。同時代の文学表象であれば、『ダロウェイ夫人』の主人公クラリッサが、「しゃべったこともない人びと、つまり通りを行く女や店で働く男――あるいは木々や納屋に対してすら抱いた、奇妙な親近感」（Woolf 167）が想起されよう。

白人の男が「ジプシーの女」に向ける眼差しや、やがて官吏としてインドへ赴く友に特権階級の女が開陳する「超越主義理論」（Woolf 167）を、帝国主義的拡張志向の徴候と診断することが無意味なわけでない。しかし、テクストのナイーヴな政治的無意識を暴くと同時に、みずからが無意識の暴力に連座していないか不断に精査する以外に――換言するなら、ポール・リクール（Paul Ricouer）のいわゆる「懐疑的解釈（hermeneutics of suspicion）」[2]を実践する以外に――知識人にできる仕事はないだろうか。今世紀転換期に起こった批評理論の情動論的転回は、懐疑的解釈の袋小路から抜け出すための、いわば同時多発的かつ多様な試みであったと言える。

近年の批評理論における転回と不思議に共鳴し、示唆を与えてくれるように思われるのが、ロレンスの "pollyanalytics" だ。ロレンスが、評論『無意識の幻想』（*Fantasia of the Unconscious*, 1922）において、自身の「擬似哲学」が批評家にこう揶揄されるかもしれないと、機先を制してみずから称したものである。前年刊行の『精神分析と無意識』（*Psychoanalysis and the Unconscious*, 1921）が受けた批判を、念頭に置いてのことだ。このロレンスの造語に岩崎宗治が当てた名訳が「多元呑気主義」である[3]。

本章では、ホミ・バーバ（Homi K. Bhabha）が悪しき相対主義として斥けるような「「多元的アイデンティティ」を言祝ぐ、例の「ポリアナ多元主義（Pollyanna pluralism）」」（191-92）に堕すことなく、人間の経験を肯定的に捉える可能性と意義を検討する。まずは批評理論の過去約三〇年の動向を概観し[4]、その後、ロレンスの多元呑気主義について考察する。焦点を合わせるのは、一九二〇年代初めに相次いで刊行された『精神分析と無意識』、『無意識の幻想』、『アメリカ古典文学研究』と、後述のとおり『精神分析と無意識』と『無意識の幻想』の執筆の発端となった長編『息子と恋人』（*Sons and Lovers*, 1913）である。

1　懐疑的解釈とポストクリティーク

一九七〇年代以降、とくにアメリカ合衆国において、文学研究は学際的な広がりを見せ、ことに精神分析学とマルクス主義思想にもとづくテクスト解釈を盛んに実践してきたが、すべての文学テクストには、表面上の主張とは裏腹の、隠された内容が潜在し、解釈者すなわち研究者の仕事は、テクスト自身がそうとは知らず抑圧する真の意味を回復し、テクストを書き換えることにあるとの考え方が浸透したのには、フレドリック・ジェイムソン（Fredric Jameson）の『政治的無意識』（*The Political Unconscious*, 1981）に与かるところが大きかった。[5] そうして「いまや批評理論一般において「懐疑的解釈」に付されている威光」をイヴ・セジウィック（Eve K. Sedgiwick）が問題視したのは、一九九六年のことである（"Introduction" 277）。問題は、懐疑的解釈そのものではなく、それが批評と同義となり、ジェイムソンが『政治的無意識』の冒頭に置いた命令文「つねに歴史化せよ」が不可侵の法のごとき地位を得ているような、他の方法を許さない差止め命令として機能する事態であった（"Paranoid" 125）。[6]

懐疑という方法が主流を成すのに伴い、近代主義的でリベラルな主体の系譜に隠された暴力を暴露せんとするパラノイア的企図が特権化されるようになったのが、レーガン政権下の一九八〇年代半ばであったという奇妙な符号に、セジウィックは目を向ける（"Paranoid" 126, 140）。リベラルな社会がいかにその成員をケアの対象とし、個々の問題に介入しようとしているかを暴くといったフーコーふうの脱神話化は、一九六〇年代から七〇年代の世俗的福祉国家を論じる際には妥当であったかもしれないが、レーガン－大ブッシュ－クリントン－小ブッシュの合衆国でセジウィックが危惧せねばならなかったのは、精神分析医によって病理化されることよりも、精神衛生が保険適用外とされることであった――むろん、保険に加入できる我が身の幸運に感謝しながら、である（"Paranoid" 141）。つねに歴史化せよの号令に従って実践されてきたのは、じつのところ、あらゆる事象を単一の由来に還元することを可能にする、「強力な」妄想的理論による非歴史化であった（"Paranoid" 145）。

そのようなミニマリストかつ経済的な解釈に代わって、セジウィックが希望を見出したのが、メラニー・クライン（Melanie Klein）のパラノイアの定義に依拠しつつセジウィックが希望を見出したのが、「恢復的（reparative）」衝動である。クラインによれば、危機的な部分対象に油断なく警戒する妄想的態勢に対して、恢復的態勢は、ときに部分対象を全体的存在として統合し、束の間でも不安を和らげることに成功する（Sedgiwick, "Introduction" 278; "Paranoid" 128）。父の父の身に起きたことが、父の身に起こり、父の身に起きたことが自分の身に起こり、それは自分の息子の身にも、息子の息子の身にも起こるだろうといったフロイト的＝エディプス的規則性と反復性を放棄することで、未来は現在とは違うかもしれないし、過去は違った仕方で起こり得たかもしれないと、気づく余地が生まれる（"Paranoid" 147）。セジウィックにとって恢復的に読むということは、どんな恐ろしいことにも驚かないよう抜け目なく〔knowing〕身構えるのをやめ（"Introduction" 279; "Paranoid" 146）、テクストから慰めや力を得ようとすることである。そして批評に必要とされているのは、端的に「本への愛」と言い換えられるその衝動を、分節化するための新たな語彙である（"Introduction" 278）。情動的な生活の複雑さと偶発性に光を当てたこの論考はおそらく、彼女の代表作『男たちの間で』（*Between Men: English Literature and Male Homosocial Desire*, 1985; 邦題は『男同士の絆』1985）に次いで頻繁に引用されてきた。

ただし、情動を排した読者と文学作品の主客二元論を再考する動きは、もっと早い時期——実証的な文学研究が的外れとみなされていた時期（Miall 11）——の先駆的なエスノグラフィに、すでに見られる。ジャニス・ラドウェイ（Janice A. Radway）の『ロマンス小説を読む』（*Reading the Romance*, 1984）や、エリザベス・ロング（Elizabeth Long）の「集合的行動としてのテクスト解釈」（"Textual Interpretation as Collective Action," 1993）[7]などである。ラドウェイはさらに『本への思いやり』（*A Feeling for Books*, 1997）を物し、一九七〇年代半ばの大学院生時代に合衆国に到来した、大陸ヨーロッパの批評理論の第一波に戸惑いながらも、テクストに対する「超然とした」（4）態度を習得したのち、大学に職を得てからは、尊敬する同僚たちが自身の好みについて「意図的に控えめに話したり、自意識過剰に皮肉ったり」するのに慣れた後、「情熱的に屈託なく」本について語るブック・オブ・ザ・マンス・クラブのスタッフに惹きつけられた経験を綴っている。一九八五年に開始したブック・オブ・ザ・マンス・クラブ本部でのフィールドワークを、ラドウェイは、大学院で英文学を専攻する前の、フィクション・ノンフィクションを問わず手当たり次第——ベストセラーや『リーダーズ・ダイジェスト』さえも——読み漁って、それぞれに快楽や興奮を味わった時代へと立ち返ることだったと語る（7）。その身体感覚を伴う没入の経験を、ラドウェイはこう記述する。

わたしには現在、本が単なる客体を超えた何かになる瞬間があって、そんなとき本は、わたしをどこか違う場所に、いわく言い難い忘我の境へといざなう。そのような場合に、読むこと、あるいはマルセル・プルーストが「孤独のただなかのコミュニケーションという実り豊かな奇跡」と呼んだことが、巧みに作り上げられた客体としての本に対する、わたしの合理的かつ訓練されたアプローチを凌駕するのである。これが起こると、本、テクスト、さらに読んでいるわたし自身が、ある独特の変質を遂げ、それによって「わたし」は、それまでのわたしとは違う何かになり、それまで心に描き得たのとは異なる思考を宿すようになる。この、本の虜になるという、触覚を伴い、感覚に訴え、非常に感情的な経験こそ、わたしにとっては読書の思い出が――プルーストのマドレーヌのような仕方で――喚起するものであり、極めて霊妙であるにもかかわらず、同時に並々ならぬ身体性を伴うものである。

批評の分析的な言語は、このような経験の極めて特殊で特異な性質を十分に論じることができない。このような経験を小説家レイノルズ・プライスが「物語による催眠状態」と表現するのを耳にしたことがあるが、これは、読書という行為に身体が深く関わっていることを強調する表現である。(13)

批評家は、テクストを前にして、「疑い深く、抜け目なく、冷静で、つねに警戒を怠らない」ことを良しとされてきたけれども、批評の「メソッド」は、じつのところ懐疑という「ムード」に規定されていると、リタ・フェルスキ(Rita Felski)は指摘している(*Limits* 6)。フランスの香り漂う「クリティーク」という語がことさらに好まれたことを見ても、批評のメソッドが、学術的厳格さと相容れないかに思われるムードと、不可分であることは知れる（*Limits* 21-25）。フェルスキは、編集長を務める季刊誌『ニュー・リテラリー・ヒストリー』（*New Literary History*）を中心に、懐疑的解釈の問題点を吟味し、二〇〇八年に『文学の効用』（*Uses of Literature*）を、一五年には『クリティークの限界』（*The Limits of Critique*）を上梓する。彼女が一貫して訴えるのは、常識に根ざした知と文学理論とを対立させることではなく、よりよく架橋することの重要性である。『クリティークの限界』においてはそれを「ポストクリティカル・リーディング」と呼んで物議を醸し、一七年には、異論も含む一一篇の論考を、エリザベス・アンカー（Elizabeth S. Anker）とともに編んだ（*Critique and Postcritique*）。ただし、すでに見たラドウェイやロングによる先駆的なエスノグラフィに限らず、フェルスキ自身が言及しているように、プラグマティズム、カルチュラル・スタディーズ、ハーバーマスに依拠した社会理論、日常言語派の哲学は、半世紀以上前に、懐疑的方法の限界を見極め、日常的思考を、判で押したような衝動強迫や迷妄などではなく、学術研究の欠くべからざる資源と捉えて、課題の解決に取り組んできた。そうした考え方を文学研究の核に置き、テクストを解剖し診断するだけでなく敬意と配慮と傾注をもって扱うと同時に（Anker & Felski 16）、文学テクストから情報や現実逃避の快楽を得るといった一般読者の日常実践を尊重しようというのが（*Uses* 13-14）、フェルスキの主張の要諦である。

2 気遣いと部分的繋がり

ポストクリティークの潮流のなかで、二〇世紀末のセジウィックによる妄想的態勢批判に続き、最も頻繁に参照されるゼロ年代の論考と言えば、ブルーノ・ラトゥール（Bruno Latour）の「なぜ批評は活力を失ったのか（Why Has Critique Run Out of Steam? From Matters of Fact to Matters of Concern）」（2004）と、シャロン・マーカス（Sharon Marcus）の単著『女たちの間で』（*Between Women: Friendship, Desire, and Marriage in Victorian England*, 2007）、さらにマーカスがスティーヴン・ベスト（Stephen Best）とともに編んだ『リプレゼンテーションズ』（*Representations*）二〇〇九年秋号の特集（"The Way We Read Now"）とその序論「表層的読み（Surface Reading: An Introduction）」であろう。「表層的読み」は、『女たちの間で』でマーカスが提唱し見事に実演してみせた"just reading"すなわちちょうど十分に／ただ／正当に読むことと、ほぼ同義である。誤解されがちだが、マーカスは徴候的読みが無効だと宣言しているのではなく、ヴィクトリア朝イングランドのセクシュアリティに関する従来の研究が、裁判記録や医療関係の文献の分析に偏向し、病理や逸脱を前景化することで性的少数者の行為やアイデンティティの攪乱性を強調してきたのに対し、性科学によってホモエロティシズムが病理化される前のイングランドについては、日記や手紙、自叙伝といった、家族に読まれることを想定して綴られたテクストや、人目を憚ることもなく鑑賞された女性誌などをひもとくのが有効だと主張しているのである。これらのテクストの表層には、女同士が所帯を持って互いを遺産相続人とする「女の結婚」と呼ばれた慣習や、女による女の客体化が自明視されていたことなどが瞭然としており、女同士の関係が、抑圧と抵抗、封じ込めと攪乱といったナラティヴに回収され得ないことが知れるのである。[8] マーカスの表層的読みを支えているのが、伝統的な文学研究のメソッド、すなわち高度な精読の技術であることも、一読すれば明らかである。

他方ラトゥールは、もともと哲学を専門としていた人類学者で、とくに科学人類学における自身の研究成果をもとにアクター・ネットワーク・セオリー（ANT）を展開したことで知られる。文学研究者がラトゥールの社会理論に触れるきっかけの一つとなったのは、前述の論考の『クリティカル・インクワイアリー』（*Critical Inquiry*）への寄稿であるが、その後はフェルスキが、文学研究へのANT導入の旗振り役を買って出た感があり、『ニュー・リテラリー・ヒストリー』でも二度、ANTの特集を組み、[9] 執筆もしている。二〇一四年冬号に寄せた論考（"'Context Stinks!'"）では、ラトゥールの『社会的なものを組み直す』（*Reassembling the Social*, 2005）に依拠し、読み手と文学作品とをアクター（actor）と被アクター（acted upon）の二元論の関係から解放するうえで、人間と非－人間とをともにアクターないしはコアクター（coactor）として扱うANTに学ぶ意義を強調する。

ラトゥールは述べる――「あなたが人びとの話していることに耳を傾けようとすれば、彼らは自分に何らかの感情を抱かせる芸術作品に、どのようにして、なぜ、深い愛着を覚え、感動し、心を動かされるのか説明してくれるだろう」と。われわれは、正当とされる文学研究がなぜ、こうした直感を見下すような振る舞いを要請するのか、自問して然るべきだろう。ラトゥールの仕事は、純化への衝動に対する抑制の効いた反論である。すなわち、合理性を感情から分かち、批評を信念から守り、真実を盲執と対置せんとする衝動に対する反論である。この観点からすると、芸術作品を経験することは——彼が挙げる宗教的な言語や睦言の例のように——情報を伝達するだけでなく変容をもたらすものである。あるテクストの重要性は、それがみずからを取り巻く社会状況を暴露したり隠蔽したりすることによって論じ尽くされるわけではない。そうではなくて、テクストの重要性とは、それが読者の内に何を呼び覚ますのか——それがいかなる感情を引き起こし、いかなる知覚の変化を促し、いかなる結びつきや愛着を生むのかという問題でもあるのだ。（*Limits* 179）

テクストを、没頭、感嘆、没入といった経験と切り離された客体としてばかりでなく、ともに物事を実現するコアクターとして——気遣いの対象として——扱うことを、批評の訓練を受けていない人びとから学ぼうというラトゥールの提案は、前掲の論考の副題（From Matters of Fact to Matters of Concern）に端的に表現されてもいる。気遣い〔concern〕とは、「ダナ・ハラウェイの言う、守りケアする」ことであるとも言う（Latour 232）。ただし「平時の有能な陸軍将校のように」（Latour 231）。ラトゥールが参照しているハラウェイ（Donna Haraway）の「具体的状況に置かれた知（Situated Knowledges, 1987）」は、アメリカがソ連の核の脅威から自国を防衛するための「スターウォーズ」の最中に書かれている。それから二〇年近くを経てラトゥールは、批評理論の戦闘的態勢を批判しながら、軍備と戦闘の比喩を手放さない。

科学者でありフェミニストであるハラウェイは、人文学が科学のメソッドを否定するために動員した社会構築主義を「強力なプログラム」と呼び、つぎのように要約している。

知の社会学における強力なプログラムは、記号論と脱構築の魅力的で厄介な道具を用いて、科学的な真実を含む真実の修辞的な性質について力説する。歴史は西洋文化おたくが互いに語って聞かせる物語であるのと同様に、科学は論争の余地のあるテクストであり権力が相争う場である。内容は形式である。以上。(577)

社会構築主義という道具が敵の手に渡ったらどんな厄介なことになるか、ハラウェイやラトゥールが挙げた事例に、ここ数年、主要国家の元首らが競って、ソーシャルメディアを用いて行為遂行的に事実を立ち上げる事態を加えてもよいだろう。

冷戦時代に発せられたハラウェイのメッセージは今日、いっそうの重みをもって響く。いわく、追求すべきは「不変かつ万能の客観性」ではなく、「権力やより高い地位をめぐって闘われる修辞のゲームや、傲慢な科学的実証主義に還元されることのない、擁護可能で信頼に足る物事についての説明」である(580)。その説明は、「発見」の論理ではなく「対話」という社会関係に依拠する(593)。むろん社会関係にはつねに権力の負荷がかかっているし(593)、主体はつねに構築され不完全に縫合されている(586)。「だからこそ、他のものと一緒になって、ただし、みずからが他のものであると主張したりすることなく、一緒に見ることができるのである」(586)。逆説的なようだが、「より大きな視野を得る唯一の方法は、どこか特定の場に身を置くこと」(591)であり、「部分的な視点こそが客観的な視覚を可能にする」のであって、それをハラウェイは「具体的な状況に置かれた知」と名づけ、「部分的繋がり」という希望を示す。「愛情のこもった気遣い〔loving care〕で他者の視点から見ることを学」べば（583）、結びつきや思いもよらなかったきっかけを得られる可能性がある。そしてハラウェイのこと、この他者に非―人間が含まれるのは言うまでもない。

3 ハピネス・ターン？

大きな物語の終焉が宣言されて以来、学術研究の新たな潮流や方法論の刷新は、イズムでなくターンと表現されて、乱立気味であることは否めない。二〇一三年には、セジウィックやフェルスキの議論を含む複数の情動論的アプローチを整理したうえで、あらたに「幸福論的転回（eudaimonic turn）」という考え方を導入した同名の論集も出版された。編者のD・J・モアレス（D. J. Moores）によれば、幸福論的転回とは、方法論的な転換というよりは、今世紀に入って、それまで等閑視されてきたトピックに焦点が移ってきたことを指す（32）。この状況を言い表すのにギリシャ語のエウダイモニアを採用した理由は、英語では、論集の副題にも用いた“well-being”や“human flourishing”に一応は置き換えられるものの、そこから漏れてしまう語源の“daimon”の含意、すなわち「祝福された状態」に着目したためであるという（7）。エウダイモニアとはしたがって、生を生きるに値するものとし、そうすることで人間の繁栄を可能にするものである（7）。モアレスは、懐疑的解釈の残した豊かな遺産を評価しつつ、その問題点をつぎのように指摘する。

〔前略〕病的な精神力学および／または人種差別主義、性差別主義、神経症、虚偽意識、異性愛優位主義、家父長制、帝国主義などなどの、望ましからざるイデオロギーに対する警戒をつねに怠らない懐疑的な眼は、しばしば、テクストや登場人物の、何が正しく好ましいかではなく、何が誤っているかを見ることだけを可能にする。そのような見方は、解釈をめぐる現下の局面が「肯定的解釈〔hermeneutics of affirmation〕」――リクールのいま一つの造語である――を必要としているときに、用を成さない。過去の批評に関する記録が示すとおり、ある作家が人間の経験を幸福論的に扱うのに出会うと、われわれは、つねにとは言わぬまでもしばしば、立ち往生してしまう。こうした状況では、懐疑的解釈はしばしば研究者に、幸福を心理学的病理か政治的不公正と解釈するよう迫るのである。（27）

むろん、幸福というトピックへのアプローチはひととおりではない。サラ・アーメド（Sara Ahmed）が二〇一〇年に上梓した『幸福の約束』（*The Promise of Happiness*）は、とくに二〇〇五年以降の「ハピネス・ターン」を厳しく批判している。例えばテリー・イーグルトン（Terry Eagleton）やリチャード・シュック（Richard Schoch）らが暗にエウダイモニアへの回帰を唱導するのに対し、アーメドは、古代ギリシャ哲学における善き生が、みずからはそれを生きることのない人びとの存在を前提とする排他的モデルであることに注意を促し（12-13）、ヨーロッパの白人男性中心の知の歴史から消されるか、消される代わりにトラブルメーカーとか他人の楽しみに水を差す輩（キルジョイ）などとして記録されるような人びとについて考察することで、もう一つのハピネスの歴史、すなわちアンハピネスの歴史を提示しようとする（17）。アンハッピーという語の語源（災いやトラブルをもたらす）と現在の意味（惨めな思いにさせる）に想を得て、「惨めな人〔wretch〕」の語源である「よそ者、亡命者、追放者」の視点から、ハピネスの歴史を書き換えようというのである（17）。

> 惨めな思いをしているとされる人びとの声にわたしたちが耳を傾けたら、もしかすると彼らの惨めさは、もはや彼らに属すものではなくなるかもしれない。よそ者〔stranger〕の悲しみはわたしたちに、ハピネスに対する違った見方を与えてくれるかもしれない。それがわたしたちに、よそ者であるとはどんなことかを教えてくれるからではなく、慣れ親しんだことに見出すハピネスそのものからわたしたちを遠ざけ〔estrange〕得るからである。（17）

かように虚を衝くほど平易な文体を用いながらアーメドは、語源論的解釈と異化効果というクリティークの方法を踏襲してもいる。

ドリス・ソマー（Doris Sommer）もまた、普遍主義的志向に警鐘を鳴らし、マイノリティによるテクストを個別主義的に読む意義を説く。エスニシティの印が刻まれたテクストは往々にして、そうした印づけが為されていないと想定される読者に対して戦略的に距離を置くべく、さまざまな修辞を用いており、共感と学びによって書き手との境界を超えられると高を括る、教養ある善意の読み手に思わぬ平手打ちを食らわす（“Attitude” 205, 208）。解釈には不安が伴うべきであり、その不安はマゾヒステックな快楽とも、承認とも、敬意とも言い換え可能である（"Attitude" 206, 208）。ソマーによれば、個別主義的修辞とは、主人に気取られずに怒りを発散させるサバルタンのそれでも、読み手を内輪のジョークから締め出すようなそれでもなく、ある特定のエスニック集団の部外者が、境界線に気づいて、注意深く立ち止まるよう設けられた停止標識である（209）。読み手に求められるのは、障壁を性急に乗り越えようとする解釈の衝動ではなく、戦略的な抵抗を読み取る力を鍛えることであると、ソマーは述べる。

その後ソマーは、「公共人文学」または「参加人文学〔engaged humanities〕」の実践に関わるようになる。二〇一四年刊行の単著『世界のなかの芸術作品――市民のエージェンシーと公共人文学』（*The Work of Art in the World: Civic Agency and Public Humanities*）は、おそらく個別主義的読みの意義について執筆していたであろう時期を振り返る序言で始まる。いわく、「一〇年以上前、才能ある学生がますます文学から「役に立つ」何か（経済学、政治学、医学）へと去っていったとき」、「人間の諸実践――国家の建設からヘルスケア、親密圏における関係から人権と資源にいたるまで――の核にある芸術と解釈は、実践的な関心を生み、さまざまな可能性を探求する」といった、「尊いけれども紋切り型の反応では、離反した学生を引き留めたり、役員たちに援助を配分し直すよう説得できそうになかった」（5）。日本においても、大学教員でもある文学研究者の多くは、人文学、とくに文学テクストの精読の訓練が、専攻を問わずすべての学部生に求められる〈クリティカルな思考〉の涵養に資するという趣旨の文書やポンチ絵を、大学執行部や文科省あるいは納税者でもある保護者に向けて作成したことがあるはずだ。このようなポリシーは、読む行為に価値を置くものである以上、皮肉にも、擁護すべき文学そのものを、知の対象ではあっても知の源泉とはなり得ないと、暗に認めることになる（Felski, *Uses* 3, 7)。読解の対象が文学以外の人間の営為である場合は、事によると、もっと始末に悪い。クリティークが、一般大衆の虚偽意識を看破し得る唯一の透徹したアプローチを自任するならば、看破される側、学部生を含む大衆が、そのような傲慢な政治的野心に反発するのは、理の当然というものだ。ソマーは言う。

> 悲観主義は、明らかに格差が広がり、戦争が増え、天然資源が減る世界にあって、知的満足を与えてきた。正しい立場に身を置くのは気分が良いものだ。しかし、楽観的な意志は、理性に対する絶望を超えて、生を社会参画と創造的貢献へと駆り立てる。若者に絶望を教えるのは、文化のエージェントの正当性を立証することに比べると、うんざりするだけでなく無責任でもあると、わたしには思えた。（*Work* 6）

同書では、最貧困層の若者のクラシック楽団や、絵画による町の再生といったプロジェクトを多数扱い、特定のイシューに注目を集める目的で始められたこうした芸術活動が、芸術を超えた制度や実践へと波及してゆく、その効果を跡づけ、その成長、発展、変化について考察する。そうすることで、人文学の解釈がさらなる運動を促すことを、ソマーは願う。ANTと親和的なアプローチである。

4 『息子と恋人』の肯定的読み

ロレンスのテクストに戻ろう。冒頭で見た「彼女にはわかったし、わたしにもわかった」と同じ構文の一節が、『息子と恋人』にある——「だが彼女にはわかったし、モレルにもわかった〔she knew, and Morel knew〕」(125)。続く「その行為が彼女の心に極めて重大な何かを引き起こしたということを。彼女はこの場面を、最も激しく心を痛めた場面として、生涯忘れることはなかった」(25) の「行為」とは、いつもの日曜のように、朝食の準備と赤ん坊の世話を夫ウォルター・モレルに委ね、「彼女」ことガートルードが朝寝坊をしている間に、一歳になったばかりの長男の髪をモレルが切ってしまったことを指す。息子を溺愛し、美しい巻き毛を伸びるにまかせて得意になっていた妻への嫉妬からやったことであり、モレルは、ただちに事の重大さに気づき、うろたえ、悄然となる。モレルの側は「何か決定的なことが起こったと感じ」(25)、自身のピューリタン的道徳を坑夫の夫に押しつけようと躍起だったガートルードのほうは、これを境に「夫の愛情を求めてやきもきすることはなくなった。彼は彼女にとって部外者になった。これで人生ははるかに耐えやすくなった」(25)。「わかる」という肯定的直感が、愉悦ではなく、諦念を伴う他者との関係のある種の均衡をもたらすのは、ロレンスの「ジプシーの女」との邂逅においても同様である。「わかった」のは、「おそらくは、精神ばかりに意識を向けるこの社会に対して、同じように抱いている、計り知れぬほど深い憎悪であり、そこから排斥された女も、わたしも、やはりその社会のなかを従順なふりをした狼のようにうろつき回っているのだということ」であり、「飼い慣らされた狼はその習性を振り払おうと機が訪れるのを待っているが、そんなことはできっこない」(*Studies* 207)。ロレンスは自分を排斥したイングランド社会を後にし、複数の作中人物を出奔させてはいるが、モレル家の人びとは自分の置かれた状況と折り合いをつけて生きていく。

武藤浩史は、「人生の否定的側面と肯定的側面の双方を、矛盾をおそれず、むしろ一見矛盾に見えるものを人生の豊かな多層性として描いてゆくのが、この小説の語りの戦略なのだ」として、こう続ける(794)。

> モレル家の歴史を悲劇として要約すれば、次のようになる。飲んだくれの父ゆえに、主人公の家庭は崩壊して、貧困と暴力に苦しみ、それに起因する母子の癒着した関係ゆえに、長男が夭逝し、主人公の次男は母以外の女性を愛せずに苦悩する。だが、この小説の叙述の肯定的側面に注目するならば、次のようになる。モレル家の陽気な夫と生き生きとして知的な母は、時折いさかうことはあるものの、二人の血を受け継いだ子供たちの多くはきわめて優秀で、長男はロンドンで成功し、次男も画家兼デザイナーとして将来有望である。何度か引越しをして、最後は、家に女中を置き、ピアノもあるような豊かな生活が実現する。主人公ポールは、母との関係が、多少親密すぎるかも知れないが、才能にも勤勉さにも恵まれ、女性にもてすぎるのが贅沢な悩みといった魅力的な青年である。『息子と恋人』は、多層的な描写を通して、どの家庭にもある家族の幸福と不幸の両面を見事に切り取った傑作と言うことができるのだ。(794-95)

『精神分析と無意識』と『無意識の幻想』は、『息子と恋人』を安易にフロイトの理論に還元した書評への、反論として企図されたが（遠藤 46）、モレル家の歴史をエディプス・コンプレックスの悲劇として読むよう批評家たちを促したのは、ケイト・ミレット（Kate Millett）が指摘するとおり、ロレンス自身でもあった（246）。一九二八年三月一三日付でロレンスが、編集者エドワード・ガーネット（Edward Garnett）に書き送った『息子と恋人』の大意は、「いわば事後的に、断固としてフロイトふう」であり、一五年前に物した小説をみずから「名作」であると同時に「偉大な悲劇」であると表現して、解釈の偏りを誘っている（Millett 246）。ミレットに言わせれば、作者による要約は「この小説が作動させる他の二つのレベル、すなわち、力強く生き生きとした超一流の自然主義――それがこの作品を、イングランドのプロレタリアの生活についての、おそらく今日でもなお最も優れた小説にしている――と、フロイト的な図式に隠れた生命主義のレベルを軽んずるものである」（246-47）。

アミット・チャウダリ（Amit Chaudhuri）もまた、ロレンスの父親も、父親がモデルのモレルも、法を定め支配するフロイト的な家父長の役割を演じることはなく、むしろイングランド社会に抵抗する労働者階級の男の、無責任で現実逃避的で攪乱的な性質を、ロレンス自身と共有していると見る（187）。チャウダリは、フロイト理論への還元を回避するいっぽうで、「抑圧」と「攪乱」のナラティヴに執拗に回収する嫌いはあるのだが、宗主国による被植民地人の取り込みというイデオロギー批判を恐れることなく、イングランドに暮らすインド人という自身の位置と、同時代の作家群におけるロレンスの「異質さ」を重ね合わせ、ロレンスが好んで描く、坑夫どうしの「接触、触れ合い、一体感」を評価していて（187）、興味深い。

二〇世紀初頭のプロレタリアの生活を描いた自然主義小説とは、武藤が鋭く指摘するように「労働者階級小説であると同時に、脱労働者階級小説でもある」(786)。階級上昇を果たしたモレル家が物質的豊かさから得る喜びを、虚偽意識と一蹴するのは容易い。けれどもガートルード・モレルが、市場で上手いこと値切った挙句、店主の境遇を思って覚える後味の悪さや(ch. 4)、外食そのものが分不相応な贅沢であった時分に、食堂で一番安い品を注文し、店員に邪険にされながらも次男坊の前で毅然と振る舞うさま(ch. 5)に胸を締めつけられた読者であれば、のちに、一四歳で勤めに出たその次男が六年かけて貯えた金でようやく「家族そろって休暇に出かける経済的余裕」(345)ができたことを、我が事のように喜ばないだろうか。[10]嫁いでこのかた妹を訪ねる以外に休暇に出かけたことのなかった母への、息子からの贈り物である。

ただし、宿を借りるにしても馬車を呼ぶにしても、限られた予算での慣れない交渉は、足下を見られる屈辱をつねに予期しながら重ねられる。ついに予算相応の良さそうなコテージが見つかったときの一家の気分の高揚は、わずか五行の間に「家中が歓声をあげた」、「皆、小躍りして、期待に胸を膨らませた」、「モレル家は興奮で沸き立った」と繰り返し表現されて(345)、読む者に感染し、冗漫と感じられることは絶えてないだろう。そしてついに迎えた休暇の初日、鉄道の駅から乗った馬車には、目的のコテージが一向に見えてこないことで不穏な空気が漂い始め、母はついに「あの恥知らず女、海まで十分って言ったんだよ!」と大声を上げ、一同が非難の矛先を次男に向け、長女は、家族の粗野な言動を、御者に見下されはしまいかと恐れる(349)。結局は皆、コテージを気に入るのだが、その後も暗然となったり、それを表に出すまいと努めたり、有頂天になったりと、頻繁かつ交互に訪れる緊張と弛緩、憤怒と歓喜は、独り階級上昇の過程にある人びとだけのものではない。「『息子と恋人』を単に悲劇と片づけてしまうには、この小説は楽しすぎる。生きることは楽しいと感じさせる人生の肯定的な側面があまりにも数多く書きこまれているのだ」と武藤が述べるとおりである（788）。

先に引いたように武藤は「多層的な描写」という表現を用いているが、潜在する意味を探して深層へと掘り進むのでも、あるいは一歩引いて冷徹な眼差しを向けるのでもなく、武藤が見出す「生きることは楽しいと感じさせる人生の肯定的な側面」は、テクストにすでに顕在していて、視差——身体を一歩引いたときに発生する運動視差ではなく、両目の間に生じる差——によって浮かび上がるものではないか。ジャニス・ラドウェイは、自身が、客体としての本と距離を置くときと、主客の境界が曖昧になるほど没入するときの二重の視点を、慣れない遠近両用眼鏡をかけたときの感覚になぞらえており（*Feeling* 13）、この喩えにぴんとくる向きもあろう。ラドウェイの比喩で肝要なのは、二重の視点は、完全に制御可能で自在に行き来できるものではないという点である。

5 フィクションをめぐる感情のパラドクス

道徳哲学の立場から、文学が社会にもたらす積極的価値を熱心に説くマーサ・ヌスバウム（Martha Nussbaum）は、「しばしば冷笑的で超然としている」「文学の教授ら」の読みが「一般の読者のような初々しさや敏感さを伴っていない」として、「苦痛な義務としてではなく、没頭して読むときにだけ」読書は社会的効用を持つのだと主張する（“Exactly” 353）。

もし文学的想像力が思いやりの心〔compassion〕を育むならば、そしてもし思いやりが公共心に欠かせないものであるならば、わたしたちが欲し必要とするような思いやりに満ちた理解を促進する作品を教えるのは、理に適ったことである。このことが意味するのは、一つには、わたしたちが、わたしたちの社会のなかで、緊急に理解する必要のある集団、例えば異なる文化の構成員、民族的・人種的少数者、女性、レズビアン、ゲイ男性の経験に声を与えるような作品を含めることである。（*Cultivating Humanity* 99-100）

ヌスバウムはまた、「差異を無批判に言祝ぎ、共感〔sympathy〕の土台を成す共通の利害や理解の可能性そのものや、対話や討論の可能性すら否定する」ような、多文化主義の名を借りた新しいタイプの反人間主義を批判しており（*Cultivating Humanity* 109-11）、これは正鵠を射ている。これらの論考が発表された一九九〇年代後半、フェミニズムやクィア研究の豊かな成果にもかかわらず、未だシラバスの偏りを正す努力が必要であったのも事実であり、近接領域と文学研究との交渉には大きな意味があった（し、いまもある）。二〇年以上を経た今日、死んだ白人の男の作品のみでシラバスが構成されることが望ましいと考える大学教員はまずいないが、新自由主義的な大学運営において人文学研究一般が直面する「正当化の危機」（Felski, *Limits* 14）を乗り越えるには、驚くべき多作さで多大な影響力を有するヌスバウムのような著名人を味方につけるのが、戦略的で得策かもしれない。けれども「文学的想像力は思いやりの心を発達させる」、「思いやりは市民としての責任／応答〔responsibility〕

に不可欠である」、「ゆえに思いやりにもとづいた相互理解を育むような文学作品をシラバスに組み込むのは理に適っている」という三段論法は、はたして妥当か。

小説が読者の共感を喚起するのは、スザンヌ・キーン（Suzanne Keen）が指摘するように、それが虚構であり、したがって問題解決のための直接行動を引き起こし得ないからこそかもしれない（106）。換言すれば、小説を読んで、利他的に人助けをするとか、不公正な状況を終わらせるといった具体的な行動を取るか否かは問題ではなく、共感すること自体が目的化し得るのである（116）。読者は、現実に起きている問題の、現実世界における傍観者よりもいっそう傍観者的な立場に終始し、「フィクションをめぐる感情のパラドクス」と呼ばれる事態を例証することになるかもしれない（106-07）。キーンは実際、教鞭を執る大学で学部生を対象とした調査をおこない、読書によって、共感の範囲が、すでに共感を向けていた対象の外に広がることはないという結論を導いた（ch. 3）。

6　剣呑な呑気主義

じつのところ、ロレンスが『無意識の幻想』で展開するポリアナリティクスは剣呑である。「わたしたちがともに希望と信頼を抱くことができればよいのだが」（115）との願いは、「間違った民主主義」（15）を正すことでのみ実現され得る。その前提条件となるのは、「生き生きとした力動的な関係を通じて」「すべての個人が、特定の、別個の存在として充足する」ことであるが、そのような個人同士を結ぶのは、愛でも同胞愛でも平等でもなく「底知れぬ信頼と責任、奉仕と指導、服従と純然たる権威」であるという(180-82)。個々人は、各々が選んだ指導者に死ぬまで服従し、「最高指導者を頂点に置くピラミッド型の社会」、「一種の貴族制度」を形成する(182)。そしてロレンスは指導者をもって任じる。「わたしたちがともに希望と信頼を抱く」ために、「わたしは自分の責任を果たそう、彼〔労働者〕がわたしに信を置いてくれるなら。わたしは彼に、本や新聞や理論を返してほしいのだ。そしてわたしは、お返しに、彼にかつての無頓着と、豊かで独自の自発性に満ち、充実した生を返してやりたいのだ」(116)。ただし後で見るようにロレンスは、労働者が失ったという充実した生を、みずから生きている。

ピラミッド型社会への志向は、『無意識の幻想』と同年に発表された長編『アロンの杖』(*Aaron's Rod*)にすでに具現化され、リーダーシップ小説と呼ばれるフィクション群を形成することになる——と整理したくなるが、この整理の仕方は、ロレンスに従えば、不適切である。

わたしのこの擬似哲学——あるいは「ポリアナリティクス」、わが尊敬する批評家のどなたかならそう呼ぶかもしれないが——は、小説や詩から導き出されるものであって、その逆ではない。小説や詩は、ペンの先から知らぬ間に〔unwatched〕出てくるものである。そして、自分自身と物事一般に対して、何らかの満足のいく精神的態度を切実に必要とするとき、人は作家としての、また人間としての経験から明確な結論を引き出そうと試みるのである。小説と詩は、純粋な情熱的経験である。「ポリアナリティクス」は、後から、その経験から導き出されるのである。

(*Fantasia* 15)

ここに叙述されたロマンティックかつモダニスト的な創作過程は、『アメリカ古典文学研究』のつぎの一節によって補われる。

> 芸術家はたいてい、まず何らかの教訓を示して物語の細部を作り込む。あるいは、かつてはそうだった。しかしながら、物語は逆方向に向かっていくのがつねである。つまり、二つの正反対の教訓、芸術家のそれと物語のそれとがあるということになる。その場合、ゆめ芸術家を信じてはならぬ。物語を信じたまえ。批評家の本来の役割は、物語をその作り手である芸術家から救い出すことなのだ。(*Studies* 14)

まるで懐疑的解釈である。だが、作者とテクストが知らないでいることは、指弾されるべく何らかのイデオロギーに還元されるものではなく、知らないことこそが力動的に生きることとして肯定される——「力動的かつ適切な意識の場はつねに前‐精神的であり、非‐精神的であ」り、「最も物のわかった〔knowing〕者でさえ、来週はどんな気分になるかさえ知らない」のであるから、「理想や観念ではなく、そのような衝動によってわたしたちは生きねばならないのだ」(*Fantasia* 68)。遠藤不比人の鋭い推論によれば、「無意識」という語を用いる際にロレンスの念頭にあったのは、「フロイト自身がイギリスにおける精神分析の科学的体裁を重視して」採用を容認した"the unconscious"という訳語ではなく、ドイツ語の"das Unbewusste"であり、その日常的な言葉の持つ「字義的な意味、つまり「『知らない、知ることができない状態」あるいは「なにか知り得ぬもの」という語義であった」可能性が高いという（49）。

「血から成る自己と、神経と頭脳から成る自己」（*Studies* 106）の二元性を現代人の桎梏と捉えたロレンスは、その二元性を両親それぞれに体現させる。

> 父は本が大嫌いだった。人が本を読んだり物を書いたりしているのを、見るのも忌み嫌った。母は、息子のうちの一人でも、肉体労働に就く運命にあるなどと、想像するのも嫌がった。息子たちは、もっと高等なことをしなくてはならないと考えていた。
> 母が勝った。だが、彼女が先に死んだ。（*Studies* 83）

母親はロレンスが教師という高等な仕事に就くのを見届けて死んだが、肉体労働の喜びと過酷さの両方を知るロレンスだからこそ、『息子と恋人』で、毎晩床に就く前に、暖炉の火を絶やさぬよう、翌朝ちょうど燃え尽きる大きさの石炭の塊を選ぶモレルのまめまめしさを淡々と綴るいっぽうで、評論においては、農場経営に乗り出したアメリカのロマン主義者を「滑稽な阿呆ども」と貶し（*Studies* 100）、明らかにみずからを労働者の側に置いて「教養人」を非難する――「意識が勝った今日の教養人は、肉体を使った「卑しい」仕事は、どんなかたちであれ忌み嫌う。皿を洗ったり、床を掃いたり、薪を割ったりする類の仕事だ。こうした卑しい仕事は、精神に対する侮辱なのだ」（*Studies* 83）。そして作家になってからも、「卑しい仕事」を厭わなかった。

アーノルド・ベネットは、一九三〇年一二月一八日、『イーヴニング・スタンダード』紙に連載していた名物コラムで、ロレンスの死後刊行された短編集『干し草小屋の恋』（*Love on the Haystacks* 1930）に、つぎのとおり一段落を割いている。

つぎは、ノンサッチ・プレスから出た別の本、「デイヴィッド・ガーネットの追想記併録」のD・H・ロレンス『干し草小屋の恋』（一五シリング）。まず装丁が美しい。デイヴィッド・ガーネット氏の「追想記」は、ここに収められた短編と『息子と恋人』が書かれた時期の複数の思い出話である。執筆当時、これらの短編を出版しようなどという無謀な考えを起こす版元は皆無だった。現代の最も優れた作家の一人は、あっちでもこっちでも断られたという。ガーネット氏の思い出話はどれも素晴らしい。ひとつ、『息子と恋人』について引いてみよう――「彼の執筆の邪魔をしないようにしようなどとは、わたしには思いつかなかったし、〔『息子と恋人』刊行の翌年に結婚する〕フリーダにもおそらく思いつかなかったのだろう。わたしたちはその日丸一日、同じ部屋で一緒に過ごしていて、彼は隅っこで、ひまひまに走り書きをしながら、しょっちゅう椅子から飛び上がっては、料理の様子を見に行くという具合だった」。（440）

ベネットはロレンスを生前から高く評価し、同紙でもたびたび取り上げたが、この段落の大半を、併録されたガーネットの追想記[11]への称賛に費やしている。ガーネットの記憶が正しければ、小説がロレンスのペンから出てくるところは文字どおり目撃されていたわけで、これは、書く身体の衝動の、貴重な記録である。このエピソードを選んで短いコラムの紙幅を割いたところがいかにも、文筆を、肉体を使った仕事として表象することを恐れなかったベネットらしい。

身体に根ざす情動を、ロレンスは尊んだ——「欠くべからざる活力の源〔the breath of life〕とは何かとお訊ねか？　よいかね、それは、男と男の間、男と女の間、人間と物との間を巡る不可思議な流れのことだ。絶えず混ざり合う流れ。絶えず双方を揺れ動く循環。それが活力の源なのだ」（*Studies* 109）。メルヴィルを論じた章でロレンスは、マルケサス島の人喰いの風習や戦闘の野蛮さを、キリスト教の聖餐式や（メルヴィルが知らずに死んだ）第一次世界大戦の塹壕戦との類推で相対化し、「共感することができる〔We can be in sympathy with them〕」（*Studies* 127）。しかし、その共感は楽園を約束するものではない（*Studies* 129）。

> 世界が、調和と愛に満ちた場所であろうはずがない。世界は、激しい不調和に間欠的に調和が訪れるような場所であるはずだし、現にそうだ。
> 愛が、完全であろうはずがない。愛とは、完全な瞬間が訪れては去る、荒涼とした棘だらけの藪であるはずだし、現にそうだ。
> 「完全な」関係など可能なはずがない。すべての関係には、絶対的な限界、絶対的な制約があるべきで、それが各々の魂が独立してあるために不可欠なのだ。本当に完全な関係とは、各々が相手の内に大きな領域を未知のまま残しておくような関係である。（*Studies* 132）

ロレンスのポリアナリティクスは擬似哲学で、生命主義は疑似科学であるかもしれない。けれども、ハラウェイに言わせれば、「想像を働かせることと合理的であること――夢想的であることと客観的であること――は互いの近くを漂っている。科学とは、そもそもの初めからユートピア的で夢想的であり続けている。それが「われわれ」が科学を必要とする一つの理由である」(585)。そして「科学的に知る者〔a scientific knower〕は〔中略〕部分的繋がりという主体位置を追求する」(586)。ロレンスの多元呑気主義は、「わたしはわたしであるということ、相手はわたしではないということを、忘れないという」誠実さで(*Studies* 27)、存在と関係の偶発性を生きる希望である。

第三章

ガーティのケース

『ユリシーズ』第一三挿話のメランコリックなヒロイン

はじめに　アイデンティティの公式

「わたしは◯◯である」という、いわばアイデンティティの公式の、◯◯の部分には、人によってさまざまな名詞を当てはめることができるだろう。その名詞群のうち、わたしたちが生きている今日の日本社会で、首尾一貫性を持ち、中心を成すとみなされているのは、女もしくは男というジェンダーのカテゴリーではないだろうか。例えば看護婦ではなく看護師、保母ではなく保育士という表現が一般化して久しいにもかかわらず、マスコミの報道では、それが当該の出来事や事件の性格と無関係な場合ですら、「保育士の男性が」とか「女性看護師が」といったジェンダーの印づけが頻繁におこなわれる。確かに職業は、変えたり失ったりする可能性があるし、定年まで勤め上げたのちに◯◯には「無職」と入れることになるかもしれない。それに対し、大多数の人にとって、「男／女」は、生まれてから死ぬまで変わらず◯◯に入り続ける。

しかし、よく知られているように、シモーヌ・ド・ボーヴォワールは「人は女に生まれるのではない、女になるのだ」と言い、アイデンティティは「である」ものではなく「になる」ものだと看破した(12)。ジェンダーとは、首尾一貫し安定した、アイデンティティの核などではなく、出生の際（あるいは今日ではしばしば出生前に）おもに外性器の形態に従って割り振られたジェンダーに、生涯を通じて繰り返し「なる」ことで、「ある」ように見せかける制度である。繰り返し「なる」作業は、「女らしさ」や「男らしさ」という社会的な規範の参照を意味する。「わたしは◯◯である」という文の主語である「わたし」がわたしである（ような一貫性を装う）ために、わたしは規範に従う。

英語では、文の主語はサブジェクト（subject）という。学校で習うSVCのSである。サブジェクトは、文の主語だけでなく、形而上学的な「主体」の意味でも、「家来、臣下」あるいは君主国の「国民、臣民」の意味でも用いられる。近代的な主体とは、自律した個人を意味するから、封建制の下での家来や臣下と同じ語で言い表されるのは奇妙に思われるが、語源を辿れば腑に落ちる。ラテン語のsub（＝下に）とject（＝投げられた）とから構成されたこの語は、形容詞として用いられる場合は"subject to～"のかたちで「～に服従している、～の支配下にある」の意味になる。名詞のsubjectionもまた「服従、屈服、従属」を意味する。主語の位置にある「わたし」は、「である」という述部に規定されて、遡及的に立ち上がる。したがってVの前にすでにSが置かれる文法は、主体形成の過程を説明し損なっている。その意味では、ジュディス・バトラーが指摘するように、ボーヴォワールの言葉も、女になる前に存在する「人」を想定していることになり、主体化とジェンダー化が同時に起こるさまを記述し損なっている（『ジェンダー』199）。

現代の社会においてアイデンティティの核を成すとみなされるジェンダーの項目を、空白にしておくことは許されない（少なくとも「回答しない」と回答せねばならない）。赤ん坊が取り上げられ、あるいは超音波検査を受け、「女の子ですよ」あるいは「男の子ですよ」と告げられる場面に見られるように、「男の子か女の子か」という問いに答えが与えられて初めて、その子は人間化される。いずれのジェンダーにも合致しない身体形態は、人間の外にあるもの――人間「ではない」、理解不能な、おぞましきものの領域を構成するもの――とされ、それと区別して人間が構築される（『ジェンダー』200）。わたしたちは、社会において理解可能な存在として承認されるために、男か女であることを説明し続けることになる。そして「わたしは○○である」というわたし個人の物語は、一般的なカテゴリーの集合的な物語を生きることを意味する（Butler, *Giving an Account* 35-40）。

本章では、ジェンダーがアイデンティティの基盤として大きな意味を持ち始めた一九世紀末から二〇世紀初頭のイングランドとその植民地アイルランドにおいて、主体化とジェンダー化が同時に、繰り返しおこなわれるさまを考察したい。手がかりとするのは、ジェイムズ・ジョイスの長編『ユリシーズ』[1]第一三挿話とその周辺のテクスト群である。ホメロスの『オデュッセイア』を下敷きとしたこの作品は、先行する複数の物語の織物としての文学テクストの特質を前景化すると同時に、言語体系のなかに産み落とされたわたしたちが、壮大な叙事詩から巷に流通するもっと卑近で断片的な言説にいたるまで、さまざまな物語を介してみずからの経験を理解し、世界を分節化するその過程を再演して見せる。

1　ところでガーティとは誰でしょう？

一九〇四年六月一六日午後八時頃、暮れなずむダブリンはサンディマウント海岸で、若い女が自分を見つめる中年男の視線に気持ちを昂らせ、中年男が若い女を眺めながら手淫をおこなった――身も蓋もないようだが、アイルランド文学の金字塔『ユリシーズ』の第一三挿話を要約すると、だいたいこんな話だ。若い女はガーティ・マクダウエル、中年男はレオポルド・ブルームという。挿話は前半と後半に分かれ、それぞれガーティとブルームの意識を、おもに自由間接話法と内的独白という異なる語りの手法で描き出す。自由間接話法とは、登場人物の心情を、引用符を用いずに地の文とひと続きに記述するものである。前半では、主語は固有名詞の「ガーティ」もしくは三人称の「彼女」で、時制は過去形であるが、「彼女」を「わたし」に、時制を現在形に置き換えれば、大半の文は、夢見がちな若い女の子の使いそうな語彙や言い回しが散りばめられた直接話法に再構成でき、どこまでがガーティの意識で、どこからが語り手による介入なのか、あるいは事によるとすべて、一人称で語るブルームの腹話術なのか、判然としない。

第一三挿話の冒頭部分では、海岸にたたずむガーティとその女友達シシー・キャフリーとイーディ・ボードマン、そしてシシーの四歳の双子の弟、トミーとジャッキーの様子が語られる。これが二ページほど続いたのち、「ところでガーティとは誰でしょう?」(13: 78) という疑問文が挿入される。「ガーティは◯◯である」という答えを要求するこの疑問文には、こう続く——「ガーティ・マクダウエルは、友達のそばに腰かけ、物思いに耽り、遠くを見つめていたのですが、じつのところ、魅力あふれるアイルランドの若い女の子のなかでも、稀に見るほどの見事な見本でした」(13: 79-81)。シシーもイーディも間違いなくアイルランドの若い女の子であるが、ガーティこそが「魅力あふれるアイルランドの若い女の子〔girlhood〕の見事な見本」であるとされている (girl というカテゴリーについては次節で考察する)。ガーティは若い女の子として、「稀」であると同時に「見本」であるという矛盾を孕んだ、理念型と個々の女の子との距離を示唆する存在だ。右の一文には続いてこうある。

彼女を知る人はみな彼女を美しいと褒めそやしますが、身内の者は、彼女はマクダウエル家よ

> りはギルトラップ家の血を引いているのだとよく言います。彼女の姿はすらりと優美で、かよわいほどですが、最近飲んでいる鉄剤カプセルがウィドウ・ウェルチの婦人丸薬よりもはるかによく効いて、おりものもずっと少なくなり、例の虚脱感も軽くなってきました。(13: 81-87)

彼女の魅力を構成するかよわさと優美さは、じつは鉄分不足とおりものの過多によるものであることが露呈される。感傷的な文体で婦人病の症状が示される唐突さと露骨さは、読者を困惑させるかもしれない。

だが当時の女性向け週刊誌を参照すれば、文体と内容の齟齬を特徴とする第一三挿話のスタイルのモデルを見出すことができる。第一三挿話を読み進めるといずれガーティがその読者であることが明らかになる『レディの写真入り雑誌』(*Lady's Pictorial*)や『ジェントルウーマン』(*The Gentlewoman*)、『レディ』(*The Lady*)、『ウーマン』(*Woman*)といった週刊誌はいずれも、女の身体に焦点を合わせて多くの紙幅を割き、その身体を最新のファッションや質の良いコルセットだけでなく手入れや治療を必要とするものとして表象した。必要なアイテムは、特集記事に見えてじつは広告であるアドバートリアルにおいて、あるいは記者が読者の投稿に対して助言をおこなうコーナーにおいて、しばしば商標名とともに提示される(Beetham 186)。「ウィドウ・ウェルチの婦人丸薬」や、それよりはるかによく効く鉄剤カプセルをガーティが知ったのは、こうした媒体を通じてであったと推察がつく。

けれども、もしかよわさがガーティの魅力の条件であるならば、鉄分の補給によってすっかり頑健になってしまったのでは、もはや誰からも褒められなくなりはしまいか。いやしかし、コルセットのような不衛生で不健康なものを着用していながら頑健になることなどないかもしれない（コルセットが肌に当たる不快感を、ガーティは訴えている）。病的ではいけないが健康的過ぎてもいけない、そんなほとんど到達不可能な理想像を示したうえで、まさに到達不可能だからこそ永久に投資を必要とするものとして身体を意味づけるのが女性向け週刊誌であり、多いときにはその紙面の半分を占めた広告であったと言えよう。

興味深いのは、「ウィドウ・ウェルチ」や（『ユリシーズ』には出てこないが）「マザー・シーゲル」といった商標名が表すように、広告が、女が女に向けて送るメッセージのかたちを取っていることだ。雑誌の記事も同様である。しかし、商品の開発・製造に携わるのはおもに男であったし、雑誌の編集者や記者のほとんどは、女を装って書く男であった（Beetham 129）。例えばアーノルド・ベネットは、文筆で生計を立てられるまでになる前の一八九四年から一九〇〇年まで『ウーマン』誌の編集部に勤め、セシルやバーバラといった女のペンネームを他の編集者と共有していた（Drabble 56-57; Shapcott 6-7）。女性参政権運動が盛り上がるなか、一八九〇年に創刊された『ウーマン』のモットーは、「前に踏み出しましょう、でもあまり急ぎ過ぎないで」であった。一八六一年創刊の『クィーン』（*The Queen*）が確立したスタイル――王室や社交界のゴシップ、ファッション、劇評、書評、ガーデニング、料理などを中心に、政治とは距離を置いたヴィジュアル重視の紙面作り――を、一八八〇年代に『ジェントルウーマン』や『レディ』が模倣し、『ウーマン』はその系譜に連なる。『ウーマン』には、ベネットが一八九六年から編集に関わるようになってから、短編小説をより多く掲載するなどの変化がもたらされたものの、ベネット自身の回想によれば、コルセットは不健康で不衛生で擁護し兼ねるという編集会議での彼の主張は、それを容れれば雑誌が完全に破綻するとの理由で斥けられたという(Hepburn 35)。女性誌にとってコルセットの広告は大きな収入源である。営利組織である以上、有害な習慣の排斥より広告収入を優先するのも、やむなしとの判断だ。『ウーマン』がモットーに掲げる、いわばほどほどに進歩的な女とは、国政には関与しないが消費活動には積極的に身を投じる、ほどほどに不健康な女である。そしてアイルランドの若い女の欲望と身体を形作るのは、イングランドの女装した男であった。

2 ところで若い女の子は何を欲しているのでしょう?

「いまだかつて誰にも答えを与えられたことがなく、わたし自身、三〇年にわたって女性の心理を研究してきたにもかかわらず、いまだに答えが見出せずにいる大きな問題がある。それは「女は何を欲しているのか」という問題である」と語ったのは、晩年のジークムント・フロイトである(Freud 421)。[2] フロイトが三〇年を費やして研究した「女性の心理」とは、フィリス・チェスラーによれば、抑圧的な父権性男性文化が捏造したものに他ならない。

父権性社会で、〈女性〉のアイデンティティにとっての必須条件はなにか? こう問われれば、答えは、近親姦のタブーを破ることである。はじめからお父さんが誰より好きだった、これからもずっとお父さんが誰よりも好き。娘たちはこう言い続けなければならないのだ。その結果、女たちは権力を持つ父親的人格と恋に落ちることが出来るのだし、そういう人物と結婚することが認められるのだ（Chesler 138）。

『女は何を欲しているのか？』と題した著書[3]でショシャナ・フェルマンは、このチェスラーの議論を引き、「家庭教育に始まり、その後の成長期を通じて、女性に課せられる社会的役割とは、権威を持つ中心的存在としての男性のイメージに奉仕すること」だと論じる（35）。つまり女は、生涯を通じて、娘であり、母であり、妻であることを要請されるのである。

ガーティに課せられた役割は、つぎの引用にあるとおり、父の「家のなかの二人目の母」〔a second mother in the house〕である。

ガーティは掛け値なしに素晴らしい娘で、まるで家のなかの二人目の母、純金のような優しい気立ての守護天使でもありました。お母さんが割れるような頭痛に襲われるたびに、額に固形薄荷脳剤をすり込んであげるのはもちろんガーティです。だけど、お母さんが嗅ぎ煙草をやるのが嫌で、それだけが唯一、母娘の口論の種でした。そんなわけで、みんながガーティの温和な人柄を褒めそやすのです。（13: 325-31）

よく指摘されるとおり、ヴィクトリア朝の「家庭の天使」を彷彿とさせるくだりでもある。エドワード朝のガーティの家庭は、家長が酔って妻と娘に手を上げるような、天使が暮らすにはいささか殺伐たる家だが、コヴェントリー・パットモア（Coventry Patmore）の『家庭の天使』（*The Angel in the House*, 1854-62）が女の利他的愛情を言祝ぐ詩であったことを考えれば、この譬えも妙に腑に落ちる。さらに道木一弘が述べるように、「第二の母」とは父にとっての「第二の妻」を暗示し、父による暴力は性的虐待を伴うものかもしれない（242）。「生娘が一〇シリングだよ。うぶな子で、まだ手がついてないいんだよ。一五歳さ。誰一人やっちゃいないよ、へべれけに酔っぱらった親父以外はね」（15: 359-60）とは、第一五挿話に登場する売春宿の女将のセリフである。これが直接はマイナーな登場人物ブライディ・ケリーのことを指すとしても、その直後にガーティが登場するという展開は、十分示唆的であると言えよう。

ところでガーティは、よく効く栄養補助食品以外に何を欲しているだろうか。例えば彼女は、まだ出会ってすらいない理想の男性との結婚生活を夢想する――「彼女はおいしい食事や居心地のよい住まいを整えて〔with creature comforts〕彼の世話を焼くことでしょう、だってガーティは女らしい思慮があって〔womanly wise〕男の人が家庭的な雰囲気が好きだってことを知っているのですから」（13: 222-24）。ここでガーティに対して例外的に "womanly" という表現が用いられているのは、彼女が結婚後に発揮すべき妻の知恵に話が及ぶためだ。

ガーティの年齢は、二一歳と推定される（高橋 156）。当時のダブリンにおいては結婚適齢期を過ぎようとしている年頃である。しかしながら、ガーティ自身がその消費者であるイングランドの出版市場においては、一八八〇年頃を境に、従来 "young women" と呼ばれていたターゲットの読者層がそのまま"girls"という新しいカテゴリーに括られるようになったことを考えれば、ガーティをgirlと呼ぶことには何の不自然さもない。サリー・ミッチェルは、一八八〇年から一九一五年にかけてのイングランドにおいて、"girlhood"は、親の家と結婚後の住まいに挟まれた空間を意味し、それは何年続こうと変わらず、さらに単なる過渡期ではなく、前の世代とは異なった新しいライフスタイルとして理想化されたと分析している(Mitchel 9)。むろん、親の庇護の下いつまでもgirlでいることは、中産階級に許される特権でもあった。一八九六年出版の長編『あるロンドンの事務員の物語』(作者不詳)では、妻を亡くし、仕事にあぶれ、娘の縫製工場での稼ぎを当てにする家具職人が、たった一五歳で"woman"にならざるを得ない娘の不運をしきりと嘆いているが(ch. 5)、当時、労働者階級の娘なら一二歳から一四歳で働きに出るのは当たり前だった(Mitchel 9)。

「女は何を欲しているのか」という問いに答えを出そうとする企ては、二〇世紀への転換期にあって、独り精神分析だけのものではなかった(Bowlby 18)。この時期、生産と消費、供給と需要の因果関係が逆転する。生産者は、つねに潜在的な消費者を開拓し、需要のないところに需要を生み出す必要に気づき始めるのだ。「女性の心理」ならぬ「消費者心理」という表現が示唆するとおり、消費文化と精神分析学の勃興が軌を一にするのは、決して偶然のことではなく、西欧の近代家族をモデルとして構成された精神分析の歴史性を考慮するなら、明らかに必然であった。ヴィクトリア朝の性倫理が能動的な「欲望する主体」を男に割り振ってきたがために、欲望する女はフロイトに不可解な謎として取り憑いたが、欲望を消費の欲望として再定義する市場経済は、女に、欲望する主体となることを促した(Hennessy 98-99)。

少年向け週刊誌や冒険小説が大英帝国の担い手を育成したように（McClintock ch. 6）、商品文化は雑誌や三文小説、広告を通じて、さまざまな時代と文化のエッセンスをごたまぜにしたファンタジーを流通させることで、若い女を結婚市場に参入させる役割を果した。かつてはおもに教会と共同体が担っていたこの役割をマスメディアと市場経済が補完するようになったことは、つぎのようなブルームの連想――アルコール依存の男たちが教会に集って聖母マリアに捧げる祈りの反復と、広告のコピーとの類推――が示唆するところである。すなわち「われらのために祈りたまえ。そしてわれらのために祈りたまえ。そしてわれらのために祈りたまえ。いいアイディアだよな、繰り返すのは。広告だって同じだ。当店でお求めください。そして当店でお求めください」（13: 1122-24）。信仰が祈りの姿勢の結果生じ、その姿勢の反復が信仰をその都度新たにするように、広告の参照は世俗的儀礼として主体を不断に構築し直す。

「女に手を上げる男は最低」（13: 300-02）と思ったわずか一〇行ほど後で、ガーティはこう独白する――「かわいそうなお父さん！　いろいろと欠点はあるけど、それでも大好き」[4]（13: 311-12）。母親は、折に触れ夫を諫めながら、改心させられずにいる。ガーティが、この苦境を逃れるための現実的な方策として思いつくのは、ブルームの連想をなぞるかのように、カトリックの信仰か大衆薬かの二つに一つ、究極の選択である。「もしもお父さんが禁酒の誓いを立てるか、『週刊ピアソン』に出ていた酒癖を治す粉薬を飲むかして、お酒の魔手を逃れていてさえくれたら、彼女はいま頃馬車を乗り回したりして、誰にも負けなかったでしょうに」（13: 290-92）とガーティは嘆く。『週刊ピアソン』（*Pearson's Weekly*）は、一八九〇年創刊の大衆向け小説・ノンフィクション雑誌であり、当時は、効能の疑わしいものも含め、大衆薬の広告がこうした雑誌に多数掲載された。

信仰と大衆薬、いずれも選択せずに酒癖の治らない父ではあるが、「レイゼンビーのサラダドレッシング」であえたレタスが食卓に上るときは、機嫌がよい（13: 314）。このドレッシングがあるからご機嫌なのか、ご機嫌なときにたまたまこのドレッシングがあったのか、因果関係はむろん問題ではなく、ガーティの記憶のなかで、幸福な食卓と既製品のドレッシングとが分ち難く結びついていることこそが重要である。また、飲酒が原因の痛風で動けない父の遣いでガーティが父の事務所から家に持ち帰るのは、「ケーツビーのコルク・リノリウム」のサンプルで、皮肉にもこの商品の歌い文句は「邸宅にふさわしい、これがあればご家庭はいつも明るく楽しい」というものだ（13: 323-24）。こうしてガーティは夢想のなかで、父の家と、まだ見ぬ理想の男性と結婚後作り上げていく明るく楽しい家庭との間を行き来する。

「おいしい食事や整えられた住空間など、身体的な安楽や満足に役立つ物理的な快適さ」を意味する“creature comforts”（*The Concise Oxford Dictionary*, 10th ed.）は、消費社会においては、商品の購入によって可能となる。ガーティがいかにこれに長けているかを示す例が続く。

彼女のこんがり焼き上げたパンケーキやふっくらしっとりしたアン女王プディングを、みんなが絶賛しました、というのも彼女は火を起こすのが上手で、ベーキングパウダー入りのきめの細かい小麦粉を同じ方向に混ぜ続け、牛乳と砂糖を一緒にかき混ぜてクリーム状にし、卵白をよく泡立て、でもそばに人がいると恥ずかしくて食べる気になれないわ、いつも思うけど、人間ってどうして菫とか薔薇みたいな詩的なものを食べられないのかしら、わたしたちは立派な家具つきの客間に、絵画や版画やギルトラップおじいさんの愛犬ギャリオウエンの写真を飾って、あの犬ったら人間みたいに口をきいてもおかしくないくらい利口で、それから椅子には更紗木綿のカバーをかけて、クレリー商店の夏の見切り品大売り出しで見かけた銀のトースト立ても、お金持ちの家にあるようなやつよ。(13: 224-35)

ガーティお得意のケーキ作りは、商標名にこそ言及されていないが、あらかじめ小麦粉にベーキングパウダーを加えてあるケーキミックスを利用し、その文体から、母親譲りの調理法ではなく、雑誌などのレシピに忠実に従っている様子が窺える。客をもてなすのに相応しい装飾品の購入を夏のセールまで待つのも、賢い主婦のやることだ。(5)

父が酒を断ちさえすれば経済的に困窮することもなく、存分に顕示的消費を楽しむことができるという発想は、浅薄かもしれない。だがガーティが、友人のシシーにさえ家庭内暴力について、少なくともありのままには打ち明けられずにいること――「あなたはうちのお父さんが酔っぱらったところを見たことないけど見たことがなくたって年を取り過ぎているとか顔が気に入らないとかなんとかで自分のお父さんにはしたくないでしょうよ」(13: 307-08)――を思えば、現実逃避的な想像力としてかえって強く彼女の苦悩を印象づける。「洗いざらい話さなくても察してくれる女の司祭がいればいいのに」(13: 710-11)と考えていることから、カトリックの信仰と告白が救いとなっていないことは明白だ。こんなとき、女の連帯こそが救いとなるかもしれないのに、打ち明けられないほどの苦悩の深さゆえに、女同士は分断される。雑誌という媒体は、マーガレット・ビーサムも指摘するように、読者共同体を作り上げ、物理的に隔たった他人同士が孤独や苦悩を分かち合うことを可能にする（207-09）。しかしながら、同じくビーサムが注目するとおり、ガーティが愛読するような女性誌は、個人的な境遇や恋愛についての投書は掲載せず、投稿欄は服装や家事についての質問に限るとの方針を貫いていたため（187）、家庭内暴力のような深刻な悩みを打ち明ける声が、他の読者に聞かれることはなかった。

欠点の多い男を導き感化する女の美徳が、「家庭の天使」という表象を伴って喧伝されたのはヴィクトリア朝のことである（Tosh 54-55）。エドワード王の治世に替わっても、家庭の「守護天使」ガーティは、まだ見ぬ未来の夫が、たとえ罪人であっても改心させてみせるし、プロテスタントやメソディストであったとしても、彼が彼女のことを本当に愛しているのなら、簡単に改宗させられるはずだと、鼻息荒い（13: 431-32）。なぜなら「愛の香油だけが癒すことのできる傷があります。彼女は女らしい女で、他の移り気な女らしくない女の子たちとは違う」から（13: 432-35）。母の失敗を目の当たりにしながら、「女らしい」ガーティは怯むことなく結婚市場に参入していく。

3　ドメスティック・イデオロギーと植民地支配

ガーティのファンタジーを構成するのは、女性誌の記事や広告だけではない。近所の雑貨店がお客に配る暦すら、ガーティを女の子にする。

毎晩ガスの元栓を締めるのはガーティですし、二週間ごとに自分で忘れずに塩酸石灰をまくあの場所の壁に、食料雑貨商のタニーさんがクリスマスに配った絵暦を貼りつけたのもガーティでした。古き良き時代のこと、当時みんなが着ていたような服に三角帽というういでたちの若い紳士が、大時代な騎士道ふうのしぐさで格子窓越しに愛する婦人に花束を献げています。この絵から、背景にある物語を十分読み取ることができます。色彩はなかなか見事にできています。女性のほうは身のこなしにも十分に気を配ってしなやかな白地の服をぴったりと身につけ、男性の服はチョコレート色で一分の隙もない貴族ふうの紳士なのです。ガーティはそこで用を足しているときにしばしばこの二人のことを夢見心地で眺め、袖をまくってその婦人の腕のように白く柔らかな自分の腕に触れてみながらその時代のことに想いを馳せます。(13: 331-44)

これが用便の最中であるという、微笑ましくも滑稽な急落法が、騎士物語の崇高な愛をパロディ化する。注目すべきは、この暦が雑貨店の広告媒体である点だ。一九世紀末、百貨店は、カレンダーに店の折々の目玉となる催事を祝日や宗教儀礼と並置することで、月日の流れを定義し直し、消費の秩序を客の暮らしに浸透させることに成功する (Bowlby 32)。華やかさではロンドンの百貨店に遠く及ばないとしても、御不浄に飾って毎日眺めたくなるほど素敵なこの暦は、用便のための最も卑俗な空間と、消費と求愛という晴れの空間を無理なく繋ぐ媒介となる。ただしガーティは、騎士道ふうのプラトニックな異性愛に惹かれる女の子になるだけではない。「その婦人のように白く柔らかな自分の腕に触れ」ることは、ガーティが、この絵の送るメッセージ（「背景にある物語」）に反して欲望する身体になること、さらに欲望の対象として紳士ではなく「しなやかな白地の服をぴったりと身につけ」た婦人を選んでいる可能性を暗示する。

求愛に続く結婚生活の、より現代的なファンタジーは、毎朝、夫が勤めに出る前の親密な時間をめぐるものである。

彼は背が高くて肩幅が広く（ガーティは夫にするなら背の高い男性がいいといつも思っていたのでした）手入れが行き届いて曲線を描く口ひげの下に白い歯が輝いていて、そして二人はハネムーンには大陸へ行って（素晴らしい三週間！）、そしてそれから気持ちよくて快適な家庭的なおうちに落ち着いて、毎朝一緒に簡素だけど完璧に二人だけのために用意された朝ご飯を食べて、彼は仕事に出かける前に、彼のかわいいお嫁さんを愛情を込めてぎゅっと抱きしめ、彼女の目の奥をしばしのぞきこむのです。（13: 235-42）

一見、他愛ない、ごくささやかな夢のようであるが、結婚市場における競争は熾烈である。一八四〇年代のジャガイモ飢饉以降、職は少なく不安定で、給与水準も低く、昇進の機会にも乏しいアイルランドの男は、結婚を三五歳から四五歳頃まで遅らせ、所帯を持つに十分な経済的安定を得ると、自分より一〇歳かそれ以上若い女を選ぶ傾向が続いた（Walzl 33-34）。ときには婚約ないしはそれに類する「了解」期間が一〇年から一五年にも及ぶこともあったが、たいていの男は約束に縛られるのを嫌い、男同士の付き合いのほうを好んだ（Walzl 34）。それでも、男よりもはるかに雇用機会の限られた女は、経済的・社会的庇護者としての男を必要とした。経済的動機づけのロマンティックな偽装が、女が結婚市場に参入する際には不可欠であった。すでに見たように、「女らしい思慮」のあるガーティは「男の人が家庭的な雰囲気が好きだってことを知っている」から、「おいしい食事や居心地のよい住まいを整えて」夫の世話を焼こうと意気込む。まだ見ぬ夫〔him〕は、「男の人」一般〔a mere man〕へと横滑りし、ガーティもまた「女らしい」女一般となる。

　ガーティのファンタジーのもう一つの源であるアメリカの作家マライア・カミンズ（Maria Cummins）の一八五四年の長編『点灯夫』（*The Lamplighter*）においては、孤児で容貌に恵まれない主人公ガーティ・フリントが、幼なじみで大陸ヨーロッパの社交界に遊んだ末にアメリカ中産階級の家庭の美徳を再認識したウィリーに、「家庭を愛する完璧な女性の表象」として恋い慕われ、妻として選ばれる（Baym xxii）。『点灯夫』は、一八五〇年代のアメリカで、『アンクルトムの小屋』に次いで最も売れたフィクションで、イギリスでも複数の出版社から、とくに版権の切れた一八九〇年代以降、さまざまな廉価版が一九二〇年代まで毎年のように出版された（Baym xvi-xvii）。

　イングランドでも、一八六〇年代以降、男女の人口比の不均衡による結婚難が大きな問題となっていたことを、一八九三年刊行のジョージ・ギッシング（George Gissing）の長編の露骨な表題『余った女たち』（*The Odd Women*）は示している。女の地位向上のための職業訓練校で教鞭を執るローダ・ナンは、若い女たちが、感傷的な小説に感化されている現状を憂えている。

ミス・ロイトンがなかなか利口だってことは認めるわ。でも、彼女が決してあなたの望むようにはなりっこないって、わたしが気づいていないと思う? 彼女、暇さえあれば小説を読んでるのよ。小説家をみんな縛り上げて海に放り込んでやることができたら、女を改善させようっていうわたしたちの仕事にも勝算が出るでしょうに。あの子の性根〔the girl's nature〕は感傷で腐ってしまってるのよ。他の女の子たちと同じで、最良のフィクションとやらを読むだけの知力はあっても、それがどれほど邪悪か理解できるほどの知力はないの。愛、愛、愛――低俗な繰り返しで胸が悪くなる。でも、小説家が理想として示すものよりもっと低俗なことって何だと思う? 連中は世界をありのままに描こうとしないのよ。読者が退屈しちゃうから。(64)

重要なのは、現実と乖離している場合に、より強力に作動するイデオロギー一般の性質を、ローダが看破している点である。構造的な女余りの解決策としては、自活できるよう女に職業訓練を施すのが理に適っているはずなのに、巷に溢れているのは、女の自立を促す合理的な言説よりも、ドメスティック・イデオロギーを再生産するファンタジーなのである。『点灯夫』が大ベストセラーとなったアメリカは、一八八九年までに世界一離婚率の高い国となり、それ以降、離婚率とロマンス小説の売り上げ部数とが、肩を並べて上昇し続けてきた(クーンツ 107)。『点灯夫』は、生涯結婚することのなかった作者が女性読者に向けて書いた一種の教養小説で、ヒロインのガーティ・フリントは長じて教師になるのだが、幼なじみのレギー・ワイリーと結ばれて社交欄に載ることを夢見るガーティ・マクダウエルは、どうやらこれをロマンス小説に読み替えているようだ。教育の機会を逸し、足の不自由な彼女にとってはなおのこと、現実味に乏しい夢である。

ドメスティック・イデオロギーは、男に公的な職場における有償の生産労働を、女に私的な家庭における無償の再生産労働を割り当てる。一九世紀を通じて、苛烈な競争原理が支配する市場経済と対比され、家庭は愛情に満ちた安らぎの場、「家庭の天使」の領分として理想化されるようになるが、そもそもこのような性別役割分業が可能であったのは、一九世紀末になっても、産業化の進んだ都市部の中産階級以上に限られていた。ヴィクトリア朝の理想の家族像は、それ自体がほとんどフィクションであったばかりでなく、イングランド（やアメリカ）の中産階級の家庭が、みずからはその理想から排除された多くのアイルランド移民の女中や洗濯女なしには存在し得なかった事実をも隠蔽する。

ガーティは、母が手に入れられなかった「気持ちよくて快適な家庭的なおうち」を手に入れようと目論み、さまざまな消費財の購入を通じてこれを達成しようと思い巡らせる。そして消費財に関する情報は、女装したイングランドの男が発信したものであり、ダブリンで流通している商品のほとんどはイングランド製かアメリカ製であった。ジェニファー・ウィッキーは、ダブリンと広告との関係が、ダブリンの置かれていた状況を映し出していると指摘している。つまり、イングランドの植民地として意図的に低開発のままの状態に置かれていたダブリンでは[6]、イングランドの経済的覇権の、目に見え耳に聞こえる表現としての広告が、イングランドの政治的覇権の表現としての英語を介して、言語空間のほとんどを占有しているのである（Wicke ch. 4）。「ドメスティック」という語が表すとおり、家父長制資本主義は、国境を越えた資本運動を支え、家庭の内と外だけでなく、国の内外で女を二分する。国境の外の女を経済的・性的に搾取するのが、ドメスティック・イデオロギーである。ドメスティック・イデオロギーは、男が女を抑圧する一方的で一枚岩的な装置では決してない。生活の糧を得て家族を養うのが男の甲斐性だとする価値観を生み、それに訴えかけることが、男を職に繋ぎとめる最も確実な方法であり、家族単位で国民を管理する近代国家において、「幸福な我が家」はすべての勤勉な男にとって望ましいだけでなく到達可能な目標として設定される。そのとき利用されるのは、皮肉なことに、資本主義社会にあって「すべてのイングランドの男にとって家は城」という諺の封建君主のイメージである(Davidoff et al. 119-29; Sedgwick 14)。このイデオロギーがアイルランドで作動するとどうなるか。

男の子はやっぱり男の子で、この双子もその黄金律の例外ではありませんでした。諍いの種となったのは、ジャッキー坊ちゃんが築いた砂のお城で、トミー坊ちゃんは無謀にもそのお城にマーテロ塔にあるような正面扉をつけるという建築学的改良を主張したのでした。トミー坊ちゃんが強情ならジャッキー坊ちゃんもまた頑固で、すべての小さなアイルランドの男の家は城という諺のとおり、トミー坊ちゃんが憎き敵に襲いかかったところ、襲いかかった当の本人が崩れ落ち(嗚呼、語るも涙!)、さらには欲しがっていたお城までもが壊滅したのでした。(13: 42-48)

マーテロ塔は、イングランドが設置した砲台であり、イングランドによる植民地支配の象徴である

(Chen 187)。諺のイングランド人の男がすでに封建君主のパロディに他ならないというのに、アイルランドの四歳の男の子が、いわば男の子らしく砂の城をめぐって諍いを起こすこの場面は、アイルランドの家長にとっての家庭がいかに外部からの圧力にさらされ、脆いものであるかを露呈する。

4 「彼女たちは何を愛するんだろう?」

一九〇四年のアイルランドで、もしも「男の人が家庭的な雰囲気が好き」でなかったとしたらどうだろう。あるいは一途な愛の力で改心させられることなど望んでいなかったとしたら? パブと政治集会で仲間意識を醸成させる男たちにとって、つまりホモソーシャルな男の絆にとって、女は教会の権威と家庭の責任を思い出させる闖入者に他ならないとしたら (Uncless & Henke xvi)、ガーティが「男の人」に差し出そうとしているものは、まったくの見当違いということになる。ガーティが欲しているのは、男の人一般が欲しているとガーティが考えているものに過ぎない。ガーティはまた、行きずりのブルームに、外国人(ブルームはユダヤ人である)、罪人、プロテスタント、メソディスト、妻が精神病院にいる夫など、さまざまな役柄を与えながら、愛の力で改心させたり改宗させたりすることすら夢想する。

しかるに利他的な女の慈愛がブルームの欲望を喚起するのは、家庭の文脈を離れてのことである。[7]

嗚呼! 素早く身を起こして彼女がちらりと彼を見やったとき、咎めるようなその可憐な眼差し、控えめな非難を込めた心打つ彼女の一瞥に、彼は若い女のように頬を赤らめたのです。彼は後ろの岩に背をもたせかけていました。レオポルド・ブルーム（その男は彼だったのです）は若い女の無邪気な視線の前に頭を垂れて黙って立っていました。おれは何という獣であったことか！　またしてもあんなことを？　美しく汚れを知らぬ魂がおれに呼びかけていたというのに、何と浅ましい、何という応え方をしてしまったのだろう！　まったくの下司野郎だ。人もあろうにこのおれが！　しかし彼女の目には広大な慈悲が宿り、過まって罪を犯し道を踏み間違えた彼のためにさえ赦しの言葉があります。（13: 741-49）

ガーティに視線を向けられたブルームは、「若い女の子のように頬を赤らめ」、規範的な男の振る舞いから逸脱する。この後、ガーティの慈愛に満ちた眼差しがエロティックに読み替えられるのは、キャサリン・マリンが指摘するように（Mulin 140-70）、成人男性向けのミュートスコープ（のぞき眼鏡式活動映写機）のフィルムのなかの女が観客に向ける大胆な視線と重ね合わせられたときだ――「ケーペル通りのミュートスコープ。成年男性のみ。ピーピング・トム。ウィリーの帽子と、それを使って若い女たちがやったこと。ああいうのは、若い女たちをスナップショットしたのかそれとも全部作り物だろうか？」（13: 794-96）。

ファンタジーのないところに欲望は発動し得ない。より正確には、性的な関係は、それが機能するために、何らかのファンタジーで遮蔽されなければならない（Žižek 222）。ブルームは思う。「彼女をありのままに見たら台無しだ。舞台装置、口紅、衣装、立ち位置、音楽が要る。役名もだ」（13:

855-56)。ガーティの足が不自由なことに気づいてのことではあるけれど、彼女を見つめながらブルームは、娘盛りもあと数年、結婚して家族の世話に明け暮れるようになればおしまいだと不憫がる(13: 952-55)。

母親的な身体が欲望の対象たり得ないのは、独りブルームのファンタジーにおいてばかりではない。イングランドの出版市場が、かつて"young women"と呼んでターゲットとしていた読者層をそのまま"girls"というカテゴリーに括り直したことは、すでに見た。若さに価値を置くカルトは、すらりと細いgirlの身体、妊娠や子育てとは無縁の身体を理想の女性像とする。若さの信奉が、あらゆる消費活動を若返りのための活動へと変えつつあった時代である(Richards 241)。キャサリン・マリンは、ガーティが、ブルームが視線を向けるのを許しながら決して身体に触れさせはせず、ブルームの欲望をかき立てつつそれを抑制し、「全部作り物だろうか」と訝しがらせていることをもって、「自身のパフォーマンスを完全に制御している」(170)と結論するが、「完全な制御」は、ガーティに限らず誰にとっても不可能なことである。

第一三挿話が前半と後半に二分されていることは、第2節で述べたとおりである。ガーティのナラティヴすなわち欲望が消費文化によって構成されているように、ブルームのナラティヴは当時の性科学や疑似科学や迷信を頻繁に参照する。「トランキラ修道院には、石油の匂いを嗅ぎたがる若い女〔Girl〕がいると、あの修道女が言ってた。処女のままだとしまいには気が狂うだろうな。修道女は〔Sister〕?」(13: 780)。親族関係の語彙で説明不可能な女を娼婦とみなす家父長制の象徴体系において、次代再生産をおこなわないだけでなく、次代再生産を担う覇権的な階級の家族の補完装置として機能する娼婦でもない女は、狂人でしかない。修道女は家族を離れて女だけの共同体に生きるが、結婚しない女を、実際は叔母・伯母に当たらなくとも、「おばさん」と呼んで親族関係に回収することがあったように、修道女もまた親族関係の語彙を与えられてその存在が許容される。女だけで自足する共同体へのブルームの好奇心には、不安とも敵意ともつかない感情が入り混じっていないだろうか。

sisterという語は、修道女や血縁のある姉妹のみならず、親友の女を指すこともある。ブルームは、女同士のいわゆる〈ロマンティックな友情（romantic friendship）〉や〈姉妹の絆（sisterhood kinship）〉の存在を知っている。

> 女友達は学校で、首に腕を回して抱きついたり、一〇本の指をからめたり、修道院の庭でキスしたり、他愛もない秘密をささやいたり。〔中略〕ねえ、きっとお手紙ちょうだいね。わたしも書くから。きっとよ、ねえ。モリーとジョージー・ポウエル。いい人〔Mr Right〕が見つかったら、めったに会うこともない。久々の再会は、何たる光景！　まあ、どなたかと思ったわ！　お元気でいらした？　いままでどうしてらしたの？　チュッ、お会いできて、チュッ、嬉しいわ。互いの風采のあら探し。素敵なお召し物ね。親友同士〔Sister souls〕、歯をむき合って。お子さんは何人？　ひとつまみの塩だって貸そうとしない間柄。（13: 810-19）

ブルームは、妻のモリーから、友人ジョージーとの女子修道院附属学校時代の親密な関係について聞かされたものだろう。抱きつき、指をからめ、キスをし、秘密をささやき合う女同士の関係には性的含意が見て取れるが、やがて「ミスター・ライト（理想の男性）」が現れれば、女は正しい（ライト）セクシュアリティへと導かれる。そうして正しい性対象を見出すと、「親友同士、歯をむき合う」ようになるという。

このブルームの独白と作家メアリー・コラム（Mary Colum: 1884-1957）の自伝の一節とを比べてみよう。（ガーティが二一歳なら、コラムとは同い年か一つ違いということになる。後述のドラは一八八二年生まれである。）

> けれども、愛情はいたるところに輝かんばかりに溢れていた。修道女たちは慈愛に満ちていたし、学校の友達とわたしはお互いのことがとても好きだった。わたしたちは親密な友情を育んだが、それは三人でなければならなかった。修道院にはいわゆる「個別の友情」を禁じる規則があって、友達はいわば三人組でなければならなかったのだ。この規則は事によると、女学生同士が夢中になるのを防ぐことを意図したものかもしれないが、そうやって女学生同士が夢中になったとしても、わたしの寄宿学校生活の豊富な経験から言えることだが、まったく無邪気なものだった。三人組は、休暇になると、互いに長い手紙を書いたり、小説や詩集を交換したりしたものだった。休み明けの新学期は、この上なく幸せな再会のときだった。（118）

少女や若い女同士の友情は、他者を思いやるキリスト教の教えに合致するものとして作法書などでも奨励されたが、修道院の規則が示唆するように、ときに危険視された。一九世紀の後半を通じて、女の友情は結婚に代わる選択となり得たがために——現実には経済的理由で容易な選択ではなかったものの——潜在的脅威でもあったのだ（Vicinus 35-36）。しかし結婚して夫とともにアメリカへ渡ったコラムが、往時を追懐し、女同士の友情を無邪気なもの〔harmless〕と一蹴し得たのは、それがたとえ何らかの身体的結びつきを伴っていたとしても、性行為とは考えなかったからではないか。当時の性規範において性行為はペニスの挿入と同義であったから（今日でもしばしばそう考えられているが）、女同士の親密な関係は、「個別の／特別な友情」〔particular friendship〕という名を与えられ、脱性化されたのだ。

ブルームが処女と言う場合には、ペニスを受け入れたことのない女を意味し、女同士の親密な関係を一過性で二義的なものと捉えているらしい。女が欲しているのは、自分を正しい快楽に導いてくれる正しい男なのだ。にもかかわらずブルームは、フロイトの問いに似た問いを発する——「彼女たちは何を愛するんだろう？」娘のミリーが丹毒と蕁麻疹をやったときのことを回想しての独白であるが、「彼女たち〔they〕」の指す対象は、妻と娘だけでなく女たち一般に広がっていくようでもある。

困ったのは麻疹と蕁麻疹。あの子にカロメルを買ってきてやったたっけ。よくなってからモリーと一緒に眠ってた。母親そっくりの歯並び。彼女たちは何を愛するんだろう？　もう一人の自分を〔Another themselves〕？　でもいつかの朝、モリーは雨傘であの子を追い回してたぞ。まあ怪我をさせない程度にだろうが。あの子の手首を握ってみた。脈を打っていた。小さな手だっ

たな。いまは大きくなって。最愛のお父ちゃまへ。(13: 1194-98)

そっくりの歯並びをして一緒に眠る妻と娘を思い出し、「誰を」ではなく「何を」愛するのかと問いながら、頭に浮かんだ答えは「もう一人の自分を?」である。だが、まるで母−娘の結びつきから弾き出されるのを恐れるかのように、ブルームはすぐさま「でも」と打ち消して、母娘の諍いと娘が自分に宛てた手紙の書き出し(「最愛のお父ちゃま」)とを引き合いに出して、女が愛するのは女ではなく、男である自分だと言い聞かせているようだ。

フィリス・チェスラーの一節を、もう一度引こう——「はじめからお父さんが誰より好きだった、これからもずっとお父さんが誰よりも好き。娘たちはこう言い続けなければならないのだ。その結果、女たちは権力を持つ父親的人格と恋に落ちることが出来るのだし、そういう人物と結婚することが認められるのだ」。

5 娘のメランコリー

第一三挿話を読んでいて気になるのは、ガーティの母親の影の薄さだ。「彼女を知る人はみな彼女を美しいと褒めそやしますが、身内の者は、彼女はマクダウエル家よりはギルトラップ家の血を引いているのだとよく言います」とあるように、ガーティの美貌は父方ではなく母方から譲り受けたものだが、母の容貌には言及されない(父のむさくるしい顔立ちには触れられている)。ガーティは、酒乱の父を哀れむいっぽうで、ともに家庭内暴力の被害者である母への同情をほとんど見せない。ガーティが、頭痛持ちの母の世話を焼くやさしい娘であることはわかる。だが続いて語られるのは、ガーティが、母親が嗅ぎ煙草をやるのを嫌い、それが口論の種になるということだけであり、「それでもお母さんが大好き」とはならない。嗅ぎ煙草は、レディーらしからぬ悪癖だとしても、度を超した飲酒に比べれば、はるかに無害であるはずだ。

精神分析の発達論において、娘は近親姦と同性愛の二重のタブーに縛られており、母親への欲望は、完全に否定されてメランコリーとしてのみ保持されるため、そもそも思い描くことすら不可能である（竹村 第三章）。すでに見たように、ガーティの母は、折に触れて夫を諫めてきたにもかかわらず改心させることに繰り返し失敗しているらしい。娘は母を、その失敗ゆえに娘を近親姦の被害者にした女衒として嫌悪の対象に選ぶことで、母への不可能な愛を忘却するのだろうか。忘却こそが母による家庭教育の目標であり成果であったのだろうか。

ガーティは、母からではなく雑誌や小説から多くを学ぶ。一般に、社会において分業が進行し、さまざまな役割が複雑化するにつれ、子は親をロール・モデルとすることが困難になる。[8] ジョイスが描くダブリンでは、マスメディアを通じての、言葉やイメージの消費が拡大し、外界と自我との関係がますますマスコミュニケーションに媒介されるようになっている。娘の世代は、母親世代よりも、より開けた、合理的で科学的な家政をおこなうよう促され、それには豊かで新しい消費財の数々が不可欠だ。

「女は何を欲しているのか？」という問いは一九世紀末から一九三〇年代にかけてのフロイトの課

題であったわけだが、ジョイスによるガーティ・マクダウエルのナラティヴは、トーマス・リチャーズによれば、文化史において、フロイトによるドラのナラティヴと同じ位置を占めている。なぜなら両者とも、非常に異なった仕方ではあるが、近代の父権の基礎を成すセクシュアリティについて考察しているからであり、フロイトは一九〇五年にドラの症例について発表し、ジョイスは一九〇四年を舞台に第一三挿話を描いているからだ。さらにリチャーズは「フロイトのドラは、自分の父親と寝たがっていた。『ユリシーズ』第一三挿話を吟味することで、ジョイスのナウシカアもまた、禁じられた欲望――商品文化の転換によって喚起されては抑圧され、処方されては禁止され、認可されては妨げられる欲望――を抱いていることが明らかになるだろう」と論じる(Richards 210-11)。

しかしながら、その精緻な第一三挿話分析にもかかわらず、リチャーズが徴候的に拒絶している読みがある。それはドラが寝たがっていたのは父親ではなく、父親が関係を持っていたK夫人であったという読みだ。ドラにとってK夫人は、性愛の対象であると同時に母親的な対象であった。分析の過程でフロイトは、母親についてのドラの言葉を(分析することなく)額面どおりに受け取り、彼女の心的生活に母親が何ら影響を与えなかったかのように振る舞ったが、それは彼がエディプス・コンプレックスの理論において母親の役割を切り下げたことを想起させるものである(Collins et al. 250-51)。リチャーズは、ドラとガーティとの類推から当然導かれ得るガーティの母親への欲望を、抑圧するのである。

6　他者の欲望

感傷的なロマンス小説のスタイルに混在していて読者を困惑させるのは、婦人病の症状だけではない。ガーティが心の内で、シシーとイーディを腐すときの口汚さである。例えばシシーは「双子を連れてボールを持って浜辺を上がってきたけれど、走ったものだから帽子は傾いてかろうじて頭にのっている格好で、二週間前に買ったばかりのすぐ破れそうなブラウスがぼろきれみたいだしペチコートがちょっとはみ出ていて滑稽だし、まるで子どもを二人引っぱって街を歩くだらしない女みたい」(13: 505-09)。イーディは「やぶにらみの目で、半笑いで、眼鏡越しに、いかず後家みたいに、赤ん坊をあやす振りをしてガーティのことを見ている。怒りっぽいブヨみたいな娘だわ、これから先もずっとそうだし、だから誰も彼女とはうまくやっていけないのよ、自分には何の関係もないことに首を突っ込んだりして」(13: 521-25)、という具合である。

三人の女友達は、ブルームの関心を惹こうと競い合っているらしい。苛烈な結婚市場においては女友達すら競争相手である。男の興味を勝ち取ることでみずからの市場価値を確認するガーティは、他方で、自分とイーディははしたなくて口にできない言葉(「おしり」)を平気で言ってのけ、それをブルームに聞かれても意に介さないシシーを、好ましく思ってもいる。

道化人形みたいな縮毛のシス。ときどき彼女には笑わせられます。例えば、もう少し中国茶とジャプスベリ・ラムをいかがなんて言って、水差しを引き寄せたら爪に赤インクで男の人の顔が描いてあったのを見たときには、お腹を抱えて笑ったし、御不浄に行くときも「ミス・ホワイトに急ぎの訪問」なんて言う、それがシシーの流儀なのです。そうそう、それに彼女がお父さんのスーツと帽子で決めて、焦がしたコルクでひげを描いて、煙草をふかしながらトライトンヴィル通りを歩いたあの晩のことは、とても忘れられないでしょう。ふざけることにかけては彼女の右に出る人はまずいません。でも彼女は誠実そのもので、神様がお創りになったなかで一番勇敢で心の真っすぐな人間の一人、よくいる裏表のある人たちと違って、正直過ぎてお行儀が悪いのです。（13: 270-80）

男装で街を闊歩する不敵なシシーを、誰よりも誠実で勇敢で心が真っすぐで裏表がないと認めるとき、ガーティはみずからの欺瞞に無自覚ではない。

スゼット・ヘンケは、ガーティがみずからの性的欲望に自覚的であることを評価し、ブルームとガーティは互いを誘惑し合い、束の間親密な時間を過ごすことで、それぞれの孤独から一時的に逃避することができた、と解釈する（Henke 146）。けれども、「勃起、弛緩」という「技術」を用いて綴られる第一三挿話において、[9] 空に打ち上げられた花火とともにクライマックスを迎える二人の交情が、ペニスを特権化した、男中心のセクシュアリティであることは看過し得ない。ブルームはこう独白する——「おれの花火。上がるときはロケットみたいで、落ちるときは棒切れみたいだ」（13: 894-95）。さらにそれを「ある種の対話〔kind of language between us〕」と解する（13: 944）。

第一三挿話を通じて"I"という主語で独白するブルームと、"she"として表象／代弁されるガーティとの間に、はたして「対話」は成立するだろうか。ガーティはブルームの欲望のなかに存在し、みずからの欲望からは疎外されている。

男の人が欲しているとされるものを欲するガーティは、みずからの欲望から疎外されている。だがこの疎外は、独りガーティだけが経験するものではない。竹村和子がジャック・ラカンの理論を敷衍して論じるとおり、言語の網の目のなかに生きているわたしたちは皆、文化によって快楽と認知されたものをみずからの欲望として自我に取り入れる。したがって「欲望はつねにすでに他者の欲望であり、他者が自分に対して望むものを、みずからの欲望として、みずからの身体として、みずからの自我として差し出す」(287)。わたしたちは皆、社会から矛盾するメッセージを受け取り、相矛盾する役割を同時に演じるというほとんど不可能なパフォーマンスを繰り返す。ブルームの、家に帰るための漂泊は、セクシュアリティの二重規範の困難さの軌跡でもある。

けれども、ときに啓蒙的な教養小説をロマンス小説に読み替え、ときに騎士道ふう恋愛のプラトニックな異性愛主義の物語をいわば誤読するガーティの言語実践は、集合的な物語の抑圧的な強制力ばかりでなく、わたしたちが集合的な物語を参照し反復する際に必ず生じるズレを示唆する。ここに、別様に主体化する希望が、わずかながら垣間見られる。

第四章

抑圧と解放?

ヴィクトリア朝小説に見る生命、財産、友情、結婚

1 女は抑圧された階級か？

たられぱの話をしても仕方ない。がしかし、執筆から四〇年以上を経て日の目を見たマリリン・ストラザーンの『ジェンダーの前と後――日常生活をめぐる性の神話』（Marilyn Strathern, *Before and after Gender: Sexual Mythologies of Everyday Life*, 2016）を読み終えて、これが一九七三から翌年にかけての執筆直後に刊行されていたら、その後のジェンダー研究の流れは変わっていたかもしれないと、思わずにいられない。ストラザーンはこれまで十指に余る単著を物しているが、いずれも同業者にとっても難解な学術書である。一般読者に向けたこの書が世に出ていれば、アカデミアの内外で大きな反響を呼んだのではないか。そんなことを思うのは、同じ人類学者のゲイル・ルービン（Gayle Rubin）が一九七五年に発表した論考「女の交換――性の「政治機構」への註釈（The Traffic in Women: Notes on the "Political Economy" of Sex)」が、さまざまな領域に軸足を置くジェンダーやセクシュアリティの研究者によって言及され続けているからである。この状況は、クィア理論の嚆矢とされるイヴ・セジウィックの『男たちの間で』（1985）がルービンに依拠したことに追うところも大きい。セジウィックは、家父長制における権力関係について「おそらく近年、最も力強い議論を展開している領域は人類学であろう」（25）としながら、その力強い議論の例として唯一「女の交換」を挙げ、女を交換可能な象徴的財産として使用する「ホモソーシャル」な社会が、女性蔑視の異性愛主義に立って男同士のホモエロティシズムを否定すると同時に、それによって逆説的に「安全」になった男同士のネットワークを強化すると論じた。

ルービンが卒業論文を発展させるかたちで、エンゲルス、レヴィ＝ストロース、フロイト、ラカンの読解を軸に「女の交換」をまとめたのは、驚くべき非凡さであるが、彼女より一〇歳近く年長のストラザーンは、のちに『ジェンダーの前と後』と題されることになる書き物の前にすでに単著を二冊上梓している。二冊目の『間の女』（*Women in Between*, 1972）は、ニューギニアに多数存在する「女にとってすさまじく抑圧的な」社会の一つを記述するものとしてルービンに引き合いに出されているのだが（168）、これはストラザーンにとっては遺憾なことだろう。『間の女』でストラザーンが強調したのは、婚姻を二つの集団を繋ぐ基盤として利用するハーゲンという社会において、女が、その交換のシステム内部で、単なる交換のための客体ではなく行為者として機能することを期待され、ある程度の自律を主張し達成することが可能だという点であったからだ（Strathern, *Women* ix）。

一九七〇年代前半、欧米を中心にいわゆる第二波フェミニズムのうねりが続くなか、ストラザーンとルービンはともに、同時代の多くのフェミニストが女の抑圧状況を説明するためにマルクス主義の階級抑圧の理論を援用していることを問題視した。ストラザーンが俎上に載せたのは、例えば、ラディカル・フェミニストのグループの一つレッドストッキングスの一九六九年のマニフェストである。ストラザーンが引用しているのは、七つのセクションから成るマニフェストの第二セクションであるが、これにはルービンも首肯し兼ねたことだろう。すなわち――

女は抑圧された階級である。我々の抑圧は全面的で、我々の生活のあらゆる面に影響を及ぼすものである。我々は、性の対象、子を産む者、家事労働者、安価な労働力として搾取されている。

我々は劣った存在で、我々の目的は男の生活を良くすることだけと考えられている。我々の人間性は否定されている。我々が決まって取る行動は、身体的暴力を恐れて強制されたものだ。

我々は互いに孤立し、抑圧者とあまりにも親密に暮らしてきたために、みずからの個人的な苦難が政治的な状況であると理解することができないでいる。このことは、ある女とその男との関係が、二人のそれぞれ唯一無二の人間同士の関係の問題であり、個人的に解決可能であるという幻想を生む。現実には、そのような関係の一つひとつは階級の関係であり、個別の男と女の間の闘争は政治的な闘争であり、集団としてしか解決できないのである。(qtd. in *Before and after Gender* 287)

他方ルービンは、マルクス主義の限界を示すために、資本制以外の社会で女が抑圧状況に置かれている例を列挙する。いわく、アマゾン川流域やニューギニア高地においては、通常の脅しが効かない場合には「立場をわきまえさせる」ためにしばしば集団強姦という手段が取られるいっぽう、封建時代の西欧もまた性差別と無縁では決してなく、資本制はそれ以前の男女をめぐる概念を引き継ぎ更新したに過ぎないという(163)。つまり女の抑圧は「文化と歴史を超えて、極めて多様であると同時に類似してもいる」(160)。ルービンは、こうした普遍化の危険と個別具体の親族体系の分析を参照する必要を承知しており、実際、女が親族の男による性的な支配を逃れようとすることが日常茶飯事であるような事例をつけ加えている。しかしこの事例は、「にもかかわらず、女の抵抗は厳しく制限されている」と結ばれ、女の客体化を強調する(182)。このルービンの議論は、レッドストッキングスのマニフェストの第三セクションと似通ってくる。

我々は、我々を抑圧する主体は男であると認識している。男性優位主義は、最も古く、最も基本的な支配の形態である。他のすべての搾取と抑圧の形態（人種差別、資本主義、帝国主義、等々）は、男性優位主義の延長である。つまり男が女を抑圧し、少数の男が残りの人びとを支配するのである。歴史上すべての権力構造は、男に独占され男中心である。男は、政治的・経済的・文化的制度のすべてを統制し、その統制を暴力で支える。男は女を劣位に置くために権力を振るってきた。すべての男は、男性優位主義から経済的・性的・心理的利益を得ている。すべての男は女を抑圧してきた。（"Redstockings" 223）

2 ステレオタイプと分析

性の対象／客体〔sex objects〕としての女というステレオタイプに抗して、女は人間であり人間らしく扱われるべきであると主張することに、今日の日本に暮らすわたしたちの多くも違和感を抱かないだろう。けれどもこうした発想は、『ジェンダーの前と後』によれば、かなり特殊な思考の伝統に属すものである（233）。人間は諸権利を有する存在であり、自分以外の他者に向けてその行使を主張することができ、もしそれが認められない場合には、その人は人間としての全き地位を与えられていないことになる——西欧におけるこうした「人間存在」の政治的・憲法的モデルは、人間のさまざまなカテゴリーを利益団体にする（196）。例えば女が女を一つの階級と捉えることは、それによって、闘ってみずからの権利を擁護しなければならない政治集団としての地位を与えられるとの前提にもとづく。自由意志、行為者と被行為者の関係、権利を有し行使する者としての人間といった一連の、西欧に固有の概念は、主体＝人間、客体＝非人間という等式を導く（205）。ストラザーンが懸念するのは、個人の自律が最重要視される世界において、すなわち、社会を構成する市民の間にいかに権利と義務を割り当てるかという課題に取り組むよりも個人が自由に行動する権利の追求を是とするような世界において、依存状態がそれ自体、人間性に対する犯罪と認識され兼ねないという点である（209）。行動する自由を人間であることの本質とするならば、他者への依存は抑圧に屈することを暗に意味することになるからだ（234）。惜しむらくは、行動しない女を「非政治的」と決めつけて指弾するのではなく、女性解放運動に専従する自分たちがときに偏狭になることを率直に認め、なぜ行動が必要なのか不断に問い続けるキャロル・ハニシュのようなラディカル・フェミニストの書き物[1]に、ストラザーンが言及していないことである。

男が女を支配せんとする試みは世界のいたるところで観察されるものの、「性の対象」という女の呼称は、女の普遍的な宿命を記述するものではなく、西欧の伝統内部で文化的に構築されたものである（*Before and after Gender* ch. 6）。ストラザーンは、「いずこにあっても女は「客体でしかない」」という結論を導こうとして、分析とステレオタイプとを混同」するラディカル・フェミニストの傾向に対し、「「客体」であるということは、女の役割の一部であるかもしれないが、それは特定の状況においては男の役割でもあるかもしれず」、「たとえどれほどそう見えたとしても、女がただの「客体」でしかないなどということはあり得ないという明明白白の事実」に読者の注意を促す(118)。この「明明白白の事実」は、相互排他的な女と男のカテゴリーや抑圧と解放の二元論を基盤に即時行動を重んじたフェミニストたちにとっては、不都合な事実であったかもしれず、だとすれば『ジェンダーの前と後』は、予定どおり一九七五年に刊行されたとしても、ルービンの「女の交換」ほどには歓迎されなかったかもしれない。

3 システムの遊び

「分析とステレオタイプの混同」は、一九七〇年代以降、長らくマルクス主義思想と精神分析学の影響下にあった英語圏の文学研究においてもおこなわれてきたと言える。ある結論を導こうとテクストの余白や行間や裂け目に目を凝らすあまり、テクストの表層に顕在する「明明白白の事実」を、研究者は往々にして見過ごしてきた。例えばセジウィックが、男と女の婚姻関係を男同士のホモソーシャルな関係と捉え直すことで、根源的な欲望としての異性愛の地位に揺さぶりをかけたことはむろん、高く評価されねばならない。けれども文学作品をホモソーシャルな欲望とホモエロティックな欲望とが激しく対立する場と捉え、そこでは同性愛は間接的にしか表象され得ないとする彼女の議論は、テクストが語らないこと、語り得ないことの再構築作業を読み手に奨励する。こうしたいわゆる「徴候的読み」に対して、二〇〇七年にシャロン・マーカスが『女たちの間で——ヴィクトリア朝イングランドにおける友情、欲望、結婚』で提唱し実演したのが、「ジャスト・リーディング」すなわち「ちょうど十分に／ただ／正当に読むこと」であり、その二年後、マーカスがスティーヴン・ベストとともに『リプレゼンテーションズ』誌で示した「表層的読み」である。

ヴィクトリア朝（一八三七–一九〇一年）は婚姻関係における女の地位が著しく低いことで知られるが、マーカスは「システム内に組み込まれた遊び」（Marcus 27）に注目し、いかに大きな強制力を有するジェンダー・システムであっても、自動車のハンドルに遊びがあるように、その規範を根本から覆すことなく、女たちに動き回る余地を残しているという。ただしマーカスは徴候的読みが無効だと主張しているのではない。そうではなくて、従来のセクシュアリティ研究が、裁判記録や医療関係の文献の分析に偏向し、病理や逸脱を前景化することでレズビアン、ゲイ、トランスジェンダーの行為やアイデンティティの攪乱性を強調してきたのに対し、とりわけ、性科学によってホモエロティシズムが病理化される前のイングランドに関しては、従来取り上げられることのなかった日記や手紙、自叙伝など、家族に読まれることを前提に書かれたテクストや、人目を憚ることもなく鑑賞された女性誌のファッション画などが、分析対象として有効だと主張しているのである。マーカスが渉猟した百点を越すテクストの表層には、第二章でも述べたとおり、女同士が所帯を持って伴侶に遺産を残すなどした「女の結婚」や、女による女の客体化が自明視されていたことなどが瞭然としており、女の経験が、抑圧と抵抗、封じ込めと攪乱といったお馴染みのナラティヴに回収されるものではないことが知れるのである（Marcus 13）。

興味深いことに、女が客体でしかないというステレオタイプの一つの反証としてストラザーンが挙げているのが、ヴィクトリア朝中期の小説に描かれる女と所有財産との関係である。一八七〇年の「妻の財産法」施行前の一八五〇年前後を舞台とするウィルキー・コリンズ『白衣(びゃくえ)の女』(Wilkie Collins, *The Woman in White*, 1859-60)において、妻が出自の家族を代表することを期待されている点に、ストラザーンは着目する。一八七〇年以前は、女は結婚することで財産の所有権をいっさい失ったと思われがちであるが、富裕層においては、妻が地所からの上がりや株式の配当などの独立した収入を結婚前と変わらず得られるよう「夫婦財産契約」を交わすのが一般的で(Davidoff et al. 143)、『白衣の女』の主人公ローラ・フェアリーの場合も、この例に漏れない。ストラザーンによれば、ローラの自由は、結婚を拒むことではなく、彼女の結婚市場における地位につけ込んで経済的利益を得ようと企む悪辣な男たちから逃れることで達成される(211)。ストラザーンが夫婦財産契約をめぐるローラと弁護士との約一〇ページにわたるやりとりを詳細に論じているため、本章では以下、ローラと異父姉メアリアン・ハルコーム、そしてローラの未来の夫ウォルター・ハートランドの関係、すなわちこの三者に親族関係の語彙がもたらす緊張関係に焦点を合わせ、抑圧と抵抗という解釈枠組みについて考えてみたい。

4　結婚の企て(プロット)／筋立て(プロット)

遺産が物語を駆動し、主人公の階級移動を助けながら結婚という大団円へと牽引する展開は、この時代の小説の典型的プロットの一つである。例えば、チャールズ・ディケンズ(Charles Dickens)編集の文芸週刊誌『ハウスホールド・ワーズ』(*Household Words*)に連載されたエリザベス・ギャスケル『北と南』（Elizabeth Gaskell, *North and South*, 1854-55）の主人公マーガレットは、元英国国教会牧師で個人教授の父と富裕な中産階級出身の母の一人娘で、母と父を相次いで亡くし悲嘆に暮れるが、父のオックスフォード大学時代からの友人で名づけ親でもあるベル氏が死んで全財産を残してくれたお蔭で、工場主ソーントンに、事業の立て直しのための融資を持ちかける格好で思いを打ち明ける機会を得る。誇り高く、みずからの意志で——その意志を少なくとも部分的に支えるのは、牧師の娘らしい父権的温情主義という行動原理であるが——行動するマーガレットのつぎの言葉は、実質的な求婚（marriage proposal）である。

「ああ、ここにございましたわ！　それで——わたくしからのご提案〔proposal〕を彼〔マーガレットに思いを寄せる法廷弁護士で、いとこの義弟〕に書面にしてもらいまして——彼が直接説明してくだされればよかったのですけれど——ここに、あなたがわたくしのお金をいくらか受け取ってくださらないかと、つまり一万八千と五七ポンド、いまちょうど銀行に預けたきりになっておりまして、その利息が二・二パーセントしかございませんの——あなたがもっと高い利子をお支払いくださって、マールバラ工場の操業をお続けにならないかと、そういうご提案ですの」（307）

二人の結婚は、ロマンティックな恋愛の成就＝終わりではなく、専門職階級と産業資本家との和合と、製造業における理想的な労使関係の追求という共通の目標に向けたパートナーシップの始まりを意味する。女からの求婚で始まる相補的な関係は、友愛結婚の名に相応しい。このように『北と南』は、結婚が単なる男女の結びつきではなく、性的欲望と経済的利害関係と精神的な愛とがないまぜになった社会関係であることを例証するが、マーカスによれば、ヴィクトリア朝の結婚で最も重要な役割を果たすのは、女友達である。女同士の、ときに激しい身体の接触を伴う友情は、結婚を中心とする異性愛体制からの逸脱ではなく、むしろ異性愛の結婚を生む母体であるという。確かに『北と南』には、マーガレットが一〇歳の頃から姉妹同様に一つ屋根の下暮らしてきた、いとこのイーディスがいる。小説はマーガレットがイーディスを呼ぶ声で幕を開け、婚礼を間近に控えた慌ただしさのなかソファで丸くなって眠るイーディスの美しさに、マーガレットが心奪われる印象的な場面が続き、結末近くではイーディスが、マーガレットとソーントンの再会をそれと知らずお膳立てする。『北と南』は典型的な結婚のプロットをなぞっているように見える。

『ハウスホールド・ワーズ』の後継誌『オール・ザ・イヤー・ラウンド』(*All the Year Round*)に連載された『白衣の女』はどうだろうか。無垢で可憐な相続人ローラの恋と結婚をめぐる物語であり、彼女が主人公と一応は言える。ローラは、父が選んだ准男爵(を騙る)パーシヴァル・グライドと結婚し、遺産目当ての夫とその親友の陰謀で死んだことにされるが、最後には心から愛する美術教師ウォルターと結ばれ男の子を授かる。ただし、登場人物九人(と墓碑銘)による語りで構成される物語において、彼女自身(と表題の『白衣の女』ことアン・カテリック)が語る機会はない。名前からしてヴィクトリア朝の理想的女性像を彷彿とさせる主人公がみずからの言葉で語らず、その分身のごとき(そして結末が近づいて異母姉と知れる)白いドレスを纏ったアンと入れ替わりに精神病院に収容される展開を、当時の女が置かれた抑圧状況の寓話、あるいは、ペン/ペニスを持つ男性作家が女に振るう暴力と解釈することも可能であろう（Gilbert & Guber 617）。しかしローラは、夫に命じられるまま内容を一読もせずに（おそらく自分を債務者とする借り入れのための）書類に署名するほど、無知でも従順でもない（218）。妹を「従順そのもの」と見ていた姉ですら、パーシヴァルとの関係において「諦観して、受け身であることを曲げない」（153）能動的受動とでも呼べる態度に驚かされる。とはいえ『白衣の女』には、ときに危険を冒してつぶさに観察し、みずからの心情を含めすべてを余さず記録する女メアリアンがおり、多くの読者の共感はおのずと彼女へ向かうはずだ。

語り手のうち最も多くの紙幅を与えられているのは、ウォルターと、次いでメアリアンである。人とカネと地所の複雑に入り組んだ関係を描いて五百ページをゆうに越すこの長編はむろん、さまざまな解釈に開かれているが、ローラへの無私の愛を介して絆を深めるこの二人が、ローラの法的アイデンティティを回復しフェアリー家の財産を嫡男に継承させる物語、と要約しても、穿ち過ぎということはあるまい。小説全体が、ウォルターがみずから集めた（メアリアンの日記を含む）証言や記録から構成されているのだが、専門家に委ねられるべきこの仕事に素人のウォルターが手を染めることになったのは、身も蓋もないことに、メアリアンと二人してかき集めた額の少なくとも一〇倍の謝礼を示唆されて依頼を断念せざるを得なかったからだ（396）。ウォルターは、弁護士にはアクセスし得なかった情報に辿り着いて目的を遂げ、経済的困窮が幸いしたと（むろん後知恵で）結論する（558）。遺産に翻弄されるローラもまた、貧しさゆえに「他人に支配されない」姉を羨み（226）、夫の家庭外の生産労働を家庭内の再生産労働で支える質素な暮らしを夢想する（227）。けれども小説の結末は、この一見ささやかな夢を叶えるわけではない。弁護士資格を有する作者コリンズが、イギリス探偵小説の先駆けとされる『月長石』(*The Moonstone*, 1868)で、ロンドン警視庁の部長刑事カフに謎解きをさせるのはまだ先のことだが、ウォルターとメアリアンは名探偵コンビよろしく、警察にも法律家にも頼らず、ローラの生命と財産、ひいては家父長制秩序の回復を成し遂げる。だが、まずは三人の出会いを振り返ろう。

ウォルターは友人の世話で、姉妹の絵画指導と、フェアリー家の当主で姉妹の独身の叔父フレデリックの美術コレクションの整理のために、四ヶ月間の契約でイングランド北部カンバーランドにあるフェアリー家の邸宅リメリッジ・ハウスに住み込むことになる。階級的に曖昧な美術教師が「ジェントルマンと同格に遇される」(10)との条件付きである。到着翌日の朝食のテーブルに、「女性に特有の慢性病つまり軽い頭痛の治療に努めている」(26)ローラは姿を見せず、口ひげと見まがうほど濃い産毛を生やし、「大きくてしっかりとした、男のような口とあご」をした「知的で快活な」(25)メアリアンが、あらゆる点で対照的な自分たち異父姉妹をつぎのように紹介する。

「わたしたちは、いずれも孤児だということを除けば、まったくの正反対ですの。わたしの父は貧しくて、フェアリー嬢の父上はお金持ち。わたしは文無しで、彼女は相続人。わたしは色黒で醜く、彼女は金髪碧眼で美しい。〔中略〕要するに彼女は天使で、わたしは――マーマレードをどうぞ、ハートライトさん、そして女の口から言うのは憚られますからその先は言わないでおきますわね。〔中略〕わたしには彼女なしで生きていくことは考えられませんし、彼女はわたしなしでは生きていかれないのです。わたしがリメリッジ・ハウスにいるのはそういうわけです。

わたしと彼女は本当にお互いを好いていて、そんなことは、二人の境遇を考えればまったく不可解でしょうし、わたしもそう思いますけれど——でも、そうですの」（26-27）

女にまつわる西欧のイメージ体系において、天使の対極に位置するのは怪物である。ローラには親しみを込めて「ジプシーのような顔」（185）と喩えられるメアリアンは、白人中産階級にとって異質な存在であることを窺わせるが、その特徴的な容貌だけでなく、並外れた洞察力と表現力と行動力でヴィクトリア朝の中産階級が理想とした「家庭の天使」像を逸脱すると同時に、「同性を高く評価する女なんていませんわ。もっとも、そのことをわたしほどあけすけに認める女はほとんどいないでしょうけど」（26）とか「女に絵は描けませんわ——気まぐれ過ぎるし観察眼にも欠けますもの」（27）といった発言を繰り返し、ジェンダー規範からの逸脱を最も厳しく戒める人物でもある。この場面から推察されるのは、おそらく求婚者に事欠かない妹に対し、「文無し」で——あくまで中産階級の水準では文無しも同然ということであって、株はいくらか保有している——不器量な姉の結婚市場での価値が著しく低いであろうことだ。メアリアンは、ローラの個人的な好意によって、有償労働という当時の中産階級の女にとっての試練と屈辱を免れているわけで、姉妹は互いを心の拠りどころとして暮らしながら、経済的には姉が妹に依存する関係にある。

ローラとウォルターはたちまち恋に落ちるが、ローラは婚約者があることから、ウォルターは職業倫理から、互いに思いを打ち明けることはない。そもそも、富と容姿に恵まれた女生徒たちから「無害な家畜」同然に扱われてきたウォルターは、ローラを手の届かない相手と諦観している（59）。

女たちの間で交換される動産の役割に対するウォルターの自覚は、かつての生徒の発言に裏づけられる――「これまで本当にいろいろな先生に習ってきましたけれど、なかでも一番知的で一番熱心だったのはハートライトさんというかたでしたわ。もしまた絵をお描きになるなら、彼に習ってみられるといいわ。若い男性で――控えめでジェントルマンのようで――きっとあなたのお気に召してよ」(228-29)。けれども二人の気持ちに気づいたメアリアンは、「あなたが美術教師だからではなく、ローラ・フェアリーが婚約しているから」(59) との理由で、契約満了までひと月を残して職を辞するよう求める。屋敷を去る前の夜、努めて傷心を隠すウォルターの心映えにメアリアンは感じ入り、彼の両手を取って「男のように、力強くしっかりと握り」、「わたしはあなたのことをわたしの友人として、そして彼女の友人として、わたしの兄弟として、そして彼女の兄弟として信頼します」と誓う。このとき初めてメアリアンはウォルターをファーストネームで呼んで額に口づけし (107)、三人は(ローラ不在で) 身分の違いを超え、いわば義姉弟の契りを結んだことになる。

メアリアンによれば、ローラはウォルターと出会うまで「すごく惹かれるわけでもすごく不快に感じるわけでもない相手と結婚して、結婚の前ではなく後に相手を愛するようなる(憎むようにならなければの話だけど!) 何百という女と同じ立場」にあった (60)。婚約者パーシヴァルは、物腰柔らかで非の打ちどころのない美男の准男爵として登場する。爵位のない地主階級のフェアリー家にとっては世襲貴族との姻戚関係が、グライド家にとっては富裕な中産階級の経済的後ろ盾が得られ、両家にいっそうの繁栄を約束する縁組みであり、不治の病に冒された父親が娘の幸福を願って選んだ相手である。その婚約者さえいなければ、姉としては、妹が身分違いの男と結ばれることに異存はなかったということらしい。では彼女が唐突に女の普遍的宿命を嘆き、男一般に敵意を向けるのはなぜだろう――「男たち！　彼らはわたしたちの無垢とわたしたちの平和の敵――彼らはわたしたちを親の愛と姉妹の友情から引き離す――彼らはわたしたちの身も心も奪って、犬を小屋に鎖で繋ぐように、わたしたちの無力な人生を自分たちの人生に結びつける。それで、彼らのうちの一番ましな部類だって、見返りに何をくれると言うの？」（157）。この後メアリアンの敵意はパーシヴァル個人に向かい、「あとひと月としないうちに、彼女はわたしのではなく彼のローラになる！　彼のローラ！　この二語が伝える意味をわたしはまるで理解できない――このことに、わたしはほとんど茫然自失となり、彼女の結婚がまるで彼女の死であるかのように書いている」（161）と痛嘆する。さらに婚礼前夜を振り返ってこう綴る――「最後の夜、二人とも眠れず、彼女が話をしようとわたしのベッドに潜り込んできた。「もう間もなくあなたを失うのね、メアリアン、できるうちにあなたを存分に味わわなくちゃ」」（163）。

5　規範的異性愛体制の攪乱？

よく訓練された現代の読者は、ローラとメアリアンに与えられた異父姉妹という親族体系の語彙を、テクストが語り得ない欲望の間接的表出と考え、「姉妹の友情」を規範的異性愛体制の攪乱の契機と解釈するかもしれない。しかしこの小説が、中産階級の読者の倫理観に配慮した媒体に連載されたことを忘れてはならない。それはすなわち、友であれ姉妹であれ、女同士の関係はヴィクトリア朝の家父長社会を構成する中心的要素であり、その友情が同衾や接吻というかたちで表現されたとしても、同時代の読者を当惑させる心配はなかったということを意味する（Marcus 15, 75）。女の普遍的宿命を嘆きながら、直接の雇用主でもないのにウォルターを事実上解雇してローラから引き離したメアリアンは、いわば「親の愛」の代理人であり、家父長制の護持者である。後で見るように、ローラがメアリアンの部屋に父親の肖像を飾るのも宜なることだ。さらに注意が必要なのは、現代の読者が結婚という言葉からおそらく連想する夫婦と子からなる核家族の形態は、当時、決して支配的でなかったということである（Davidoff et al. 31-39）。じつのところローラの場合は、結婚したところで、少なくとも物理的には、姉と引き離されるわけではない。フェアリー家の三〇年来の弁護士が、夫婦財産契約を取りまとめる際のローラとのやりとりを、こう振り返っている。

「もし本当にそうなるとしたら、もしわたしが……」と、彼女はか細い声で切り出した。「もしあなたが結婚したら」と、わたしは彼女が口ごもっているのを継いで言った。「彼にわたしをメアリアンから引き離させないで。ああ、ギルモアさん、どうぞメアリアンがわたしと暮らせるように正式な取り決めにしてください〔make it law〕！」彼女は突然勢い込んで大きな声で懇願した。

他の状況でなら、わたしの質問とそれに先立つ長い説明に対するこの女性特有の解釈を微笑ましく思ったかもしれない。しかし彼女が話す、その表情と口調に、わたしは真剣になるという以上に、胸が締めつけられた。〔中略〕

「あなたがメアリアン・ハルコームと一緒に暮らすことを個別に取り決めること〔by private arrangement〕は、簡単ですよ」とわたしは言った。(124)

「結婚したら」という条件節に「姉と暮らしたい」という主節が続くことを、弁護士は荒唐無稽とは思わないし、夫婦財産契約の内容については譲歩しないパーシヴァルも、妻とその姉との同居は二つ返事で承諾するのである。

他の数多くのヴィクトリア朝小説と同様、婚姻関係にある男女とその嫡子から成る家族以外のさまざまなありようを、『白衣の女』は丹念に描き込んでいる(もっとも、それ自体が伏線として機能する人物相関は極めて複雑で、すべてを考察するには紙幅が足りない)。というよりも、同居の実態をもつ唯一の核家族として登場するグライド家が——貴族でありながら、その住まいは政治や社交のための公的な場ではなく、閉じて私的な空間で——じつは合法的な家族ですらなかったという事実が、『白衣の女』における一連の犯罪の端緒にある。妻の死後、父親は妻と内縁関係にあったことを息子に明かし、婚外子である彼にできるだけのことをすると約束しながら、遺言すら残さずに死んでしまう(474)。二〇歳そこそこで天涯孤独の身となったパーシヴァルは、窮余の策として、教会の結婚登録を改竄し嫡男としての法的地位を偽装するのである。

相手が誰であれローラが結婚に望むのは、婚家に姉と暮らすことである。姉を残して新婚旅行に出たローラは、イングランド南部ハンプシャーのグライド家の屋敷にひと足先に到着していた姉との半年ぶりの再会を喜び、姉の部屋で二人きりになると言う。

「ここにいると、まるで家に帰ったみたい。どうやったらもっと我が家らしくできるかしら？お父様の肖像を、わたしの部屋じゃなくてあなたの部屋に置くわ――リメリッジから持ってきたこまごまとした宝物も全部取っておくの――そしてわたしたちは、この四方の壁に暖かく守られて、毎日幾時間も幾時間も過ごすの。ああ、メアリアン」と、彼女は突然わたしの膝元の足置きに腰を下し、真剣な面持ちでわたしの顔を見上げて、言った。「結婚してわたしのもとを去ったりしないと約束して。こんなことを言うのは身勝手だけど、あなたは独身でいるほうがずっといいわ〔better off〕――夫のことをすごく好きなら別だけど――でもわたし以外にすごく好きな人なんて、できないでしょう？」（185）

新婚生活をともにするのはじつは妻の姉だけではない。夫の親友フォスコ伯爵とその妻（で偶然にもローラの叔母）が旅先で合流し、そのまま屋敷に逗留するのである。感情的で浅慮なパーシヴァルと違い、頭脳明晰で狡猾なフォスコが親友を経済的窮地から救うために弄した策が、ローラと姿形のよく似たアンが病死したのをローラに見せかけて、夫婦財産契約により妻の死によって夫に相続されるよう定められた二万ポンドの遺産を手に入れるというものであった。

メアリアンは、アンとして精神病院に収容されてしまった妹を救い出し、やがて姉妹を探し当てたウォルターとともに、ローラの法的生命回復の方途を探る。しかし偽名を使いきょうだいを装って倹しく暮らす三人所帯は次第に緊張を増す。精神病院での生活で心身ともに衰弱したローラに対するウォルターの愛は「父親か兄が感じるような優しさと思いやり」へと変わり（406）、それを察したローラは哀願する――「わたしはこんなにも役立たずで、二人のお荷物でしかない。〔中略〕ウォルター、あなたは働いてお金を稼ぎ、メアリアンはあなたを助けているわ。なぜわたしにはできることが何もないの？　あなたはいずれ、わたしよりもメアリアンを好きになるわ。そうなるに決まってる。わたしがこんなに役立たずだから。ああ、どうか、どうか、どうかわたしを子ども扱いしないで！」（428）。三人が不労所得で暮らしていれば生じなかった葛藤である。ウォルターは、本当は市場価値など皆無のローラの絵が家計の足しになると偽って、彼女を有頂天にさせる（429）。

ウォルターがローラと結婚する決意を固めるのは、他でもない、この緊張関係を解消するためであり、その決意はメアリアンに向けて「僕の君に対する、そしてローラに対する立場は、いまの立場よりも強くあるべきなんだ」と表明される（493）。法的に死んでいるローラは正式に結婚することはできないものの、パーシヴァルが結婚登録改竄の罪を隠そうと企てて失敗し（ウォルターの懸命な救出の努力にもかかわらず）焼死したお蔭で、ウォルターと性交渉を持っても道徳的な単婚の掟に背くことにはならない。求婚の言葉は、ローラではなくメアリアンに向けて発せられる――「彼女は、あらゆる世俗的利益を失い、地位を回復する見込みもおぼつかない。確かな未来の見通しがあるとしたら、彼女の夫が与えられる未来以外にないだろう――この貧しい美術教師がやっと、誰も傷つけることなく心を開いたよ。彼女の富めるときには、メアリアン、僕は彼女を指導する教師に過ぎなかった――彼女が逆境にあるときに、僕は彼女に結婚を申し込むよ」（504）。ローラが地位と財産を失うことが、結婚の条件であったということだ。

ウォルターの求婚を受けて「メアリアンの愛情のこもった眼」が彼の眼と合い、彼女が彼の「肩にそっと手を置いて」言う——「ここで待っていて、弟よ！——愛しいわたしの親友よ、ローラが来るまで、そしてわたしがいま言ったことを彼女があなたに言うのを、待っていて」（504）。そして、二人がかつて姉弟の契りを結んだ場面が再演される——「彼女は、リメリッジで別れを告げたあの朝以来、初めてわたしの額に口づけをした」（504）。メアリアンがローラの部屋に入ってどう伝えたかは、外で待つウォルターにも読者にも知らされない。ややあって独り、部屋から出てきたローラは、彼の両手を取り、唇を重ね、姉の言葉を繰り返す——「わたしの愛しい人！」（504）。

夫となったウォルターが奔走してローラの身元は証明されるものの、弁護士が示唆したように、パーシヴァルに奪われた二万ポンドを取り返すことはおそらく叶わない（397）。それでもウォルターの画業の収入が安定して一家が倹しくも穏やかに暮らせるようになったのだから（563）、そこでめでたしめでたしの幕切れとなってもおかしくない。が、そうではない。

注目すべきは、ウォルターが結婚の目的として最初に挙げたのが、メアリアンに対する立場を強めることである点だ。ローラが結婚と姉との同居を同一視したのに対し、ウォルターは結婚によってメアリアンとの関係を正式なものにすることを願う。夫婦がすぐに子どもを授かったお蔭で、メアリアンは望みどおり（559）伯母の位置に収まる。そしてウォルターの姓と名をそっくり継いだその息子が六ヶ月になると折よく、フェアリー家の当主つまりローラとメアリアンの叔父が独身のまま死んで、弁護士から連絡を受けた姉妹は赤ん坊を連れて急ぎリメリッジへ赴く。事情を知らされぬまま遅れてリメリッジに到着したウォルターにメアリアンは、胸に抱いた赤ん坊を指して告げる——「ウォルター・ハートライトさん、こちらはリメリッジの相続人でいらっしゃいます」(564)。この場面を書き記すのはウォルターではあるが、小説は「メアリアンはわたしたちの人生の守護天使なのだから、メアリアンにわたしたちの物語を締め括ってもらおう」と結ばれる。メアリアンの締め括りの言葉とは、いわば法の言葉を代弁して相続権を継承させる発話行為である。そしてウォルターの結びの言葉がメアリアンを、その名を口にすることさえ憚られる何ものかから天使へと昇格させる。

『白衣の女』は、女–男–女の結婚のプロットの一ヴァリエーションであると同時に、誓いを交わして〔by private arrangement〕仮の姉弟になるのでは足りない、しかし現に続く、複雑で不安定なメアリアンとウォルターとの関係が、公的に認可された(パーシヴァルがそのなかで育まれながら、成年を迎えて奪われた)長子相続のファンタジーを採用することで、首尾一貫した社会的地位を獲得する〔make it law〕物語であると言えよう。

第五章

二〇世紀転換期イギリスにおける独身男性事務職員のセルフヘルプ

はじめに　事務職員研究の現在

イギリスでは、経済・産業構造の変化に伴い、一八六一年には九万一七三三人に過ぎなかった、そしてほぼ全員が男であった事務職員が、一八九一年には男女それぞれ三七万四三三人と一万八八四七人に、一九一一年には五六万一一五五人と一二万四八四三人にまで増加した（Anderson, "Social Economy" 113）。「クラーク clerk」、「黒い背広の労働者 black-coated worker」、「ホワイトカラー労働者 white-collar worker」などと称される下層中産階級の事務職員は、この時期最も急速に増加した職業集団の一つであり、第二次・第三次選挙法改正によって選挙権を付与され、新たな政治勢力として認知され始めてもいた。[1] にもかかわらず、事務職員に関する歴史研究は、盛んにおこなわれてきたとは言い難い。一九世紀の「民衆の政治」は、一九五〇年代から七〇年代後半にかけて社会史研究の重要な領域となったが、その「民衆」とはおもに組織立った政治活動に関与した熟練・非熟練の肉体労働者を意味した（マックウィリアム 21-22）。また国際金融の中心として勃興する一九世紀末ロンドン＝シティと、それを構成するエリート集団「シティ貴族」は、一九九〇年代以降、論争の的となっているが（川村 56-59）、彼らの下で働く事務職員が脚光を浴びることは稀である。自由党政権の閣僚も務めた政治家で作家のC・F・G・マスターマン（C. F. G. Masterman: 1837-1927）の言葉を借りるなら、「彼らは忘れられがちなのだ。なぜなら、彼らは抗わず声を上げないからだ。何か言うとしたら、かまわないでくれと言うくらいのものだ。金持ちと貧乏人には、政治的・社会的変化への反感を表明するための伝達経路があるが、彼らにはそれがない」（56）。

抗わず声を上げないがために同時代人にすら忘れられがちであった人びとについて、後世の人間が知ることは、容易でない。デイヴィッド・キナストン(David Kynaston)は一九九五年の著書において、シティの歴史を研究する者にとっての大きな障壁を彼らの「沈黙」に帰し、「一八九一年にそこで毎日働いていた三〇万一〇〇〇人の人びとについて、わたしたちはいったい何を知っているだろう」と修辞的に問うて事務職員史に踏み込むことを避けている(34)。例えば回想記の類は、キナストンも指摘するとおり、往々にして元事務職員の立身出世譚として書かれているため、事務職を勤め上げた人びとの経験を知るのには不足である。失業によって職を全うすることの叶わなかった人びとの場合には、中産階級としての自尊心から慈善に頼るのを潔しとしなかったため、やはり実態を把握するのは難しい(Anderson, *Victorian Clerks* 65)。事務職員を扱った学術書といえば長らく、デイヴィッド・ロックウッド『事務職員』(David Lockwood, *The Blackcoated Worker*, 1958)とグレゴリー・アンダーソンの『ヴィクトリア朝の事務職員』(Gregory Anderson, *Victorian Clerks*, 1977)の二冊があるきりだった(2)。

このような状況下、一九九九年にクリストファー・ホズグッド(Christopher Hosgood)とA・ジェイムズ・ハマートン(A. James Hammerton)が『ジェンダー、市民文化、消費主義』(*Gender, Civic Culture and Consumerism: Middle-Class Identity in Britain, 1800-1940*)に寄せた二編の論考は、事務職員史研究の画期を成すものとして評価できよう。いずれも、ジャーナリズムと文学のテクストにおける事務職員の表象を検討し、一八八八年から翌八九年にかけて雑誌『パンチ』に掲載されて以来「一世紀以上にわたって下層中産階級の男をめぐる支配的言説の中心であり続ける」(Hammerton 164)『取

る に足りぬ者の日記』(George and Weedon Grossmith, *The Diary of a Nobody*, 1892) を軸に、公的な職業に根ざすアイデンティティではなく、私的な領域における彼らの経験に光を当てた。急速に数を増す職業集団としての、あるいは新たな有権者層としての事務職員は、出版業界にとっては開拓すべき読者市場であると同時に、彼らをめぐる言説は他の階層によって大量に消費されたのである。二〇〇六年には、文学研究者ジョナサン・ワイルドが『一八八〇年から一九三九年にかけての文芸文化における事務職員の勃興』(Jonathan Wild, *The Rise of the Office Clerk in Literary Culture, 1880-1939*) を上梓し、正典的文学史においても忘れられがちな事務職員文学を、出版史の角度から精緻に分析し、文学と歴史、双方の研究に大きく寄与した。

本章は、以上のような研究成果を補うことを目的とし、「取るに足りぬ者」ことチャールズ・プーターという支配的表象、すなわち郊外の保守主義を担う自足した中年という一枚岩的なイメージによってしばしば周縁化される、若い男性事務職員の経験を再構築することを目指す。参照するのは、ヴィクトリア朝後期にあたる一八八〇年代からエドワード朝の終わる一九一〇年頃までの労働組合の機関誌とセルフヘルプ・マニュアルないしはハウツーものと呼ばれる自助の手引きである。本書第一章では、一八八〇年代を境に大きな変貌を遂げた文学市場について検討したが、本章では、文学市場とホワイトカラー労働との関係について考察すべく、数々のハウツーものを世に問い、事務職員を主人公とする小説を物したアーノルド・ベネットの仕事とその周辺のテクストも手がかりとする。

1　労働組合と〈男らしさ〉の戦略

「事務職員は総じてその俗物根性で悪名高いものですが、人間を俗物たらしめている気質のゆえに、他の、いっそうたちの悪い俗物たちに奴隷根性丸出しでへつらうようになる例は、珍しくありません」――この一文で始まる投書が掲載されたのは、イギリスの全国事務職員組合（The National Union of Clerks; 以下、ＮＵＣと略す）の機関誌『事務職員』（*The Clerk*）一九〇八年一〇月号である。[3]「銀行事務職員支部」と見出しのついた投書の趣旨は、支部の設置計画を、他の業界に対する銀行職員の優越感の表れであり容認し得ないとするものだ。ＮＵＣの組合員に限っては、事務職員につきものの俗物根性と無縁と信じていた投書の主は、銀行事務職員を、銀行家という「いっそうたちの悪い俗物」に仕えているという理由でみずからを特別視していると、非難しているのである。

この投書に窺えるのは、事務職員を、利害を共有する均質な職業集団として括る難しさである。勤務する組織の業種、規模の大小、所在地、個人の職能、これらに伴う給与や昇進の見込みにおける格差など、さまざまな要件があって、個々の経験は一様ではない。なかでも銀行での業務は、一種の専門職と見られており、給与も高く昇進の道も開かれていた（Anderson, "Social Economy" 114-15）。一九〇九年の所得格差を見ると、所得税課税限度額である年一六〇ポンド以上の男性事務職員の比率は、銀行は四四％と、保険（四六％）に次いで高く、政府機関（三七％）、地方自治体（二八％）、製造・流通（二三％）と続き、最も低い鉄道ではわずか一〇％であった（Lockwood 42）。実際、一八九〇年結成のＮＵＣが急速に拡大するのは一九一〇年から第一次世界大戦前夜のことであるが、これは異業種の事務職員間の連帯が進んだ結果ではなく、業種別・地域別の支部の設置が相次いだことに起因する(Anderson, "Social Economy" 116)。

ジェフリー・クロシック(Geoffrey Crossick)は、「事務職員」あるいは「ホワイトカラー労働者」という語が、その語によって括られる人びとの間に存在した大きな格差を隠蔽していることに注意を促している(17)。さらに注意が必要なのは、「黒い背広の労働者」という語もまた、「白いブラウスの労働者 white-bloused worker」[4]の存在を隠蔽していることである。事務職員が女である場合には、職業を表す他の多くの普通名詞と同様"woman"または"lady"という(タイピストの場合はときに接尾辞"e"という)ジェンダーの印づけが為されると同時に男が規範であることが明示される。しかし、数の上では確かに少数派で、携わる業務も商社と行政機関でのタイピングに限られてはいたものの、全事務職員のうちに女が占める割合は、一八六一年の〇・一%から一九〇一年の一三・四%へと増化している(Lockwood 36)。その目覚ましい進出には、女が安価な労働力として重宝されたという事情が与っている。

タイピストと速記事務職員のための週刊誌『タイピスツ・ガゼット・アンド・ショートハンド・クラークス・ジャーナル』(*Typist's Gazzette and Shorthand Clerks' Journal*)一八九七年九月三〇日号の投書欄では、週給二〇シリングないし二五シリングの職を求める女性タイピストが、窮状を訴えている。『ノッティンガム・ガーディアン』紙に掲載された、有能な速記タイピスト〔stenographer〕の不足を憂慮する投書へ応答するかたちで彼女は、現状では、多くの女は週一〇シリングから一七シリング六ペンスで雇われており、このような低賃金で優秀な速記タイピストを確保するなど、どだい無理な相談で、「女性事務職員は霞を食って生きているとでも、靴も下宿も会社に着ていく服も不要だとでも思っているのでしょうか?」と憤りをあらわにする。[5]

NUCは、女を組合員として受け入れ、同一労働・同一賃金の原則を主張している。[6] けれども正当な賃金の要求には、妻子を養うのに十分か否かという基準が繰り返し持ち出されたし、男性組合員のなかには女が公的な場で賃労働に就くことを好ましく思わない者もあった。中産階級のアイデンティティが依拠したのは、有償の生産労働に従事する男と無償の再生産労働に専従する女という二項対立のドメスティック・イデオロギーであったから、当然と言えば当然の反発である。小遣い稼ぎ目的の女が薄給に甘んじ、男の職を奪っているとの偏見と強迫観念も、女を労働力から排除する動機と口実になった。『事務職員』一九〇八年一一月号では、ある女性組合員が組合書記長の発言に苦言を呈している。

わたしは一組合員として、今月の『事務職員』に掲載された、書記長のつぎのような発言に、大変驚いております。書記長いわく「女性労働者の姿が工場や作業所や事務所に見られなくなる理想的な時代が来るまで」。もしそのような時代が来たら、エルヴィン氏が女性をどうなさろうというのか、ぜひ知りたいものです。わたしたちには、わたしたちの兄弟と同様、十分な生計を立てる権利があるはずですし、それを得るためには、わたしたちが唯一所有しているもの——すなわち労働力——を売らなければならないのです。〔中略〕わたしたちの組合のジェントルマンの組合員の大多数は、書記長と同じお考えでないものと信じております。わたしとしては、女性がいずれ結婚して夫に食べさせてもらおうと思いながら生きるような社会ではなく、女性が自由で自立して、各々が自分に最も相応しい方法で共同体に最善の貢献をする、そんな社会の到来を望んでいます。[7]

投稿者が主張するのは、労働力以外の生産手段を所有しないプロレタリアートとしての男女平等である。

投稿者が用いたジェントルマンという呼称には、一般には、爵位のない女に対してレディを用いるほどの含意しかない場合もあるが、じつのところ男性事務職員にとっては、ジェントルマンの体裁を保つことが労働者の諸権利の獲得よりも重要であった。リチャード・N・プライス（Richard N. Price）は、組合運動の語彙が、プロレタリアートとしての地位を受け入れることへの抵抗感を表し、労働者の諸権利よりも〈男らしさ〉を示す必要性に頻繁に言及している点を指摘している（107）。サミュエル・スマイルズの「真のジェントルマン」の教説に代表される一九世紀後半のジェントルマンの理想は、心のありようとそれに見合った作法によって定義され、いわばあまり金のかからない贅沢であり、中産階級に相応しいライフスタイルを維持するには不十分な給与所得しかない事務職員にも、手の届くものであった。価値観としても極めて曖昧であったため、事務職員が主たる役割を演じた下層中産階級の文化においては、ジェントルマンらしさとリスペクタビリティ（世間体）とが奇妙に混同されることになる（Lockwood 29-32; 村岡 35-36; Thompson 173-74）。そのようなわけで、NUCが一九〇九年に三五シリングの最低賃金を要求した際に挙げた根拠は、「事務職員は、ジェントルマンのような身なりをして、ジェントルマンのような生活をし、ジェントルマンのような作法をわきまえているふりをしなければならない」[8]からというものであった。

ヴィクトリア朝－エドワード朝を通じて、つねに複数の、しばしば互いに矛盾する〈男らしさ〉の定義が流通していたが（Ikawa 21-26）、ときに熟練労働者よりも低所得の事務職員が、肉体労働をしないという一事によってみずからを労働者階級と差別することは、〈女にもできる〉座業という事務職の性質によって〈男らしさ〉を否認される危険を伴った。一九世紀前半にチャーチストが選挙権拡大の議論から女を排除する際に用いた労働力＝熟練技術＝〈男らしさ〉というレトリックのジレンマが、事務職員の労働組合活動にもつきまとう（Clerk 230-53; Scott ch. 3）。『タイピスツ・ガゼット・アンド・ショートハンド・クラークス・ジャーナル』は、前身の『タイピスツ・ガゼット』時代、一面の誌名に女性タイピストの挿画を添えていたが、タイピストが女の仕事であるとの印象を植えつけるものだとする読者の指摘が相次ぎ、一八九七年の誌名変更を機に男女のタイピストを一人ずつ登場させることにした。[9] タイピストという女性化された職業をめぐるジェンダー間の緊張関係を象徴するエピソードである。他方『事務職員』の第一面は、一九〇八年の創刊以来、タイプライターを前にする女の背中とキャビネットに向かって書類整理をする男の横顔を挿画としてあしらっており、事務職内部の性別役割分業を再生産する姿勢を隠さない。

2 事務職からの逃走、または娘婿＝共同経営者ファンタジー

そもそも、プロレタリアートのものとみなされていた組合に身を投じることは、事務職員の階級アイデンティティを危うくするものであった。一八九〇年に結成されたNUCの組合員は、一九〇六年になってもわずか二百名で、第一次世界大戦前の組合運動の高まりを背景に、一九一〇年の二三五〇人から、一九一四年の一万二六八〇人へと激増したに過ぎない（Anderson, *Victorian Clerks* 116）。組織率の最も高かった鉄道事務職員組合ですら、「自衛せよ、反抗ではなく」をモットーとしていた。[10]作家エドウィン・ピュー（Edwin Pugh: 1874-1930）は一九〇七年九月、社会主義系の政治・文芸週刊誌『ニュー・エイジ』第二二号に「単なる事務職員」と題するエッセイを寄稿し、事務職員の「さる労働組合」による「一日当たり数分の労働時間短縮や週給数ペンスの賃上げの交渉」を痛烈に批判している。

事務職員たちが、職位や立場の些細な違いを不問に付すことさえできれば！ 銀行事務職員が、自分の利害は、卑しい使い走りの少年の利害と等しいことを思い出し、これをつねに心に留め、誇り高い公務員が、みずからが若い女性タイピストと本質的には対等であるということに気づくことさえできれば！ そうすれば、奇跡が起きるだろう！ 全産業部門の事務職員がストライキを決行し革命を起こしたとしたら、現在、鉄道職員が起こそうとしているストライキなど、ハリケーンで飛び散る波しぶきのほんの一滴のようなものだ（"Mere Clerk" 342）。

挑発的な論調は物議を醸し、ピューのもとには、NUCの副組合長ウォルター・J・リードを含む読者の抗議の手紙が殺到した。ピューはこれらに応答して「単なる事務職員、ふたたび」を同誌第二四号に寄せる。

じつのところ、自分の仕事を愛している事務職員などほとんどいない。そして、自分の仕事を愛していない男は、どうしたって男らしさに欠ける。違うだろうか。わたし個人は八年間の事務職員の経験があるが、男たるものどうしてそんな仕事に耐えられるのか理解に苦しむ。というのも、わたしは、事務というのは断じて男の仕事ではないと考えているからだ。そして、完全な社会主義国家が到来して、事によると事務職員など必要でなくなるような時代が来ることを――わたしが生きてこの目で目撃することはないだろうが――待ち望んでいる（"Mere Clerk Again" 374）。

男がする仕事を女がする仕事よりも価値の高いものとして序列化するこの発言は、職位や業種や性別を超えて連帯する「革命」の可能性と意義を損なうものである。手紙を寄越した事務職員たちを「愚かで反吐が出るような俗物」と切って捨てるピューの筆致は、抑制が利いているとはとうてい言えない。

とはいえ、のちにエッセイ集に収められた「事務職員の精神」を読めば、彼の真意を汲むことができる。いわく、義務教育の恩恵を受けて公立学校に通う少年たちが学ぶ内容は、将来、私立のエリート養成校出身者に仕えるときに役に立つことだけなのだ。前者が丸みを帯びた美しい字を書くことを学ぶのは、後者が書き散らかした判読不能の文字を清書するため、というふうに（Pugh, "Mind" 17）。しかし、このような屈辱的な分業が廃止された「完全な社会主義国家」の到来が望めないとしたら、女性化された職業に従事する事務職員が〈男らしく〉なる方途は、事務職から逃れる以外にない[11]。ピュー自身は一八九五年、二一歳で短編集『ある郊外の通り』（*A Street in Suburbia*）で名を成し、事務職から逃れおおせている。そんなピューに痛罵された読者が、「ジャーナリストにとっては一シリングや二シリング稼ぐのははるかにたやすいことだろう」（Pugh, "Mere Clerk Again" 374）と反発したのは、まったくもって無理からぬことである。

歴史家ハロルド・パーキン（Harold Perkin）は、事務職員から叩き上げて事業を起こした成功者の例として、チャールズ・ブースやトーマス・リプトンらを挙げている（99）。しかるに彼らは、いずれ父親の事業を継いだり父親から受け継いだ資本で起業したりすることを目標に、縁故筋を頼って実業を学んでいたのだから、叩き上げと呼ぶのは妥当でない。ブース自身が、一九〇〇年代になっても、事務員と雇い主との関係を緊密で個人的なものであると分析し（Booth 276）、さらに「若者が事務職に群がるのも、もっともなことである。事務職の需要は拡大してきたし、現在もなお拡大し続けており、またこれほど社会にとって有益な職種は他にない。そのうえ事務職に就けば生活水準の上昇が見込めるように思われるし、それは野心的な目標として相応しいものである」（Booth 278）と結論づけているのは、楽観的に過ぎよう。初等教育を義務づける一八七〇年の初等教育法の恩恵を受けた労働者階級出身者が、事務職に必要な能力、すなわち読み書き能力を身につけて労働市場に参入するようになると、事務労働力は供給過剰となり、他方で会社組織の規模拡大と合併が進むなか管理職への昇進の機会は減っていくのである（Anderson, *Victorian Clerks* 103; Crossick 22; Davies 9）。

男の子を持つ親に向けて多数出版された進路選択の手引書の一つを見てみよう。一九〇八年刊行の『職業の選択――専門職、仕事、生業で成功するための手引き』（Duncan Cross, *Choosing a Career: A Guide to Success in Professions, Occupations and Trades*）は、聖職者から教師、医師、役者にいたるまで二六の職種で成功するためのハウツーを教えるが、「事務職員として成功するには」の章の冒頭にはこうある。

> 特段どの職業に就きたいという希望もないまま学校を出る男の子には、本人次第で成功にも敗北にも繋がる一つの道がある。事務職員になればよいのだ。今日では、事務職員と聞いただけで、息子の将来に野心を抱く父親ならば嫌悪感をもよおす。事務職員とは、程度の差はあれ機械的な仕事をこなす機械的な能力以上に特技を持たない人間を意味するのに使われる言葉である。（Cross 119）

成功は本人次第であるとしながら、続くページはおもに銀行と保険会社に関する情報に費やされ、「ここまで示してきたいくつかの提案から明らかなように、出世できないとぼやいている銀行や保険会社の平均的な事務員の責任は本人にあるのだ。いずれの業種も拡大の可能性は無限であり、勉強が好きな少年にとっては大きな機会を与えてくれるものである」(Cross 132) と結ばれる。要するに成功の前提条件は、いずれも縁故採用が中心で給与の高い銀行か保険会社に口を見つけることであり、個人の努力が及ぶものではない。

一九一〇年刊行の『商業のABC――生徒と事務職員に向けて事業の意義と目的などを解説する教科書』(Henry Robert Meyer, *The ABC of Commerce: A Textbook for Explaining to Students and Clerks the Meaning and Purpose of Business Operations, etc.*) は表題そのまま、商業の基礎知識に関する手引き書であるが、最後の第一六章のみ趣向を変えて、「商業の職を選ぶこと」と題し、少年の保護者への戒めに割いている。

> 最初に強調しておきたいのは、わたしが商業の職と言う場合には、事務職員として暮らすことを意味しているのではないということだ。事務職は、給料取りの身分に甘んじ、何の裁量権もなく、一生あくせく働く以外に何の展望もないような職業である。事務職に就こうと考えている少年には、どんなに卑しくとも他の職を探せと、迷わず言いたい。〔中略〕一介の事務職員は何ひとつ思いどおりにはできない。商況の変動ばかりでなく、雇い主の気まぐれや貪欲さに翻弄される。労働者が「組合」を有するのに対して、これほど組織率の低い職業はない。これほど給料が安く、雇い主の為すがままの職業はない。いったん解雇されれば、たとえ本人に非がなくとも、新たな口が見つかる見込みはほとんどない。(Meyer 120-21)

著者によれば、「有能な徒弟が雇い主の娘と結婚し、義父の共同経営者になるような時代は、とうに終わった」のであり、「上品な〔genteel〕」職業だからというだけの理由で、つてもないのに事務職員になろうという少年や、息子を説きつけて事務職員にしようという親は、軽挙妄動しているというのである（Meyer 121）。

雇い主の娘婿から共同経営者へという独身者向けのファンタジーには、有力な顧客と相思相愛になるというヴァリエーションもある。法律事務所の事務職員組合の機関紙『法律事務職員』（*The Law Clerk*）は、実話であるとことさらに強調しながら、その名もハリー・クラーク（Harry Clarke）という事務職員が、若い遺産相続人と結ばれたケースを、ロマンス仕立てで紹介する。「事務所をめぐる冒険談（Office Yarns）」と題した連載の第八話に当たるこの回のタイトルは、「ええと、ひょっとしたら――でも！」である。

> 彼女は顧客なのに、彼は彼女を愛していた。〔後略〉
>
> 事によると、この件で――彼の観点からすると、ということだが――もっとまずいのは、彼女が顧客であるばかりか、富裕な顧客であるということだった。そのうえ所長は、彼女の父親が遺言で任命した受託者の一人ときている。これが事実にもとづく物語でなかったとしたら、あまりにも作り話めいていて、まったく信用されないことだろう。最も現実らしい物事とは、そうとは考えられないようなものなのだ。
>
> 〔中略〕

〔前略〕事務所に用があると、彼女はいつも、事務長であるハリー・クラークを――彼の雇い主ではなく――を指名するのであった。(12)

一九〇六年一〇月号の記事である。この頃にはすでにあり得ないような話であり、それは、連載のタイトルに示唆される。yarn は、おしゃべりや雑談の他、作り話やほら話の意味で用いられる語である。

ここで、第三章に取り上げたジョージ・ギッシングの『余った女たち』を思い出そう。世紀転換期のイギリスにおける構造的な女余りを背景に、主人公ローダは、女の自立を促す合理的な言説ではなく、ドメスティック・イデオロギーを再生産するファンタジーが巷に溢れていることを嘆いていたが、娘婿ファンタジーもまた、現実と乖離すればするほど執拗に、「ひょっとしたら――でも！」という夢想に男性事務職員を誘う。

ローダは、自分にはどうにも不向きな教師の職から逃れたい一心で、一年かけて速記と簿記と商業算術を習得し、地方からロンドンへの地理的移動を伴う社会移動を果たし、さらにタイピングを習いに通い始めた学校で講師から誘われ、若い女たちを指導する立場となる（78-80）。皮肉なことに、現実の世界では先述のとおり、こうした技能の市場価値は、その普及に伴って急速に低下する。一八九三年刊行の『余った女たち』のこの場面の、一八八七年という設定は、ローダの掲げる理想が現実味を失わないギリギリのタイミングであったと言えよう。

アーノルド・ベネットが一九〇四年に発表した長編『大物』（*A Great Man*）では、速記術が「あらゆる扉を開く鍵であり、あらゆる病を癒す薬であり、世界で最も素晴らしいもの」であった時代を、主人公ヘンリーが追懐する(59)。ベネット自身が一分間に一三〇語処理できる高度な技能をもち、「申告納税のために経費の明細を整えるという、繊細かつ複雑な技術に天賦の才を発揮した」(*Truth* 31)事務職員であったのだが、一八八〇年代に拡大した商業教育の最大の恩恵に浴したのが、彼の世代であった。とくにアイザック・ピットマンが考案したピットマン式速記術は、グレゴリー・アンダーソンによれば、雇い主が従業員に最も期待するスキルであった（*Victorian Clerks* 102)。

一九一一年の『ヒルダ・レスウェイズ』の主人公で、間もなく成人を迎えるヒルダが、自身の資産管理を委託している法律事務所の事務職員ジョージ・キャノンから、ピットマン式速記術の習得を勧められるのは、一八七八年のことである。ジョージから「未来への鍵」、「あらゆる難問を解決する「開けゴマ」の呪文」、「一分間に一二〇語書き取れれば、どんな職にでもすぐ就ける」と熱っぽくたたみかけられ、ヒルダはすっかり説得されてしまう（79)。ここでも法律事務所はロマンスの舞台となる。「事務所をめぐる冒険談」と違うのは、富裕な顧客の視点による語りである。ヒルダがロマンスを見出すのは、速記という技能においてであるが、ジョージの「輝く眼」とともに訪れる、宗教的啓示のごとき恍惚が、性的恍惚とないまぜになっていることは明らかだ。

彼女は判読不能の記号を目にした。そしてその記号を、彼の輝く眼とともに見た。その謎めいた線や曲線や点に、彼女はロマンスと未来への鍵を見た。賢者の石を見た。この町ですでにパン種が膨らむようにゆっくりと影響を及ぼし始めていた新しい宗教を見た。この驚くべき新事実は、甘美な陶酔をもたらすものだった。彼女は改宗した、雷に打たれたように。帰依者の恍惚に身を任せた。ここに――どういうわけか、説明がつかず、不可解なことに――彼女が長らく何を欲していたのか、その謎に対する答えが、ここにあった。しかもそれは、新奇で、奇妙で、際立った、意外で、唯一無二の答えだった。そう、それにとても素敵だった！　この神秘的な鍵を自由に操れるようになったら、なんと素晴らしい、なんと幸福なことかしら！（79-80）

中産階級のヒルダに、勤めに出る選択肢はない。かといって結婚への憧れも、そもそも地方の町では階級や資産の点で自分と釣り合う相手に出会う機会もなく、毎日が無為に過ぎていくことにいら立っていたところへ、速記術と出会ったのである。ヒルダはおよそ一年かけてこれを習得することになるが、勉強を始めて半年ばかり経った頃、ジョージから新しい地方紙を立ち上げる計画を知らされ、「編集部秘書」の肩書きでスタッフに加わることになる。このように速記術は、ロマンスの媒介となり、小説のプロットを動かす要ともなる。

ジョージに妻がいることをヒルダが知るのは、新婚旅行の直後である。ジョージの長い告白は、そのまま、「事務所をめぐる冒険談」の読者に冷や水を浴びせる訓話として読める。二二歳のとき、ひと回り以上年上の、洗練された装いの美しい顧客に見初められ、虜になり、結婚するも、一〇日ばかりで耐えられなくなって逃げ出したというのだ。

「〔前略〕わたしは〔イングランド南西部の都市〕トーキーの事務弁護士事務所に事務職員として入所して、彼女は顧客だったんだ。わたしに夢中になってね。正直に言うよ。行かず後家だったんだ。町を望む高台の豪邸を所有してってね！〔中略〕わたしを欲しがって、手に入れたんだ。〔中略〕わたしを虜にしてね。もちろんカネがあったからね。〔中略〕もちろんカネのために結婚したんだよ。そういうことは、若い女だけじゃなく若い男の身にも、ときどき起きるのさ。ぞっとするだろ。けど、男でも女でも同じことだよ。それに、売買だなんて気づいていなかったんだ、そのときはまだね！〔後略〕」(435-36)

つまり、経済的動因をロマンスで偽装する危険への戒めである。分別盛りになって、本当に結婚したい人と巡り合ったとしても、離婚を成立させるのは容易でないと心得よ、と。重婚罪に問われるのを恐れたジョージは、着手していたホテル事業も打ち捨てて出奔する。

後掲の付録で述べるとおり、ベネットの事務職員小説五作のうち、『ヒルダ・レスウェイズ』を含む四作で、主人公たちは何らかの事情で事務職を離れる。しかるに一八九〇年代になっても、職業選択のハウツーを学び損ねて事務職に就いた若者たちは、事務職員として実直に生き抜くためのハウツーを学ばなければならない。

3　ジェントルマンの理想とセルフヘルプ市場

クロシックとアンダーソンが指摘するとおり、事務職員は、みずからの苦境を個人的なものと捉え、個人的な解決策を模索する傾向にあり、労働組合への加入よりも、商業教育、キリスト教青年会（Y

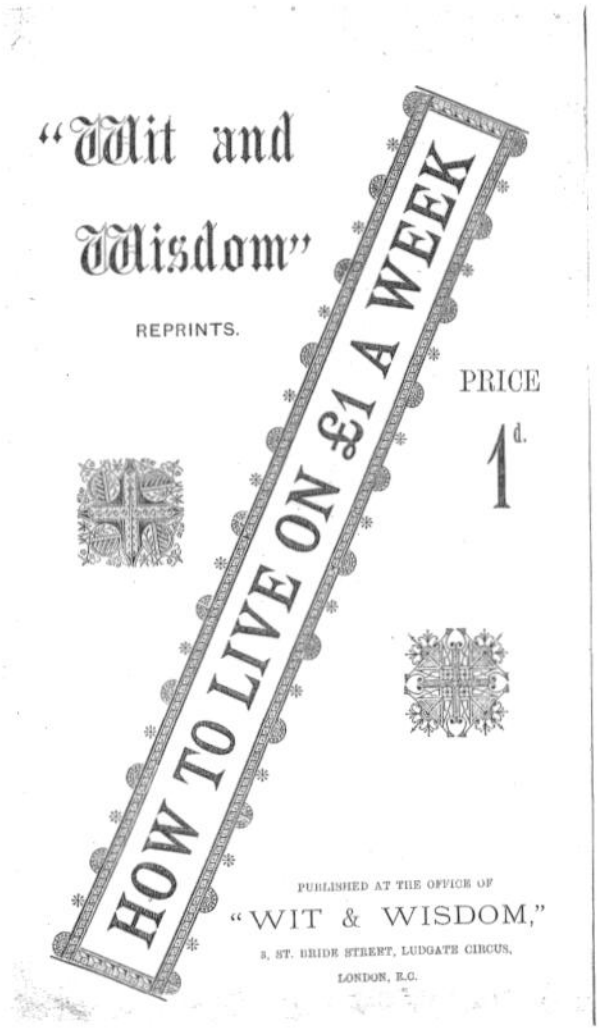

MCA）、共済組合、ときには移民という選択のほうを好んだ（Crossick 46-47, Anderson 108）。

NUCが結成されたのと同じ一八九〇年に発行された小冊子『週一ポンドでどう暮らすか』（*How to Live on a Pound a Week*; 以下『週一ポンド』と略す）を見てみよう。テーマは、NUCが賃上げ要求の際に掲げたのと同様のもの——「暮らし向きは決して楽ではないが、にもかかわらず、見苦しくない風采をして、ジェントルマンのような身なりでジェントルマンのように振る舞うよう期待されている、否、強いられている人びと」(6)がいかにして週一ポンドの薄給でホワイトカラーの体裁を保つかという「喫緊の問題」(5)——であるが、この小冊子では、事務職員の互助組織の結成は奨励されるものの、労働組合にはまったく言及がない。

『週一ポンドでどう暮らすか』表紙

『週一ポンド』は、娯楽週刊誌『機知と知恵』（*Wit and Wisdom*）の一読者の提案から生まれた。前述の「喫緊の問題」について読者の投書を募るという提案である。懸賞付きのコンテストは大きな反響を呼び、編集部が、投書の抜粋に助言やコメントを添えて出版する運びとなる。限られた収入で体裁を保つというテーマは一八七〇年代からメディアで活発に論じられていたし、懸賞も多くの雑誌が目玉としていたものであって、この提案自体に目新しさはない[13]。注目すべきは、編者がつぎのように想定する事務職員が、一つの階層として認識されるようになったことだ。

わたしたちが我が身をその立場に置いて考えてみようと試みているのは、地方に生まれ育ち、荒漠として人口過密で、にもかかわらずたいそう孤独なこの首都で出世の道を求めんと思い定め、首尾よくシティに週給一ポンドの職を得、この先、唯一の難題といえば、さまざまな肉体的・精神的な必要を満たすために、また、誰の身にも起こり得る万一の場合に備え、可能であれば毎年いくらかは蓄えていくために、どうその給与を使えばよいかということであるような青年である。（『週一ポンド』8）

週給一ポンドは、初めて親元を離れて職を得る若い事務職員にとって「自立の第一歩を意味する」(6)。

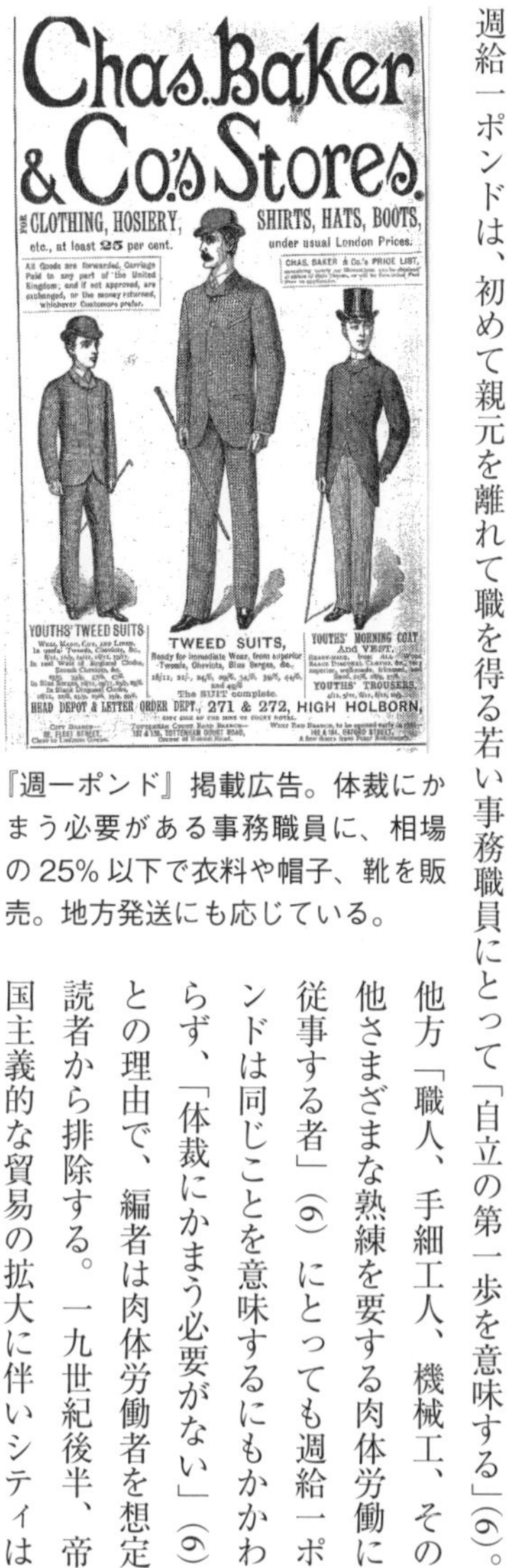

『週一ポンド』掲載広告。体裁にかまう必要がある事務職員に、相場の25%以下で衣料や帽子、靴を販売。地方発送にも応じている。

他方「職人、手細工人、機械工、その他さまざまな熟練を要する肉体労働に従事する者」(6) にとっても週給一ポンドは同じことを意味するにもかかわらず、「体裁にかまう必要がない」(6) との理由で、編者は肉体労働者を想定読者から排除する。一九世紀後半、帝国主義的な貿易の拡大に伴いシティは金融・流通上の重要性を増し（Crossick 20）、一八九一年の国勢調査によれば、全事務職員の二〇％近くはロンドンで就労している。さらに二四歳以下の者が全事務職員の四六％を占めたこと、またロンドンの事務職員の四九％がロンドン以外の生まれであること（Booth 272）などを考え合わせれば、この「一ポンド労働者（ワンパウンダー）」こと青少年事務職員が社会現象として顕在化していたと見てよいだろう。[14]

さらに注目すべきは、編者が全三二ページの小冊子を「住まい」、「飲食」、「被服」、「レクリエーション」、「倹約」、「まとめ」、「協同組合」、「最後に」の八つのセクションに分け、「レクリエーション」を意図的に「倹約」の前に置いた点である。編者は「健全な生活を送ろうとする者にとって、娯楽と社交は必要不可欠のものの一つとみなされなければならない」としている（7）。「倹約」は、勤勉・忍耐・正直・周到とともに成功に不可欠な徳目として、サミュエル・スマイルズが励行を勧めた要件であるが、「レクリエーション」の重視は、必ずしもスマイルズの教説と矛盾することにはならない。

投稿者の多くは、ＹＭＣＡや英国国教会青年会への参加を推奨し、編者も、「下宿住まいの若者にとって家庭の代わりとなり」、「健全」でない娯楽の代表格であるミュージック・ホール通いやパブでの飲酒の代わりに、[15]「芸術的、文学的、社会的な要素」を安価に提供するものとして評価する。編者は、「結局のところ、レクリエーションを選ぶ際に肝に銘じておかなければならないのは、精神と身体両方の力を最大限に養うに相応しいものでなければならないということだ」（28）と強調しており、事務職員のレクリエーションが勤勉と自助の精神に支配されていることを示唆する。[16]そして「最後に」で編者は、雇い主に向けて――雇い主がこの小冊子を手に取ることはないと知りながら――、レクリエーションにおける心身の育成が若者を「より労働に適した」者にし、ひいては「雇い主のポケットにカネを入れる」ことに繋がるとのレトリックで、若者の待遇改善を訴える（32）。労働力の再生産がおこなわれるのはおもに工場の外でのことであるが（Althusser 4）、ホワイトカラー労働者にとってのレクリエーションもまた、余暇における労働力の再－創出（レ－クリエーション）に他ならない。投稿者のなかには、つぎのような悲愴な覚悟を語る者もある。

散歩を楽しんだり、友人とチェスを一局交えたり——チェスが難し過ぎるならチェッカーでもドミノでも——するだけで十分だ。なぜなら、若者の余暇〔spare time〕は、昇進のための独学に費やされるべきだからだ。これは義務としておこなうべきであり、（精神的な）活動をやめれば、一生週給一ポンドで終わることになる。（27）

一八四四年にロンドンの洋品小売店の店員数名の聖書講読の集まりから始まったＹＭＣＡは、一八八〇年代には、事務職員の商業上の野心を、より精神的な、キリスト教徒のジェントルマンに相応しい人格の涵養という目標へと振り向けようと腐心した（Zald 25-28）。この努力がいかほどの功を奏したか検証は不可能ではあるが、ＹＭＣＡは、娯楽と教育を提供するばかりでなく、一八九一年からはロンドンで事務職員向けの職業斡旋所を運営し、マンチェスターでは一八八二年に移民部門を設けて失業者を植民地へ送り込むことで、競争の激化するホワイトカラー労働市場の安全弁としても機能したことは確かである（Anderson, "Social Economy" 76-78, 121-22）。知恵（wisdom）と知識（knowledge）とを区別し、机上ではなく実地で得られる前者を尊ぶスマイルズの教説は（Smiles

271）、一九世紀後半を通じて、学校教育の機会に恵まれなかった人びとに希望を与え続けたが、事務職員の業務内容は事業所ごとに異なり、そこに留まる限りにおいて有用な、汎用性の低い知恵は、転職の助けにはならない。さらにエドワード朝の終わる頃には、単純な業務には「少年事務員」を雇い入れるのが一般的になる。二四歳以下の事務職員が、事務職員全体の四六％を占めたのもこのためで、「年を取るにつれて、以前ほどきびきび働けなくなると、ある朝、突然「クビ」になる」（Cross 119）。

労働市場における少年や女やドイツ人の脅威を背景に、[17] 速記やタイプは、事務職員の地位向上に繋がる革新的な技能と期待され、成人教育は個人の救済の活路と目された。だが皮肉なことにこれらの技術は、叙上のとおり、一八九〇年代にはもはや特別視されなくなる。にもかかわらず二〇世紀を迎えても、ロンドンの隣保館トインビー・ホールの商業クラスは事務職員や小売店員で溢れ、どの町でも、とくにロンドンでは選ぶのに苦労するほど多くの商業クラスが開かれ、個人教授や通信講座も提供されていた（Crossick 28）。事務職員が階級意識から個人主義的な解決策を選ぶ傾向にあったのは確かだとしても、その傾向を助長し、商業教育への妄信を煽ったのは、当時の独学用教材や通信講座の広告などに溢れる自己責任論ではなかったか。一九世紀半ばから労働者階級向けの書籍出版を手がけていたジョン・カッセルのカッセル社や、ピットマン式速記術考案者が創立したサー・アイザック・ピットマン・アンド・サンズ社などの出版物の影響力は、看過し得ないものではなかったか。

例えば『商社事務職員と彼の成功』（Haslehurst Graves, *The Commercial Clerk and His Success*）は、「平均以上の能力があって品行方正な事務職員が、一六、七歳で勤めを始め、二五年経っても年収八〇ポンドや一〇〇ポンドで満足し、日々をやり過ごしているとしたら、それは惰性に陥り研鑽を怠ったためだとし、読者に「目標を高く掲げ、つねに出世の梯子の最上段を目指したまえ」(40) と呼びかける。高い目標すなわち事務職員にとっての成功とは、「事務長、支店長、共同経営者」になることを指し、著者が成功に不可欠な三要素として掲げるのは、「健康な身体」、「入念に鍛えられた知力」、そして「雇い主の信頼を得る」ための「健全な人格」である (12)。一九〇九年刊行のこの本は、一九世紀的な経済的自由主義と雇い主に引き立てられて娘婿＝共同経営者になるというファンタジーを駆動しつつ、余暇におけるあらゆる活動——語学習得のための夜学通い、海外での休暇、乾布摩擦、切手蒐集にいたるまで——を成功への階梯として意味づけ直す。このような言説にさらされた事務職員たちが、いかさま商業教育のカモになったとしても不思議はない。B・J・デイヴィーズ (B. J. Davies) はみずから著した独学用教材のなかで、通信講座は避けるのが懸命だと指南している。著者自身が、よくある、パンフレットで「経験豊富な講師陣、ロンドン、オックスフォード、ケンブリッジ、エディンバラの各大学学部卒業者および優等学位取得者、数々の教科書の著者から成る専門スタッフ」を誇る「通信カレッジ」の一つに勤めていたが、この「専門スタッフ」は少年事務員と当時 (一九〇〇年頃) 一三歳だった著者のみで構成されており、二人で解答例に従って添削をおこなっていたという (Davies 9)。では、自助と勤勉の精神を、資本家といかさま商業教育に搾取されずに生きていくにはどうすればよいのか。

4　消費財としての時間と勤勉な消費者としての事務職員

限られた所得で体裁を保つというテーマは、二〇世紀に入っても新聞や雑誌を賑わせていた。これに触発され、アーノルド・ベネットは一九〇八年五月、『イーヴニング・ニューズ』（*Evening News*）紙にコラム「一日二四時間でどう暮らすか」（以下、『一日二四時間』と略し、引用は書籍化された *How to Live on Twenty-Four Hours a Day* に拠る）[18]の連載を開始する。時間はカネよりも貴重であり、カネと違って誰にでも等しく一日二四時間与えられているにもかかわらず、時間の使いみちを論じる者がいないのは理屈に合わないというのである（22）。ただしベネットの指南は「誰にでも」向けられたのではない。想定読者は、「高い地位にあって先の見通しも明るい」ひと握りの「ビジネスマン」ではなく、彼らの下で働く大多数の「これ以上暮らし向きのよくなる望みのないヒラ社員」（vi）、ロンドン郊外からシティへ片道五〇分かけて通勤し、やりがいの感じられない仕事に一〇時から六時まで従事し、週一ポンドの報酬を得るホワイトカラーの男たちである（42-43）。ベネット自身が一八八九年、二一歳で故郷の中部地方から上京し、法律事務所に週給二五シリングの速記事務の職を得た経験から、読者に「友よ」と呼びかけ（25）、「あなたがたやわたしのような平凡な人間」は「気取りやポーズやナンセンスを嫌う」（66）といった調子で、読者と同類であることを強調する。若きベネットは、前節で見た『週一ポンド』の出版当時、まさしくそのターゲットとする読書層に属していたことになる。

だがベネットは約四年で事務所を辞め、月刊誌『ウーマン』の編集を経て一九〇〇年から文筆に専念し、『一日二四時間』を上梓した頃には『二人の女の物語』や『クレイハンガー』といった長編小説で名声を得ていた。一九〇八年六月、連載終了を待たずに『ニュー・エイジ』の版元ニュー・エイジ・プレスが刊行した『一日二四時間』は、一九二八年にベネット自身が語ったところでは、「出版直後からよく売れ、いまでも売れ行き好調で、わたしの他の著作を全部合わせたよりも多くの称賛の手紙が寄せられた」という（Savour ix-x）。一九一一年にアメリカを訪れた折には、『一日二四時間』の朗読会の依頼が相次ぎ、一晩の謝礼は七五ポンドから一〇〇ポンドにも上った（Hepburn, Introduction 43）。専業の作家となってわずか三年目の一九〇三年に大胆にも『作家になるには——実践的手引き』（*How to Become an Author: A Practical Guide*）と題したハウツー本を出したベネットはしかし、『一日二四時間』では自分に続いて事務職を辞めるよう読者を唆したりはせず、自己改善のプログラムを開始するにあたって、最初から多くを望まぬよう諭す。破滅する人間というのはたいてい多くを望み過ぎるから破滅するわけで、自尊心や自信を喪失するほどの派手な失敗を犯さぬよう、まずは小さな成功を目指せと忠告するのである（40）。

ベネットが勧めるのは、いずれもあまりカネのかからない余暇活動だ。八時間の労働と往復百分の通勤とで疲れて何もできないと訴える男たちを叱り、有意義な生活への第一歩として、いまより朝一時間か一時間半早起きするよう提案する（xiii）。いわく、週日は八時間労働を除けば、一日一六時間もの自由時間があり、さらに土曜の午後二時から月曜の朝一〇時までは四四時間ある（54）。自明のことをことさら大仰に述べ立てているようだが、いわゆる「さんぱち」（八時間休息、八時間睡眠、八時間労働）の形態が広がり始めたのは一九世紀末のことで、労働時間と非-労働時間をこれほど画然と区別し得たのは、産業化の進んだ都市部の労働者に限られていたことに留意せねばならない

(Davidoff et al. 104)。事務職員は、近代的分業が生んだ職業集団であると同時に、分業の結果新しく出現した自由時間の消費者であった。

一二章から成るベネットのハウツー本は、第九章をおもに音楽鑑賞の勧めに割いている。「乙女の祈り」すら満足に弾けず、どの楽器がどんな音色を出すかも知らない読者には、楽器の写真とオーケストラの配置の図がついた、アメリカの音楽評論家クレービールの『音楽鑑賞の手引き——独学芸術愛好家への助言と提案』(Henry Edward Krehbiel, *How to Listen to Music: Hints and Suggestions to Untaught Lovers of Arts*, 1896)を薦め、系統立った知識を身につける——例えば特定の作曲家に絞って知識を深める——よう心がければ、一年後には相当な知識を得られると励ます(77-79)。この助言のお蔭で『音楽鑑賞の手引き』がよく売れていると、のちにアメリカの書籍買い付け業者が証言している(Hepburn, Introduction 43)。

読者が睡眠を削ってまでせねばならないこととは、いわば非-労働時間を余暇に変えることだ。ベネットは仕事に全力を注ぐ愚を戒める——「日々の仕事でそれほど疲れるのなら、あなたの生活のバランスが狂っていて、調整が必要だということだ。人の気力・体力は日々の仕事にだけ費やされてはならないのだ」(xi)。余暇は労働力の再-創出に留まってはならず、資本家から自分の時間を取り戻す営みでなくてはならないとでも言うようなベネットの教説は、不毛な商業教育から事務職員を解放する福音のようにも聞こえるが、近代的分業を本質的特徴とする社会的時間の枠内にある余暇において、事務職員は、ジャン・ボードリヤールの言葉を借りるなら「義務と犠牲と禁欲の原則」(Baudrillard 234)から逃れようはなく、寝る間を惜しんで自己改善に勤しむことになる。余暇のなかには「労働の領域に見られるのと同じ目標達成への道徳的・倫理的執念、つまり強制の倫理が見出されることになる」のである（Baudrillard 233）。一九三〇年にヘンリー・フォードがベネット自身に語ったところでは、『一日二四時間』を五百部買い求め、従業員に配ったという（Pound 356）。この逸話はベネットの教説とフォード主義の親和性を露呈する。T型フォードが初めて生産されたのが本の出版と同じ一九〇八年であったことも示唆的である。読者の焦燥感をつぎのように代弁しながら、それを癒すどころかいたずらにかき立てたのは、他ならぬベネットではなかったか。

> 漠然とわたしたちを不安にさせる向上心についてさらに分析していくと、思うにその源は、忠実かつ誠実におこなうべき物事の他にも何か**しなくてはいけない**という固定観念にあることがわかるだろう。成文化されているいないにかかわらず、さまざまな規範によって、自分自身や家族（もしあればの話だが）が健康で快適に過ごせるよう心がけ、借金を返済し、貯蓄し、効率を上げてさらなる繁栄を目指すといったことを**強いられている**。それだけでも十分難しい仕事ではないか！　わたしたちの誰も為し得ないような仕事ではないか！　しばしばわたしたちの手に余る仕事ではないか！　にもかかわらず、もしこれに成功したとしても――ときに成功するのだが――わたしたちは満足しないのである。（31-32; 強調は筆者による）

一九〇九年四月、エドウィン・ピューは、『ニュー・エイジ』誌上で、「ある階層の人びとに特有の精神の向上に対する現代的な欲望は、おもに、まじめな文芸誌のいくつかに掲載される広告によってかき立てられてきた」と述べ、ベネットこそが「その人望と、その良識という柔らかな光とでもって、この新たな趨勢と大衆の知力の発現に力を貸している」と論じた（"Pierian Spring," 460）。だが問題は、ベネットが大衆の「案内者」というよりは、「確かな素早い足取りで前進する開拓者」であり、「我々などは彼に追いつこうと空しい努力をし、力を使い尽くしてしまう」点である（460）。ここでピューが『一日二四時間』を念頭に置いていることは、『ニュー・エイジ』が唯一この本の広告を掲載していたことから、まず間違いない。ピューは「需要が供給を生むのと同じ頻度で、供給が需要を生む」（460）消費社会における資本の自己運動を観察しながら、広告の機能を否定するわけではない。むしろ、広告という媒体を通じてでなければ得られないような恩恵を消費者に約束する限りにおいて、広告の効用を肯定し、『ニュー・エイジ』に毎号のように広告を掲載するペルマン式記憶術スクールの通信講座を絶賛する（460）。

「精神力の秘密」と題された講座は、この号では全面広告を掲載し、講座を運営するT・シャーパー・ノウルソン（T. Sharper Knowlson）が『ニュー・エイジ』の読者――とくにパンフレットを取り寄せながら受講をためらっている読者――に手紙のかたちでメッセージを送っている（Advertisement 467）。その要点は、一、精神力の開発の意義、二、教材の有用性、三、三ギニー〔＝三ポンド三シリング〕の料金を一括納入できない向きには分割払いに応じること、の三つである。この講座の教科書と添削課題を筆者は現在のところ入手できていないため、一九一五年にスタートした一二課から成る通信講座『ペルマン式精神と記憶の訓練』（*The Pelman System of Mind and Memory Training*）の教材や、ノウルソンのベストセラー『思考の技法』（*The Art of Thinking*, 1899）、『センチュリー・学習者の手引き』（*The*

Century Student's Manual, 1910）などを参照し、概要を推察するしかないが、例えば『ペルマン式精神と記憶の訓練』は第二課「精神の原動力」で、最も質の高い精神力と完全な記憶力とを獲得するには身体の不調を治す必要があり、効用の疑わしい売薬に頼るのではなく、資格を有する医師の治療を受けるよう諭すいっぽうで、第五課「意志の力」では、「失敗を恐れてはいけません。「わたしはできる」と口に出しなさい、そうすればあなたは「できる」のです」(32) といった自己暗示のテクニックを伝授している。ノウルソンの『思考の技法』のほうは、それ自体が膨大な参考文献の集成といった趣で、読者にロックやコールリッジ、パスカル、ウィリアム・ジェイムズなどを薦めており、ベネットの『一日二四時間』よりもいっそう過大な要求を独学者に突きつけている。資本制がつねに刷新を求める生産過程においては、現時点で最も需要の高い技能も早晩、陳腐化する。いかなる事態にも即応できる知力と、その土台となる健康の増進が鍵となるのは、必定である。

一分間に処理できる語数で計られる速記技能の習得などよりもはるかに抽象的で、ゴールの見えない思考の訓練は、事務職員を、かつてピューが呼びかけたような連帯ではなく、孤独で個人主義的な自己改善へと動員し、処世術と訳される savoir-faire = to know how to do という曖昧な技能の獲得を目指す、勤勉な消費者群を生むこととなった。

【付録】

アーノルド・ベネットの〈ポケット哲学〉

『一日二四時間』の出版は当初、小説家としての名声に傷がつくと懸念した周囲の人たちから猛反対されたという（*Savour* ix）。だが、ベネットはすでに自伝『作家の真実』（*The Truth about an Author*, 1903）で、法律事務所での経験について語り、「優れた経費担当事務員は、真の詩人よりも稀少だった」（55）と、文壇への挑発とも取れる発言をしている。一九〇九年に、ジェイコブ・トンソンの筆名で『ニュー・エイジ』に寄稿したコラムでも、文学の生産過程をことさら神秘化する「ヴィクトリア朝的」幻想を痛烈に批判している。批判の対象は、『タイムズ』が、アンソニー・トロロプの死の翌年、一八八三年に出版された自伝を、なぜか出版から二〇年以上を経て取り上げ、「彼の名声に対する、致命的で、事によると取り返しのつかない打撃」だと評した記事である。

『タイムズ』がこの自伝を難じるのは、トロロプが、小説を書く際に用いた時計のように規則正しいメソッドについて明かしているためである。この忌まわしい秘密は、永遠に秘密にしておくべきだった、ということのようなのだ。「致命的な告白！」と『タイムズ』は非を鳴らすのだ。何たる致命的な戯言！　トロロプは『タイムズ』が引用したのよりもっと多くを語った。例えば執筆の際、目の前に時計を置いて、一五分間に二五〇語産出することをみずからに課していたと告白した。だから何だ？　この告白がどうしたら彼の名声を左右するというのか？　彼の名声は、彼の小説の価値に由来するのであって、執筆のために選んだ方法に由来するのでは断じてない。もっと言えば、名作が時間に合わせて、時計を机上に置いて生み出されていけない理由などどこにもない。異常な興奮状態が霊感をもたらすのをじっと待つ必要についておしゃべりしている連中は、作家稼業の何たるかを知らない。彼らはそういう話を読んで感傷的になっているに過ぎない。こういう主張はまったく荒唐無稽だし、おまけに極めてヴィクトリア朝的だ。（Tonson 432）

五二歳で退職するまでの三三年間、郵政省勤めの傍ら創作を続けたトロロプは、毎朝五時半に起床して、出勤までの貴重な時間を執筆に当てていたのである（波多野 82-83）。第一章で見たとおり、事務職員から文筆に転じた作家への偏見に対しては、ベネットの小説が反証となっているが、ベネットは小説で勝負するだけでなく、文学生産の脱神秘化を企て、ハウツー本をつぎつぎと世に問うた。そして一九二八年、ベネットは、この先の生涯もジャーナリストであり続けると宣言する。その心は、小説家たるもの、あらゆるトピックを、あらゆる媒体で扱う権利があるということだ。「高次元の政治と文学と芸術について、仲間内でだけ流通するハイブラウ雑誌に書くと同時に、ありふれた日常に関する主題を、何百万部と売れる新聞で、幅広い層に向けて論じる資格がある」のだ（*Savour* ix）。

ベネットのハウツー本は、研究者の間では〈ポケット哲学〉と呼び習わされているが、これはもともと、ニューヨークの出版者ジョージ・ドランの命名による。ドランは、ベネット作品をアメリカ市場向けに、小説、ポケット哲学、戯曲、その他の四つのカテゴリーに分類したのである。小説『この二人』のドラン版初版（1915）の扉裏に掲載された既刊書リストを見ると、ポケット哲学に含まれるのは、『作家の技巧』（*The Author's Craft*, 1914）、『結婚生活』（*Married Life*, 1913; *The Plain Man and His Wife* のアメリカ向け改題）、『友情と幸福』（*Friendship and Happiness*, 1914; 一九一一年刊行の *The Feast of St. Friend* の改題）、『一日二四時間』、『人間機械』（*The Human Machine*, 1908）、『文学の鑑識眼――その養成術』（*Literary Taste: How to Form It*, 1909）、『頭脳活動の効率およびその他、男女に向けた諸々の助言』（*Mental Efficiency: And Other Hints to Men and Women*, 1911; 後出の一九〇七年刊行の *The Reasonable Life* に新たな二章を加えたもの）の七点である。

いっぽうイギリス本国と植民地向けにベネット作品を出版してきたロンドンのメシュエンは、カテゴリーを五つ設けている。すなわち、小説、ファンタジー、短編集、純文学評論〔Belles-Lettres〕、戯曲である。『北部から来た男』コロニアル・ライブラリー版三刷（Mar. 1912）の既刊書リストでは『一日二四時間』、『人間機械』、『文学の鑑識眼』は、純文学評論に分類され、さらに『女性のためのジャーナリズム――実践的手引き』（*Journalism for Women: A Practical Guide*, 1898）、『名声とフィクション――ある流行についての研究』（*Fame and Fiction: An Enquiry into Certain Popularities*, 1901）、『作家になるには』（*How to Become an Author*, 1903）、『世間並みの暮らし』（*The Reasonable Life*, 1907）、『作家の真実』の五点が続いている。『作家の真実』は、ドランのリストでは「その他」である。

研究者もドランの分類に必ずしも忠実ではない。例えばジェイムズ・ヘバーンは、『作家の真実』

を伝記に分類し、それ以外のノンフィクションについては、ポケット哲学の他、文芸批評、紀行、随想集を別立てにしている(Hepburn, *Art* 227-90)。

先述のとおり、〈ポケット哲学〉という表現は、一般読者——それが、大きな野心もない事務職員であれ、そこそこ成功したビジネスマンであれ、作家やジャーナリストの卵であれ、「人生、自己改善、効率的であること、時間を浪費しないこと、などなどに関する〔ベネットの〕小冊すべて〔all those little books of yours〕」を読んでもなお実践に移せずにいる人びと(*Self* 54)であれ——の手引きとなるべく書かれたノンフィクションの総称として、すでに認知されているから、ドランの分類に固執することにはあまり意味がない。ベネット自身、『一日二四時間』の後、「一ダースかそれ以上の類書」すなわち「庶民向けの日常生活の管理術の系統」を物したと述べている(*Savour* ix-x)。したがって、『わたしの興味を惹いた物事』全三巻(*Things that Have Interested Me*, 1921, 1923, 1926)、『我らが女性たち』(*Our Women*, 1920)、『人生の味わい』(*The Savour of Life*, 1928)といった随想集や紀行を除くノンフィクションはすべて、ベネットの〈ポケット哲学〉に含めて差し支えないだろう。前掲のものに『自己と自己管理——存在をめぐる随想集』(*Self and Self-Management: Essays about Existing*, 1918)と『処世術』(*How to Make the Best of Life*, 1923)を加え、計一三点である。最後の『処世術』は、三一九頁と、「ポケット」の名が想起させるよりもずいぶん厚いけれども、そこは目をつぶりたい。

一三点のポケット哲学は、とっつきやすいものもあればやや難解なものもあり、生真面目で実践的なものもあれば肩の凝らないもの、読み手によっては軽薄だとか眉唾物だとか感じられそうなものまで、さまざまである。ベネットの指南も、終始一貫しているわけではない。例えば、『一日二四時間』

では「精神力は絶え間ない酷使に耐え得る」（46）としているのに対し、『処世術』では無駄の効用を説いている。

> 半ペニー、半時間をいちいち惜しむ人間は、つねに理性の告げるところに従う人間と同じで、はたで見ていても鬱陶しいものだ。あらゆる無駄が厳しく排除された世界を想像してみるとよい。そんな世界、つまらないだろう。そう、適度な無駄使いは——時間であれ、お金であれ、頭脳であれ——健全な生活様式において、有益な、不可欠の要素なのだ。無駄とは一般的に、気晴らしの別名であり、気晴らしは——それも目的を持たない気晴らし、要するに気晴らしのための気晴らしは——正しい生活に必須である。（25-26）

J・B・プリーストリーが『処世術』を「百万人のための哲学の最終巻」と呼んでいるように（"Mr. Arnold Bennett" 431）、まさしくこれが、ベネットの哲学的探究の到達地点なのかもしれない。これまで「仲間に鬱陶しがられるほど」厳格にベネットの指南に従ってきた読者——エドウィン・ピューに言わせれば「確かな素早い足取りで前進する開拓者」たるベネットに「追いつこうと空しい努力をし、力を使い尽くしてしまう」独学者——への説諭とも、ベネット自身が「理性とおこないの不一致」（*Married Life* 56）に悩み抜いた末の境地とも、解釈できよう。『一日二四時間』書籍化直前、一九〇八年五月二三日の日記には、こう吐露している。

脳を効率的に制御すれば、おこないはおのずと理性の理念と合致する。これが、つねづねわたしが教え諭し、大衆の関心を集めるのに成功していることでもあるのだが、自分では完璧には実践できずにいる。自分の生活の不器用さにうんざりする。（*Journal*, vol. 1, 299）

いずれにせよ、ここで強調したいのは、ベネットの哲学の変遷ではなく、作家生活を通じて庶民に寄り添い、蓄積されるいっぽうの知と専門化の時代――「ライエル、スペンサー、ダーウィン」といった「一九世紀の偉大な学者や科学者――なかんずく地質学者が新たに開いた、大いなる不信と懐疑の時代」（*Friendship* 16-17）に、いかにして尊厳ある生を生きるかを、処方すべく努めた点である。

ヴィクトリア朝社会の指導的原理である「改善」ないしは「自己改善」は、一八一五年からの百年の間にその意味合いを大きく変容させる（Rodrick 49）。一九世紀初頭の「改善」は、広範な適用可能性と無限の潜在力を特徴とした（Rodrick 49）。換言すれば、誰もが無限に知識を消費し生産できると信じられたのである。それが、無限の知識という理想と、限定的な知的功績という現実との乖離が広がるにつれ、世紀半ばの改革者たちは、自己改善を目指す人びとに向けて、より到達可能なゴール、すなわち社会的・道徳的コミュニティの生産的な一員になるという目標を提示するようになる（Rodrick 49）。皮肉にも、叩き上げの人間がもはや典型的でなくなった時代に、出版後ただちにベストセラーとなったのが、サミュエル・スマイルズの『自助』であった（Seaman 95）。とはいえスマイルズ自身が一八八六年の改訂版の序文で述べているように、彼が「目的を果たせずに終わった大勢の人びと」にほとんど注意を払わなかったことに、抗議の声が挙がったという。スマイルズの反論はこうだ。「単なる失敗の記録は、読めばひどく気が滅入るばかりでなく、教訓にもならない」、したがって重要なのは品性を高めることであって、「それなしに知的能力があっても無価値であるし、世俗的な成功を収めたところで無意味なのである」（Smiles 3-4）。同時代の著述家たちも、ビジネス以外の領域で成功する必要性をしきりと力説している（Harrison 207）。

にもかかわらず叩き上げの人間という大衆のファンタジーは、驚くほどしぶとく生き残る。一九〇七年、ベネットはこう述べている。「イギリス中の自由で見識ある出版社が、「成功」や出世という主題に不思議なほど関心を持っているように見えることがある。最近では、何らかのかたちで成功について書いていない著名なジャーナリストの名前を挙げるのが難しいくらいだ」（*Mental Efficieny* 84）。そのベネットの哲学の根底にあったのは、「どれほど不利な状況にあろうと、何度失望させられようと、人生は生きるに値すると結論する」（*Friendship* 116）市井の人びとへの信頼である。終生一ジャーナリストを宣言したベネットは、ジャーナリストの眼差しで世界を観察し、それを作家志望の若者や文壇仲間ばかりでなく、幅広い層の読者と共有せんと努めた。「大多数の人間にとって、地球は退屈な惑星である」（*Journalism* 7）とは、ポケット哲学の第一弾、『女性のためのジャーナリズム』冒頭に置かれた警句である。むろんこれに当てはまらない少数派がいる。恋人たちとジャーナリストが好例である。「生まれながらのジャーナリストとは、この世に生を受けたときから、太陽の下、退屈なものなど何もないと思い定めた者である」（*Journalism* 8）。ベネットにとって人生とは、「世界が退屈な場所だという考えを否認する、長いエクスタシー」である（*Literary Taste* 6-7）。生きるための技術とは、世界のあらゆるものに奇跡を見出す技術に他ならない。その技術を獲得する手助けを、文学作品とジャーナリズムそしてポケット哲学において試みた、ベネットの作家人生であった。

アーノルド・ベネットの事務職員小説

ここでは、事務職員が主人公の小説五作、すなわち、一八九八年の長編デビュー作『北部から来た男』、一九〇四年の『大物』、一九一一年の『切れ者』(*The Card*)、同じく一九一一年の『ヒルダ・レスウェイズ』、一九二二年の『リリアン』を概観したい。男性を主人公とする作品の表題が、いずれも主人公の代名詞というべき呼称であるのに対し、『ヒルダ・レスウェイズ』と『リリアン』はともにヒロインの名前である。(「クレイハンガー三部作」の二作目に当たる『ヒルダ・レスウェイズ』は、エドウィン・クレイハンガーの視点から描かれた第一作の『クレイハンガー』に対して、ヒルダの視点で描かれている。第三作の『この二人』は、エドウィンとヒルダが結ばれた後の物語である。)

『北部から来た男』の主人公リチャードは、ベネットと同じように法律事務所に就職し、同じように作家としての成功を夢見ながら、理想とはほど遠い平凡な女と結婚し、郊外の自宅と職場とを往復する事務職員のまま終わる。というか、五作のうち、主人公が結末まで事務職に留まるのはこの一作のみである。ボドリー・ヘッドの顧問だったジョン・バカン(John Buchan: 1875-1940)の支持を得て出版にいたり、コンラッドから称賛と激励の手紙が送られるなど、同業者からの評価の高かったこの作品を(Wild 25)、ベネット自身はのちに、当時影響を受けていたフランス自然主義の形式に拘泥するあまり、リチャードの生活を陰鬱に描き過ぎたと反省している(*Truth* 64)。とはいえ、ベネットの書き物全体を貫く哲学は、同僚エイキドの持論として、しっかりと開陳されている。

「ウォラム・グリーンやフラムのような郊外だって、見る目のある人間には、たいそう興味深いものなんだよ。今日みたいな土曜の午後に、この通りを歩いてごらん。確かに屋根は二本の醜い直線を交わらせているさ。でもその下には名作に相応しい人物が、独自の個性を持った人が、暮らしている。われわれの家のように、窓のカーテン越しに見える粗末な家具がさまざまなことを暗示していることに、注意を払ってごらん（彼はにやりと笑い、目を見開き、身を起こした）。調律のできていないピアノからたどたどしく漂ってくる旋律に耳を傾けてごらん。〔中略〕。カートレット通りには何軒の家がある？ 八〇軒としよう。愛と憎悪と貪婪と暴虐と真摯な努力の劇場が、八〇軒あるんだよ。八〇の個々のドラマがつねに展開し、絡み合い、終わっては、また始まる——そしてどれも悲劇だ。喜劇でもなければ、まして笑劇なんかじゃない！ いいかい、この椅子から百ヤード以内に、百人のバルザックが百年かけても分析しきれないほどの人物が暮らしているんだよ」（*Man* 100-101）

『北部から来た男』、『大物』、『切れ者』の三作に焦点を絞って論じたジョナサン・ワイルドによれば、「この一作でベネットは、郊外に暮らすプチブルジョワの事務職員を、イギリス文学の周縁から、文学をめぐる実験と議論の中心へと移行させることに成功した」（Wild 25）。しかし同じくワイルドが指摘するように、『大物』と『切れ者』では事務所勤めを軽快かつ楽観的な筆致で描出しており、同時代のイギリス文学が事務職員を扱う際の典型的な陰鬱さに抗する意図が明らかである（Wild 25）。

『大物』と『切れ者』はいずれも奇想天外な冒険譚、一種のピカレスク小説の趣で、主人公たちは内面的成長を遂げたりはしない。前者のヘンリーは機転と運で、後者のデンリーは抜け目なさと不正行為で、事務所勤めから早々に解放される。ヘンリーは娯楽小説の人気作家となり、デンリーは起業家として成功する。スマイルズ流の刻苦勉励主義が過去のものとなった時代の、現実逃避的ファンタジーである。ただし『切れ者』においては、一貫して収入の増大と名声の拡大を志向するデンリーが、起業家として、一種の地域通貨を導入した労働者向けの積み立て預金システムを考案するエピソードが例示するように、プロットは確実に、個人の成功と公共の利益が一致する方向に展開する。五つの長編の主人公のうち唯一労働者階級出身のデンリーが、事業の成功だけでは飽き足らず、町長選に出馬して当選する点にも、それは表れる。

『切れ者』は、一九一〇年二月から『タイムズ・ウィークリー・エディション』（*Times Weekly Edition*）に連載され、翌年二月に書籍化されるや飛ぶように売れ、五月には四刷が出る人気だった。それまでに出版された『クレイハンガー』や『二人の女の物語』といった代表作を含む既刊の小説のなかでは最もよく売れて、一九一五年末までに、イングランドと植民地合わせて三万七千部、アメリカでも一万四千部を記録した（Hepburn, Introduction 60）。フォースターが『ハワーズ・エンド』（*Howard's End*）においてレナード・バストという悲しくも滑稽な事務職員を生み、殺したのも同じ年であるが、こちらの売り上げは、一九一〇年末までに七六六二部、一九一三年までに累計九九五九部であった（Sarker 575）。

『ヒルダ・レスウェイズ』のヒルダが、中部地方の新聞の編集部にいたのは一年足らずである。父親を早くに亡くし、「母親と牢獄に閉じ込められ、逃走の手立てはなく、目の前には、鍵のかかった扉というよりも、窓も装飾もないのっぺりした壁があった」(6)という境遇からの逃走であったはずが、創刊を翌朝に控えた日の午後、ロンドンに滞在中の母親の不調を電報で知らされながら仕事を優先し、死に目に会えなかったことを深く悔いて、そのまま職を辞するのである。「ジョージ・キャノンへの忠誠が、母親への不可解な不忠の原因であった」(191)とヒルダは自分を責める。この一種の親殺しのプロットは、『二人の女の物語』のそれの変奏である。後者の主人公ソファイアが駆け落ちの末、パリで単身、下宿屋の経営に成功するいっぽう、ヒルダは、ゆきがかり上、母親の旧友でジョージの義理の姉とともにイングランドの海浜保養地ブライトンで下宿屋の管理をする羽目になる。事務弁護士事務所と新聞社の経営に失敗したジョージの、つぎなる事業である。この下宿屋の成功を足掛かりにホテル事業に乗り出そうというジョージの求婚を受け入れたヒルダは、速記術によって開かれた扉が、結婚によって閉ざされたと気づいて愕然とする。

ジョージが扉を閉めたのだ。それが閉まる音を思い出した。そしてその音は、記憶のなかで、運命の低い鐘の音へと変容したように思われた。鐘の音が、鋭く、明瞭に鳴り響くのが聞こえた。突如として、彼女のこの先の運命が決定されたのだと気づき、恐れをなした。冒険と漠たる夢は終わりを迎えたのだ。というのも彼女は、自由の拡大、興味の広がり、独自の――彼女の知る限り、女性は誰一人おこなったことのない――活動を、いつも漠然と夢見ていたのだから。彼女はこれまで、男の人生と女の人生とを比べては、後者が劣っていることをしぶしぶ認め、憤ってきた。一度は男の世界を垣間見た。五市でただ一人の女性速記者になり、イングランドで初の女性速記者の一人になったのは、思えば目眩くようなことだった！　でも、垣間見たものは虚しく、いたずらに期待をかき立てただけだった。男の世界に身を置いたことはあっても、その一員ではなかった。あたかもガラス鉢に囲まれて、それを彼女自身も男たちも打ち破ることができないかのようだった。（415-16）

事務職員小説としての『ヒルダ・レスウェイズ』のもう一人の主人公は、ジョージ・キャノンである。両親を早くに亡くし、事務弁護士資格を取る経済的余裕こそなかったが、弁護士に引けを取らないほどの知識を実地で身につけ、「探せば、五市にある半ダースの事務所に事務長の口が見つかっただろう」（290）。けれども、自分ならどの事務所よりも早く顧客を獲得できるという確信から、週一ポンドで雇われていた凡庸な事務弁護士カーキークを、いわば名義貸しの対価として高給で引き抜き、独立したのであった（290）。ところが、ターンヒル（五市の一つ）で一番の事務所になろうという矢先に、相続でまとまった金を手に入れたカーキークに辞められ、事務所をたたまざるを得なくなる（290）。新聞のほうも、もとよりジャーナリストの資質を欠いていたことはヒルダの目にも明らかで（151）、すでにあった『シグナル』紙に太刀打ちできるはずもなく、ヒルダが辞めて間もなく廃刊になったのも、「不思議はない」（265-66）というのが、ヒルダの良識ある上層中産階級の友人の見方であった。眼を輝かせながらピットマン式速記術の効用を説いたジョージの転落は、経済的・社会的後ろ盾を持たない野心家に開かれたかに見えた扉が、じつは閉ざされたままであったことを意味する。ヘンリーとデンリーのこすっからさが笑いを誘うとしたら、ジョージの悪漢ぶりは、苦い後味を残す。

最後に『リリアン』を見てみよう。他の四作より一〇年以上後に、Q・D・リーヴィスがロウブラウに分類した『カッセルズ・マガジン』に連載され、物語の現在も一九二二年頃である。ベネットの小説としてはかつてないほど冷評ないし酷評の的となり、出版からひと月弱でイギリス国内だけで一万四千部を売ってはいるが重版はなかった（Hepburn, Introduction 91-92）。不人気の理由をベネットが婚姻制度の埒外のセクシュアリティに帰したことは第一章で見たが、マーガレット・ドラブルが指摘するとおり、衝撃的な内容で商業的に成功した例はいくらでもあるのだから、二ヶ月足らずの早書きに相応の評価と解釈するのが妥当かもしれない（Drabble 263）。細部ばかりがリアリスティックなおとぎ話という趣旨の、『ニュー・ステイツマン』に寄せたデズモンド・マッカーシー（Desmond McCarthy: 1878-1952）の評が（Hepburn, Introduction 91）、最も的を射ていよう。というか、ベネットの意図と矛盾しない。

つぎの引用は、ロンドンの二四時間営業のタイピング事務所で、リリアンが深夜、『イーヴニング・スタンダード』への投書を清書する急ぎの仕事に励む場面である。

この記事の作業に、〔経営者の妹〕ミスGのタイプライターの素晴らしい滑らかさに歓喜しながら、彼女は不思議なくらい幸せだった。〔中略〕仕事に集中する緊張感、完璧を追求する努力が好きだった。機械そのもの、機械の音、紙の手触り、ガスストーブが立てるシューッというかすかな音、すべてが心地よく、彼女を助けてくれた。〔中略〕自分が美しいことも生まれながらに人を魅了せずにはいられないことも忘れた。過去も未来も頭から消えた。快く穏やかな精神の高揚が、彼女を奮い立たせ、支え、鼓舞した。

外の扉が開くのが聞こえた。邪魔が入るのではないかと恐れて、いら立ち、腹が立つほどだった。邪魔されないことが肝心だった。なぜなら詩人と同じように、彼女は創造の真っ最中なのだから。(64-65)

高い職業倫理に従って業務を完璧に遂行するタイピストを、創作に没頭する詩人になぞらえる。市井の人びとの生をあたたかい眼差しで肯定する、ベネット文学の真骨頂とも言える叙述である。しかし仕事を終えて安堵した瞬間、疲労感とともにリリアンは、つぎのような感情に襲われる——「言いようもない悲しさ、絶望、惨めさ、生きていることの無意味さが押し寄せてきて、彼女を打ちのめした。ほんのひと握りの人たちが名声や栄誉を手にするのであって、彼女はそのひと握りではなかったし、この先も決してそのひと握りに加わることはあるまい」(75)。

中層中産階級出身のリリアンは二三歳、稀に見る美貌の持ち主である。二〇歳そこそこで母親と父親を相次いで亡くし途方に暮れるリリアンを見兼ねて、父親の入院先の看護師がこの事務所に口を利いてくれたのだったが、爪に火をともすような生活を送っている。彼女が事務職から逃走するきっかけは、小説のなかほど、不当解雇によってもたらされる。兄のフィリックスがリリアンに惹かれているることに気づいたミスGは、嫉妬から、何かと理不尽な要求や叱責を続け、ついに解雇の口実を見つけたのだった〔とリリアンはのちに知る〕。フィリックスは、ケンブリッジ大学卒の資産家で、暇を持て余していた妹のためにこの事務所の権利を買ってやったという、名ばかりの経営者である。解雇されたリリアンを下宿先に訪ね、高級レストランに誘い、愛を打ち明け、三〇歳以上年下の彼女を、ひと言で言えば、囲い者にする。このときリリアンの念頭にあったのは、彼を愛しているかどうかではなく、「何より感謝の気持ちで」あり、目の前には「素晴らしい天職〔a sublime vocation〕があった」(155)。

舞台は冬のリヴィエラに移り、二人は豪勢な休暇を楽しんでいるが、初老の身体に夜の寒がどれほど堪えるか思いの及ばないリリアンは、月夜のドライヴにフィリックスを誘い、フィリックスは肺炎に罹ってしまう。すでに妊娠の兆候があったリリアンは、フィリックスを往診した医師の診断を受け、これを聞いたフィリックスはホテルの病床に弁護士を呼び、ただちに結婚の準備を進める。書類が整うと二人は市役所で正式に結婚し、妻に全財産を残す遺言に署名をしたフィリックスの症状はみるみる悪化し、わずか五日で事切れる。

こうして、手に職を持ちながら上司の気まぐれに翻弄される(97)一介のタイピストは、若さと美貌という有限の資源が頼りの(102)「天職」を、故意にではないものの、みずから終わりにし、シングルマザーの経営者となる。兄と暮らしていた住まいと事務所の両方から放逐される格好になったミスGには、引退しても悠悠自適にやっていかれるだけの資産はあるけれど、このおとぎ話は、下層階級を搾取する上層中産階級への報復の物語である。「新しい経営者」と題された最後から二つ目の章で、大きなお腹で八ヶ月ぶりに出勤したリリアンは、「これらの若い女〔のタイピスト〕たちがこれまで目にしたなかで最もロマンティックな」人物であり、「絵入り新聞の連載小説や映画が全部混ぜ合わさって、生身の、実在の人間になった」(286)。

ただしベネットは登場人物の誰をも極悪人には仕立てていない。とりわけ、構想中にベネットの想像力を支配していたという「マイナーな登場人物」(qtd. in Pound 299)、すなわちミスGは、リリアンをして「愛する仕事のためなら、常識にも兄の意見にも公然と反抗する、その狂気じみた豪胆さ」(101)に感嘆させる。兄の全財産をリリアンに譲り渡す際のミスGの穏やかな威厳は、リリアンの若さゆえの傲慢さや軽率さとの対比で、いっそう際立つ。この小説で、仕事に一意専心する女たちにとってのロマンスが、色恋沙汰や結婚という大団円を意味するのではないことは明らかである。名声や栄誉を手にするのはひと握りの人たちだという冷厳な事実に変わりはなくとも、中産階級の家庭という「監獄」(41)の外で生きるファンタジーを、『リリアン』は提供する。

第六章

「ミドルブラウ」ではなく「リアル」

現代イギリスにおける文学生産と受容に関する一考察

はじめに　ミドルブラウの美意識？

二〇〇三年、トム・マッカーシー（Tom McCarthy）は、半虚構の芸術集団、国際冥界航行協会（International Necronautical Society; 以下、略称ＩＮＳを用いる）「総書記」として、つぎの「声明」を発表した。

> ――――と――――は、出版産業と連座した廉で放逐される。出版産業との連座によって「作家」は、企業の市場調査結果をまとめた報告書に従う制作者に成り下がり、創作のための真摯な思索を装って、ミドルブラウの既成の美意識（「現代文化」のさまざまな「イシュー」、「ポストコロニアルなアイデンティティ」などなど）を追認する。ＩＮＳ最高執行委員会は、――――と――――とに対し、同情の意を表明するものであるし、両者がそもそも出版大手から本を出すためにそうした方法で「注文に応じて」書かざるを得なかったことは致し方なかったと認めるものである。しかるに彼らは、その決断によってＩＮＳにとっては不要となった。（"INS Announces a Purge"; 破線部は原文のまま）

右に抜粋したのは「委員」二名の処分理由であるが、彼らとともに、一九九九年の協会創設時の委員の大半が「追放」されている。「声明」発表当時、マッカーシーは二年前に書き上げた初めての小説『残余』（*Remainder*）の出版を、イギリスの大手各社から軒並み断られていた。二〇〇五年にようやくパリの小さな美術系出版社メトロノームからの刊行にこぎつけるや、イギリスのウェブマガジンで評判を呼び、ついで『タイムズ文芸補遺』(以下、TLSと略す)に取り上げられる(マッカーシーは「作家としてのキャリアのなかで最高の瞬間」はいつかと問われて、TLSに長い書評が掲載されたことと答えている)[1]。反響を受けて、翌年にはイギリスでアルマ・ブックスから、またその翌年にはアメリカでヴィンテージから出版された。二〇一六年の映画化の際にはアルマ・ブックスが、映画のスチールと「メジャー映画化」の惹句を表紙にあしらったペーパーバックを刊行している。スペイン語で魂を意味するアルマと号し、「本を、大量生産品ではなく芸術品とみなす」("About Alma Books")、創業間もない個人経営の版元はともかく、ヴィンテージを所有するランダムハウスは(ペンギンと合併して現在のペンギンランダムハウスになる前から)紛れもない大企業であるが、INSのウェブサイトに、マッカーシー総書記が議長を務める二〇一四年の「総会」が「最新ニュース」として掲載されたままであるところを見るに("INS Bulletin")、ヴィンテージ/ランダムハウスとの契約によって、マッカーシー自身がINSにとって不要となることは、なかったようだ。

このエピソードに着目するのは、マッカーシーの偽善を愚弄してやろうという悪意からではむろんなく、一九九〇年代以降の文学生産について考察するうえで、示唆に富むからである。マッカーシーによれば、現代文化のさまざまなイシューやポストコロニアルなアイデンティティは、二〇〇〇年代初頭には、手垢のついたミドルブラウ的美意識の対象に堕し、大手出版社が戦略的に繰り出す売れ筋の主題になっていたということだ。マッカーシーの主張を額面どおりに受け取るとして、『残余』を出版しない判断を編集者たちにさせたのは、その主題の不適当さばかりでなく、語りのスタイルのせいでもあったかもしれない。『残余』の主人公による一貫した一人称の語りは、さまざまなイシューやアイデンティティがほとんど必然的に要請するかに見える語りの様式と、あまりにも異なるのである。後で見るように、モダニズムが導入した、複数の視点を往還する語りは、二〇〇〇年頃には例外ではなく規範となっている。語りの複数の焦点は、さまざまの、ときに衝突し合う視点の集合としての多元主義社会に相応しいスタイルとして是認される（McGurl 50）。現代文化において、他者を尊重することが、他者の認識論的な捉え難さの絶対化を意味するならば、全知の語り手は言うに及ばず、主人公だけが（たとえ信頼できない語り手としてでも）終始一人称で語り続けることは、ヘゲモニーの道具としての知の寓意に他ならず、倫理にもとる態度とみなされるだろう。ロンドンというメトロポリスを舞台に、語り手の特権として最後まで読者に名前を明かさない、すなわち（オックスフォード大学を出て、事故に遭うまでは市場調査会社！に勤務していたことなど、わずかな情報以外に）印づけを必要としない白人男性に、インド系移民二世ナズが奉仕するという関係は、ミドルブラウ的美意識を逆撫でし兼ねない。

何らかの落下物が頭を直撃し、記憶の一部を失い、右半身を制御する脳の部分に損傷を負った『残余』の主人公が回復しようとするのは、失われた過去と身体機能というよりは、生きていることのあくまで主観的なリアリティである。主題化されるのは、真実が観察者の立場に制約されるという相対主義的認識ではなく、実存的不安である。巨額の示談金に飽かして無辜の他者をあっけらかんと巻き添えにしながら、さまざまな出来事の精密かつ大掛かりな「再演（re-enactment）」を通じて（彼の嗅覚だけが捉えるニトログリセリンの匂いのごとく）自分にだけ感得され得る生のリアリティを執拗に追求すること、その営みそのものが、一人称の語りを構成している。ナボコフの主人公＝語り手ハンバート・ハンバートが、ロリータという名を音節で区切って読者の口蓋と舌に乗せ、読者がそうと気づかぬうちに共犯に仕立ててしまうように（Serpell 1-2）、『残余』もまた冒頭で、流動食を嚥下するときに決まって"settlement"という言葉の真ん中のエルを想起して吐き気をもよおす主人公＝語り手との共犯関係に、読者を招き入れる。『ロリータ』（*Lolita*）へのオマージュは読者に、語り口の軽妙さと裏腹の、不穏な先行きを予期させ、身構えさせるだろう。サルトルの主人公とは違って、吐き気はやがておさまるものの、「再演」の強迫的な反復は、その細部への執着と単調さゆえに主人公ばかりでなく読者をも眩惑させる。生活者の注意を惹くことのない日々の些事を、些事らしく表象することに（その可能性を疑いながらも）腐心したのがモダニズム文学であったとすれば（Olson 3-12）、『残余』は、本来は無意識かつ円滑に遂行されるはずの動作や一連の物事を、それらの構成要素のすべてを事故を契機に意識化せざるを得なくなった主人公を通じて、いっそう執拗に引き伸ばし、反復し、前景化する。

本章の目的は、近年のグローバルな出版業界の再編と新たなメディアの登場による文学生産と流通の変化、作者と読者の関係の変容について検討することにある。とりわけ、侮蔑的な他称であるミドルブラウではなく、「リアル」という肯定的な形容詞によってまとめ上げられる現代イギリスの読者層の実像に迫りたい。典型的な「リアルな読者」とは、読書会のメンバーであり、さまざまな媒体へのレビュー投稿者であり、文学フェスティバルの参加者であり、創作コースの受講者である。社会学者エリザベス・ロングが「研究領域の隙間に落ち込んで誰も目をくれない、学術研究の中間地帯」（x）と呼んだように、読書会に関する研究は、アメリカではロング自身の二〇〇三年の単著、イギリスではジェニー・ハートリーとセアラ・ターヴィーによる二〇〇一年の著作を先駆とし、その後、盛んにおこなわれてきたとは言い難い。[2] この三〇年ほどの間に著しく存在感を増した読書会の実態について、限られた紙幅で十全に論じることは叶わないが、読書会メンバーに代表される熱心な読書家を取り巻く環境を考察するうえで、筆者が二〇一四年より実施しているイングランド中部のある読書会（T読書会）の参与観察およびメンバーへの聞き取り調査を一部、参照する。[3]

まずは、九〇年代以降の出版業界の状況を、概観したい。

1　「この危なっかしい業界」

作家パトリック・ゲイル（Patrick Gale）は二〇一五年、『ニューブックス』（以下『ｎｂ』と略す）[4]創刊一五周年に寄せて、現在の出版産業は「かつてないほど健全で、この国のフィクション、フェスティバル、創作コースへの渇望は衰えることを知らない」と語っている（17）。書籍値引き禁止協定（Net Book Agreement）の廃止や電子書籍リーダー端末の登場に、周囲の誰もが先行きを悲観していたけれども、予想に反して、自身の創作活動も順風満帆であるという。ゲイルが、みずからの成功の鍵であると同時に証であるとみなすのが、「二つの作品がリチャード&ジュディされ、最新作がラジオ２の「ブッククラブ」に取り上げられたこと」である（Gale 17）。「その幸運のお返し」に、二〇一二年にはノース・コーンウォール文学フェスティバルを友人三人と立ち上げている[5] (Gale 17)。ラジオ2の「ブッククラブ (Bookclub)」とは、二〇一〇年一月から週日の帰宅時間帯に放送されていたBBCの『サイモン・メイヨー・ドライヴタイム』(*Simon Mayo Drivetime*) のなかで、パーソナリティのメイヨーが作者と新刊を論じる隔週月曜のコーナーである。[6] 動詞化されている「リチャード&ジュディ (Richard & Judy)」こと「リチャード&ジュディ・ブッククラブ」のほうは、二〇〇一年から約七年間放送されたチャンネル4の夕方のトークショーに、二〇〇四年から加わった番組内のコーナーである。番組終了後、「ブッククラブ」は二〇一〇年に、本と文具の小売りチェーンWHスミスのウェブサイト内でのブログとポッドキャストの配信に衣替えした。しばしばアメリカの『オプラ・ウィンフリー・ショー』(*The Oprah Winfrey Show*) 内の「オプラのブッククラブ」と比較されるように (というか、そのフォーマットを模倣して)[7]、夫婦でもあるホスト二人が取り上げた本は、例外なく劇的に売り上げを伸ばしてきた。番組の宣伝に関わっていたアラスター・ジャイルズ (Alastair Giles) の証言によれば、「一作取り上げられただけで住宅ローンを完済できた作家も多い」が、じつのところ、番組制作者が本選びの際に参照したのは、他ならぬ『nb』であったという (9)。ジャイルズは、「読者のみなさんは、過去一五年間で最もよく売れた小説となったもののいくつかを、みずからその地位にまで導いたことを、誇りに思ってよいのですよ」として、一一のタイトルを列挙している[8] (9)。

「読者と読書会のための雑誌」と銘打つ『nb』は、「完全に独自のセールスポイント」(Pringle, "View," autumn 2015, 3) により、版元から、市場調査と販売促進を事実上、受託してきたと言える。二〇〇〇年一一月の創刊から二〇一四年の夏までは隔月刊であったのが、現在は季刊となっている他、サイズやページ数、デザイン、ウェブサイト『ナッジ・ブック・ドットコム（nudge-book.com; 以下ナッジと略す）』との連動など、絶えず刷新を続けるいっぽう、独自のセールスポイントは一貫して変わらない。[9] その手法は、新刊小説一タイトルにつきおよそ二ページの抜粋に、作者へのインタビューなどを添えて特集し、希望する購読者には、特集した本すべてを無料（配送料および手数料のみ）で提供するというものだ。四点の新刊が特集された二〇一六年冬号（第九一号）を例にとると、この号本体の価格が六ポンド、四号ぶんの年間購読料が配送手数料込みで二七ポンド六〇ペンスであるのに対し、七ポンド九九ペンスから一四ポンド九九ペンスの価格がついたタイトルから四点まで好きに選んで、一点あたり三ポンド五〇ペンスを支払えば送ってもらえるのだから、選び方次第では購読料と相殺してまだお釣りがくる。むろん、書籍値引き協定が廃止された現在、もっと安く入手する手段はいくらもあるけれども、新刊をいち早く手に取りたい購読者と、口コミの効果を狙ってしばしば発行日に先立って本を提供する版元の、双方に利がある。

アメリカの作家ジョディ・ピコー（Jodi Picoult）の場合、二〇〇四年に彼女のイギリスでの版権を取得したホダー&ストートンが、『ｎｂ』代表のガイ・プリングル（Guy Pringle）に「『私の中のあなた』〔原題は *My Sister's Keeper*〕を『ｎｂ』購読者に大量に送ってほしいと頼んで」きたという（"Jodi Picoult" 14）。二〇一六年に『小さくても偉大なこと』（*Small Great Things*）を特集するにあたり当時を振り返ってプリングルは、すでに本国のみならずオーストラリアやニュージーランドで一〇作もの小説を発表していながらイギリスでは無名であったピコーをベストセラー作家にしたのは、読者の口コミの力であったと自負し、同時に、『ｎｂ』史上（つまり二〇〇五年に、特集する作家の一人を表紙に登場させるようになって以来）初めて、ふたたび彼女を表紙に採用したことを「個人的に大変嬉しく思っている」（"Jodi Picoult" 14）。

『私の中のあなた』は、デザイナーベビーという〈イシュー〉に取り組んだ点で、カズオ・イシグロの『わたしを離さないで』（*Never Let Me Go*, 2005）に先んじており、（一三歳の少女が両親を相手取って訴訟を起こすというアメリカらしい設定を含め）衝撃的な内容を受け入れる素地がイギリスに整っているか調査が必要であったろう。女性が九五パーセント以上を占める『ｎｂ』購読者（"Bailyes" 84）の反応を踏まえたホダーの販売戦略は、ペーパーバック初版の装丁に明らかだ。裏表紙に引用されたのは、中産階級女性向けライフスタイル月刊誌『グッド・ハウスキーピング』（*Good Housekeeping*）のレビュー――「この驚くべき小説は、見事に丁寧に書かれ、難しい道徳的選択に焦点を合わせている」――であり、おもて表紙のコピーは「あなたの子どもたちのうちの一人の命を救うためにもう一人の子どもを利用するとしたら、あなたは良い母親でしょうか、それとも、とてもひどい母親でしょうか？」である。表裏の表紙には、真っすぐこちらに視線を向ける、金髪の幼児の写真があしらわれている。小説は、姉ケイトのドナーとして生まれたアナと、二人の兄ジェシー、母のセアラと父ブライアン、アナの弁護士キャンベル、訴訟のためにアナに置かれた後見人ジュリアの、都合七人の視点から一人称現在で交互に語られるにもかかわらず、装丁は、『グッド・ハウスキーピング』の読者層を、あらかじめ母親への感情移入に誘う。見返しに引かれたヴァージニア州の日刊紙『リッチモンド・タイムズ・ディスパッチ』によればピコーは、「最前線となる直前のトピックを選び出す千里眼」として定評があるという。二六歳でのデビュー以来、年に一冊のペースで長編を発表し続ける速筆は、時々のイシュー――優生学、一〇代の自殺、近親姦、性的虐待、PTSDなどなど――を扱った作品を、機を逃さずに世に問ううえで、大きな強みであることに疑いを容れない。市場調査によって世界的ベストセラー作家に押し上げられたピコーは、トム・マッカーシーの言う「ミドルブラウの美意識」を最もよく代弁し、また涵養する作家の一人であろう。

『nb』のウェブサイトによればプリングルは、出版業界に足を踏み入れた九〇年代前半から、読書会の影響力がいや増しに増していること、そして、新しい才能が市場に打って出る際に口コミの推薦が威力を発揮することに気づいていたという[10]("About Us")。同じページに、『nb』がベストセラーに押し上げた例として挙げられた作品群を見ると、プリングルが「新しい才能が市場に打って出る」と言うときにはしばしば、アメリカやスコットランドなどの作家がイングランドの市場に参入することを意味していることがわかる。「サンプルを配って反応を確かめること〔sampling exercise〕の重要性を正しく見極め、新しいビジネスモデルを開発し、「目覚ましい成功」を収めたプリングルは("About Us")、起業から一〇年の節目には、「いつまた肩を叩かれるかびくびくしながら暮らしていてもおかしくないときに、自営でやっていけていることは喜ばしい。これが末長く続きますように」と感慨を漏らしている("Who's Who")。この率直な感慨は、九〇年代以降の出版業界の浮沈を如実に物語っている。

そもそもプリングルが事業を立ち上げたのは、数年間の教師生活を経てエディンバラの教育出版社トーマス・ネルソン&サンズに転職後、三度も解雇の憂き目を見てのことである。元編集長のシェイラ・ファーガソン(Sheila Ferguson)も、同じような経験をしている。大学在学中に勤め始めたグラスゴーの老舗ウィリアム・コリンズ&サンズが、「マードック帝国」に吸収され、配属されていた部門がロンドンへ移転すると決まり、「メトロポリスの華やかさに魅力を感じなかったため」グラスゴーの別の老舗ブラッキー&サンへの転職を選ぶも、九〇年代に同社が廃業したのに伴い失業。再就職先は皮肉にもハーパーコリンズ、つまりルパート・マードックのニューズ・コーポレーションがウィリアム・コリンズとアメリカのハーパー&ロウを買収し合併してできた新会社であった。そして、「この危なっかしい業界」で三度目に職を失ったとき、プリングルに声をかけられて『nb』のスタッフに加わることになる(“Who's Who”)。

イギリスの歴史ある出版社のほとんどは、一九八〇年代に合併するか買収もしくは吸収されたがマス・ネルソンも現在は、ニューズ・コーポレーションの子会社である。先述の、ピコーの版元ホダー(Bloom 105)、その後も業界は目まぐるしく再編を繰り返してきた。プリングルの最初の勤務先トー&ストートンは一九九三年、ヘッドラインに買収されてホダー・ヘッドラインとなり、二〇〇二年にはイギリス最後の家族経営の出版社の一つジョン・マリーを買収、さらにその二年後に、フランスのメディア・コングロマリット、ラガルデールに買収されて、現在も傘下のアシェット・リーヴル内の編集部門である(“Company Profile”)。そして近年最も大きな動きの一つは、ドイツのメディア・コングロマリットであるベルテルスマンとイギリスのピアソンの二社が、それぞれの傘下にあったアメリカのランダムハウスと、イギリスのペンギンブックスを二〇一三年に合併させたことであろう。この合併で、ペンギンランダムハウスは、世界最大手となった。ペンギンの買収には、ニューズ・コーポレーションも意欲を見せていたというが不調に終わり、ベルテルスマンがペンギンランダムハウスの株式の五三パーセント、ピアソンが四七パーセントを保有することで決着した。合併の目的は、コンテンツを増やして、電子書籍の流通を支配するアマゾンなどとの交渉力を高めることにあったという（「米ランダムハウス」）。ベルテルスマンはさらに、二〇一七年一月、ピアソンから残りの株式を買収し、ペンギンランダムハウスを完全子会社化すると発表（"Bertelsmann"）。ペンギンランダムハウスはいまや、ホガースやチャットー&ウィンダスなどを含む二五〇近いインプリントを所有している[11]。このいかにも「危なっかしい業界」において既存の手法が通用しないのは、自明の理であろう。

2 〈やつら〉と〈われら〉？

トム・マッカーシーの義憤をよそに、『nb』は読者の間に、彼女らの声をすくい上げようとする出版社側の企業努力を好意的に受け止めるばかりでなく、自分たちの声がゲームのルールを決める手応えに満足するような、意識の醸成を狙っている。創刊二年目からは、購読者の投票によるブック・オブ・ザ・イヤーを選んできたが、そのきっかけをプリングルはつぎのように説明している。

ブッカー賞は一九六九年に始まっているので、文学賞というのは、決して革新的な発想ではありません。そしてもちろん、マン・ブッカー賞になってからも、わたしたちが何を読むべきだと文壇が考えているか、その見解の典型であることに変わりはありません。でも困ったことに、二〇〇〇年から二〇〇二年の間に、読書会のメンバーであるわたしたちが何を啓発的だと思うか、彼らとはずいぶん異なる見解を有しているということが、極めて明白になったのです。

（"Books of the Year 2016" 8）

さらに二〇一五年春には、気の早いことに「二一世紀のベストブックス」の選定を企画し、購読者にこう呼びかけている。

でも、そんな眼識と博識を誰が持ち合わせているでしょう？　わたしたちの考えを導き、そんなイニシアチブを担う役割を、誰に委ねればよいでしょう？　ええと、もちろん読者のみなさんです！〔後略〕

わたしたちはすでに『ナッジ』上で意見を募り始めていますが、誤解なきようお願いします、しかつめらしい学者の無味乾燥な賛辞のようなものではなく、互いの本への情熱を共有する機会にするつもりです。〔後略〕（"Best Books" 80）

批判の矛先は文壇と学者以外にも向けられる――「この雑誌は一度たりとも週末の高級紙の「論考」のようであろうとしたことはありません。わたしはああいう論考を、読みはしますが、読んだ後にはもはや取り上げられた本を読む必要などないような気分になるのです！」（"View," summer 2016, 3）といった具合である。文壇、学者、高級紙のジャーナリストに対する不信感は、繰り返し表明される。独立系書店を支援するキャンペーン「ブックス・アー・マイ・バッグ（Books Are My Bag）」が二〇一六年に始めた文学賞を紹介する記事は、当のキャンペーンの公式サイトでは用いられていないような身も蓋もない表現で、その大義を代弁している。

二〇一三年に立ち上げられた「ブックス・アー・マイ・バッグ」は、本の宣伝のあらゆる方法を網羅する標語である。大雑把に言うと、個人経営の書店主の生計を守り、（アメリカの巨大企業アマゾンが販売をほぼ独占している）電子書籍ではなく、書店が扱う紙の本を盛り上げようということだ。

書店主協会の志高い面々が、その旗印の下、今度は新しい賞を作ろうと思い立ち、全国の読者がどこにいても、自分の気に入った本を選ぶことができるような機会を設けた。だから、お仲間同士の文芸評論家とか書評家とか作家とかが、薄暗くて煙たい部屋に集まって、お友達の運命を決する…なんてことはなくて、この新しい賞の選考では、本当に、受賞者を決めるのはあなたたち読者なのだ！（"Books Are My Bag" 32; 省略は原文のまま）

もっとも、こうした批判は目新しいものでないばかりか、ジェイムズ・F・イングリッシュによれば、定期的にメディアに取り上げられることで賞の名声を維持する機能を果たしてきた（English 197-216）。例えば、一九九二年に自作（*Doctor Criminale*）でブッカー賞を風刺したマルカム・ブラドベリは、作品が最終候補に選ばれたことがあるだけでなく、二〇〇〇年に他界するまで、長らく管理委員を、さらに二度にわたって選考委員長を務めた。また、彼がイーストアングリア大学に設置した創作修士課程の教員や卒業生は、イーストアングリア・マフィアと揶揄されるほど、ブッカー賞での活躍が目立つ。とくにブラッドベリが一九八九年に選考委員長を務めた際には、同僚のヘレン・マクニールが選考委員に加わっており、別の同僚ローズ・トレメインが最終選考に残り、ブラッドベリの教え子だったカズオ・イシグロが受賞した（English 210）。

〈やつら〉と〈われら〉の二分法は往々にして、截然と分かち得ないものに用いられる。『nb』の特集のお蔭でデビュー作がベストセラーになったというサリー・ヴィッカーズは、その二年後にマン・ブッカー賞の選考委員を務めているし、『nb』の「二一世紀のベストブックス」の筆頭は、マーガレット・アトウッドのブッカー賞受賞作『昏き目の暗殺者』である。『nb』の「ブック・オブ・ザ・イヤー」とブッカー賞受賞作とが一致したことこそないものの、前者の受賞作であるエマ・ドノヒューの『部屋』が後者の最終選考に残り、アリ・スミスの『両方になる』が両方の最終候補作になる、ということもあった。「ブックス・アー・マイ・バッグ」の活動に賛同するばかりでなく独自に「ラブ・ユア・インディ（Love Your Indie）」キャンペーンを展開し、独立系書店を支援する〈われら〉にとって、アマゾンは立ち向かうべき怪物であるが、〈われら〉を構成する一般読者のレビュアーのなかにはアマゾンと緊密な関わりをもつ者もある。

例えば、『nb』が二〇一六年夏に取り上げたアン・ケイター（Anne Cater）のブログには、こう綴られている――「わたしはアマゾンのトップ・ハンドレッド・レビュアーの一人で、アマゾンのヴァイン・プログラムを通じて、刊行前の本のレビューもおこなっています。わたしのレビューはグッドリーズにも掲載されていますし、ウォーターストーンズのサイトのトップ・テン・レビュアーの一人でもあります」。彼女は、電子書籍をレビューの対象としないこと、アマゾンから謝礼を受け取っていないことを明言しているが、ヴァイン・プログラム（Vine Programme）は、アマゾンの顧客から高評価を獲得したレビュアーを「ヴァイン・ヴォイシズ（Vine Voices）」に選び、発売前の商品を無料で提供して、彼らの声を企業に届ける仕組みである（"What Is Amazon Vine?"）。グッドリーズ（Goodreads）は、サンフランシスコに本部を置き、現在、五千五百万人の会員を誇る「世界最大の読者コミュニティ」サイトであり（"Who We Are"）[12]、ウォーターストーンズは、個性的な実店舗の運営で生き残りをかけるイギリスの書籍小売チェーンである。ケイターは、いずれの媒体からもレビューの対価を得ていないものの、ホスピスでの常勤職の傍ら、フリーランスで出版社のＰＲや実務を請け負っているそうだから（Cater）、もはや一般読者とは呼び難い。

「ｎｂレビュアー」として二〇一六年冬号で紹介されたニコラ・スミス（Nicola Smith）は、ブログを始めた動機を「読んだ本をすべてアマゾンでレビューしてきたので、それらを一箇所に集めたらよいのではないかと思ったから」と述べ、「わたしはアマゾン・ヴァイン・レビュアー（本以外も）で、ネットギャリーからもレビューする本を提供されています。素晴らしい『ｎｂ』誌／『ナッジ』サイトも、レビューする本の提供元の一つですが、雑誌もサイトもチェックしたことがないというかたは、一見の価値ありですよ」と続ける（Smith）。最近では、場所を取らないという理由で電子書籍のほうを好むようになり、また幼児を抱えてのパートタイム勤務で、読書に費やせる時間は限られているという（Smith）。ネットギャリー（NetGalley）は、アマゾン・ヴァインとは異なり、本のみを扱い、招待制ではなく、ブロガーなど「影響力を持つ読者」が自由に登録でき、印刷前のゲラの電子版＝ネットギャリーの提供を受けてレビューを発表し、「ネット上で新刊の口コミを拡散させる手助けをする」事業である（"About NetGalley"）。ネットギャリーは影響力を持つ読者を引用符付きで「プロの読者」とも呼んでいるが（"About NetGalley"）、スミスの例に窺えるとおり、「プロ」は、レビューで生計を立てていることを意味しない。

第一章で見たように、Q・D・リーヴィスは一九三二年刊行の『フィクションと一般読者』において、ジャーナリズムや（アメリカのブック・オブ・ザ・マンス・クラブのフォーマットを踏襲した）ブック・ソサイエティやブック・ギルドといった配本プログラムが、作家と一般読者の「仲買人」として「鑑識眼の画一化」を助長していると批判し（19-20, 22）、一般読者の鑑識眼を涵養する役割をハイブラウ作家と英文学者から成る「少数派」の手に取り戻すことを目論んだ。紙の媒体が相対的に力を失った今日、少なくとも部分的には、中抜きと呼べるような作者と読者との関係が生まれている。読むべき本を提示してくれるのは、英文学者でも高級紙の書評でもなく、広義の口コミであり、口コミを拡散するプラットフォームはネット上にある。

3 「リアル・リーダーズ」とは誰か？

サンプルを配って反応を確かめるビジネスにおいて『ｎｂ』は先駆的であったかもしれないが、このモデルのネットでの展開においては、二〇〇七年始動のアマゾン・ヴァイン、翌〇八年創業のネットギャリーに出遅れた感が否めない。知名度においても劣ることは、先に見たニコラ・スミスの自己紹介にも明らかだ。その『nb』が「インターネット上でより革新的であろうと」、二〇一二年に導入したプログラムはその名も〈リアル・リーダーズ〉[13]という。

〔二〇一二年当時、〕真面目な話、メディア上の情報の流通をコントロールする者たち〔media gatekeepers〕は、力を奪われつつありました。〈リアル・リーダーズ〉という名で表現したのは、あなたやわたしのような人たち、つまり、熱心な読者で、読書会のメンバーで、そして、間違っても大都市の知識階層には属さないような人たちが存在するという事実でした。

ペーパーバックの表紙に引用された文句が、その本から得られることを、明らかに誇大広告しているのに、どれほど頻繁に出会うでしょう？　高級紙の書評につられて読書会の本に選んだら、期待はずれだったということが、どれほど頻繁に起きるでしょう？　わたしたちの〈リアル・リーダーズ〉は、お互いの見解を共有したいのです。お互い、同好の士に語りかけていることを知っているからです。（"Real Readers" 39）

〈リアル・リーダーズ〉のモットーは「完全に独立した書評」である。何から独立しているのかと言えば、大都市の知識階層による情報流通のコントロールから、であろう。ここでは、われら＝〈リアル・リーダーズ〉とやつら＝高級紙に寄稿する大都市の知識階層とが対極に置かれているが、『ガーディアン／オブザーバー』と『nb』を購読している、T読書会の世話役リズに、こうした位置づけの妥当性について問うてみると、「確かに『ガーディアン』の書評を読むと、これはほんとにわたしが読んだのと同じ本かしらと思うことがあ」り、『nb』の良さは「作者のインタビューが読めるところと、〔購読者によるレビュー欄で〕本が五段階評価されていてわかりやすいところ」だと答えてくれた（二〇一六年一一月二三日）。『nb』では、作者へのインタビューを購読者がおこなうことも多く、その場合はたいてい、『ガーディアン』などの論考ふうに構成された記事とは異なり、一問一答形式で掲載される。リズは『ガーディアン』と『nb』の両方に投稿もしていて、[14]『nb』の直截なプロパガンダには、とくに気を留めていない様子だった。

T読書会の別の『nb』購読者ヘザーは、地元紙と『デイリー・メール／メール・オン・サンデー』、『グッド・ハウスキーピング』、『ウィメン・アンド・ホーム』を購読する他、時たま『テレグラフ』と『タイムズ』を読むが、「シャンパン社会主義者」といった左翼批判の常套句を好んで用い、高級紙と新聞の書評一般に不信感を抱いている。

いつもびっくりするのは、新しい本が出ると、わっと一斉に盛り上がるでしょ。それで「これっていったいどこから出てくるのかしら」と思うわけ。本は出たばかりなのよ。でも彼らは〔発売前に〕選ばれて本を読んでレビューを書いてるのよね。それに比べて、まあ、それが悪いってわけじゃないけど、でも、一般人〔the general public〕は違ったレビューを書くわよね。（二〇一六年六月一〇日）

読書会では、他のメンバーが、本に対する別の見方に気づかせてくれるし（これは聞き取り調査でメンバーのほぼ全員が指摘したことでもある)、「最近は、もちろんインターネットがあるでしょ。アマゾンに限らず、たくさんレビューがあるわよね。グッドリーズのサイトもあるし」と、「一般人」のレビューに信を置いていることを示唆した。先述のとおり、本の発売前に選ばれてレビューを書くのはもはやジャーナリストに限らないから、ヘザーにとって問題は、宣伝の手法そのものではなくレビューの中身ということになる。

〈リアル・リーダーズ〉を、もう少し穏やかな口調で紹介した一節を見てみよう。

〈リアル・リーダーズ〉は、読者と出版社と作者をより緊密に結びつけるべく、イギリス国内の最良の出版社のいくつかと協働する『nb』/『ナッジ』帝国の一部です。〈リアル・リーダーズ〉は、刊行される前に本を読んでレビューしたり、表紙のデザインにコメントしたり、特定のトピックについて版元にフィードバックしたりする機会を、みなさんに提供するものです。("Welcome" 49)

ニューズ・コーポレーションやアマゾンなど市場を独占するグローバル企業や、メディアをコントロールする知識人層への批判はない代わりに、自身を「帝国」と称して拡張志向を隠さない。刊行前の本を提供することは、『nb』創刊時からのセールスポイントの一部であるが、購読者が『nb』最新号を手に取ってから、特集された本を請求し、届くのを待って一読しレビューを投稿するという一連のプロセスを、〈リアル・リーダーズ〉では省くことができ、版元にとっては、発行後の販売数増を期待できるだけでなく、発行前に、読者の意見を踏まえた最終調整が可能になる。

では、こうした企業努力のお蔭で、読者には読みたい本が届いているだろうか？　グッドリーズのＣＥＯは、現状をつぎのように要約している。

わたしたちは、かつてないほど多くの選択肢から本を選べる世界に生きています。さらに、電子書籍やタブレット端末のお蔭で、読みたいものがあればほとんど即座に読むことができます。問題はもはやコンテンツでもアクセスでもありません。そうした問題はすでに解決済みです。代わりに、新たな問題が出来しました。つまり、つぎに読むべき本をどうやって見つければよいのか？という問題です。（Chandler）

コンテンツとアクセスの問題は電子書籍が解決し、無数の選択肢を前に途方に暮れる読者の悩みはグッドリーズが解決する、というわけである。二〇〇九年からグッドリーズが実施している「読者が決定する唯一のメジャーな賞」、グッドリーズ・チョイス・アウォーズ（Goodreads Choice Awards）の二〇一六年のフィクション部門を受賞したのは、投票総数二三万七八四四のうち三万一五四四票を獲得したオーストラリアのリアーン・モリアーティの『トゥルーリー・マッドリー・ギルティ』であった。二〇の候補作のうち一六——カラン・モハジャンを含むなら一七——がアメリカの小説で（ジョディ・ピコーの『小さくても偉大なこと』は四位）、イギリスの作家は二人のみ——すなわち、ヘレン・オイェイェミが一〇位、イアン・マキューアンはわずか一八〇八票で一七位——という結果であったリカ寄りである。

（"Goodreads Choice Awards 2016"）。「世界最大の読者コミュニティ」の嗜好は明らかに（白人の）アメリカ寄りである。

先に見たブックス・アー・マイ・バッグ賞は、書店が選んだ候補作に一般読者が票を投じる五部門と書店だけが投票する一部門に加え、ジャンルを問わない、読者の投票のみによる「読者の選択賞」の、全七部門から成るが、五万を超す票を集めて「読者の選択賞」を受賞したのはフィクションではなく、二一名の執筆者がイギリスにおける人種と移民について論じたエッセイ集『善き移民』であった（グッドリーズのノンフィクション部門には選出されていない）。編著者のニケシュ・シュクラ（Nikesh Shukla）が、出版社から「エスニックマイノリティが書いた本は売れない」、「わたしたちは最良の本しか出版しない」と門前払いを食って（Cain）、クラウドファンディングによる出版を専門とするアンバウンド（Unbound）からの上梓にこぎつけた本である。否、「こぎつけた」というと語弊があろう。このプロジェクトには、J・K・ローリングが五千ポンドを寄付すると同時に、自身のツイッターで六万人のフォロワーに呼びかけた結果、わずか三日間で目標額を達成したからである（Richard）。『ガーディアン』紙のインタビューでシュクラは、「主観的な好みに左右されるこの業界で、はたして最良の本が世に出ているのか、わたしたちは確信が持てるだろうか？」と疑問を呈している（Cain）。作家三人が立ち上げたアンバウンドは、未発表の著作をウェブサイト上で紹介し、事実上の予約購入料や、著者による講演などへの謝礼を支払うかたちでプロジェクトに賛同する「サポーター」を募り、すべてのサポーターの名を巻末に掲載した本を、紙と電子版で刊行する。二〇一一年の事業開始から二百を越すタイトルを世に送り出してきた[15]。中抜きである。

業界を左右する「主観的な好み」とは、編集者個人のそれではなく、市場調査が特定した一般読者の好みを意味するはずだ。シュクラが（そしてマッカーシーが）直面している状況は、かつてF・R・リーヴィスがグレシャムの法則を引き合いに出し、教養ある読者が不在の文学市場において、いずれ悪書が良書を駆逐するとした（18-20）、その予言の成就だろうか。しかし事はそれほど単純ではないように思われる。ヤングアダルト文学で歴史的成功を収めた白人女性作家ローリングが、移民の経験をめぐるノンフィクション（うち一編は、ハリー・ポッター・シリーズのホグワーツ校の生徒と教員のほとんどが白人であることを指摘している）[16]を話題作に押し上げ、世界的ベストセラー作家ピコーは、二〇一六年より、民間非営利フェミニスト組織VIDAの諮問委員として、文壇のジェンダー間不平等を可視化し、女性だけでなく歴史的に周縁に置かれてきた人びとの声が聞き取られるよう、啓発活動をおこなっている。ピコーは二〇〇六年、『ニューヨーク・タイムズ』（以下NYTと略す）の名物レビュアー、ミチコ・カクタニによるジョナサン・フランゼンの自叙伝の評を、自身のツイッターで「NYTが白人男性の文壇の寵児以外の作家をべた褒めするのを見てみたいものです」と痛烈に批判し、これに、『イン・ハー・シューズ』のベストセラー作家ジェニファー・ウィーナーも自身のツイッターで加勢した（Flood）。二人の訴えが単なる主観的印象によるのでないことは、VIDAが二〇〇九年から毎年実施している調査が裏づける。二〇一五年に関する調査によれば、NYTの書評欄の場合、レビュアーの内訳では女性が男性を若干上回るものの、レビューされた作家のうち男性五八九名に対し女性は三九六名と二百名近く少ない。イギリスに目を転じ、『ロンドン・レビュー・オブ・ブックス』では、レビュアーは男性一五三名に対して女性はわずか三九名、レビューされた作者のうち二〇三名が男性、五九名が女性、一名がトランス女性と、偏りが著しい。TLSでも、レビュアーのうち男性六九六名に対し女性は三六〇名、作家のほうは男性が九六三名、女性が三二三名である("2015 VIDA Count")。

こうした状況に関する、ジョイス・キャロル・オーツ(Joyce Carol Oates)の二〇一六年の発言は、非常に興味深い。オーツは、プリンストン大学の創作コースでピコーとウィーナーを指導したことがあり、一〇年前の物議をよく記憶しているらしく、インタビューでこう語っている――「女性作家には、男性作家よりも、あらかじめ決まった読者層があります。ジェニファー・ウィーナーは、自分がジョナサン・フランゼンと同等とみなされていないと不平を鳴らしているけれど、彼女はすごく売れてるでしょ。彼女と同程度の名声や才能があって、同じような主題を扱う男性作家は、彼女ほどは売れないでしょうね」(Lerner)。オーツの認識では、文学には二つの相互排他的なカテゴリーがあって、いっぽうに難しい主題を扱う、万人受けしないエリート作家の作品があり、他方に低水準の、とくに女性読者が好むベストセラーがある。

ジェニファーとジョディが肩を並べたがっている人たちのなかには、二人の何分の一かしか売れない人がいます。両方とも、というのは難しいですよ。大勢の読者に受け入れられることもあるでしょう、『フィフティ・シェイズ・オブ・グレイ』みたいに。でもそうすると、おそらく読者の大半は、かなり低水準でしょうね。フォークナーは、たくさんは売れませんよ、だって難しいんですもの。だから、もしジェニファー・ウィーナーが、大勢の読者に受け入れられたいのなら、エリートの名声は得られないでしょう。要するに、どっちも、というのは無理なんですよ。トニ・モリスンのように幅広い読者を持つ一流の作家もいますけど、それでも『フィフティ・シェイズ・オブ・グレイ』のようにはいかないでしょ。大ベストセラーが欲しいなら、難しい小説は書けないし、たぶん難しい文学的主題も扱えませんよ。そう、要するに、どっちもは無理ってこと。(Lerner)

さらに、ヤングアダルト向けの文学作品のなかには『ハックルベリー・フィン』や『アラバマ物語』、『ライ麦畑でつかまえて』のような「素晴らしい古典」があるが、大人がそれらを読む理由は、「易しい語彙で書かれて」いて「ウルフやジョイスやフォークナーより読みやすいから」だとしている。とりわけ興味深いのは、子どもの目に触れにくい電子版が爆発的に売れて「マミーポルノ」の異名を取った『フィフティ・シェイズ・オブ・グレイ』とピコーの作品を同列に置いている点と、「難しい」作家の例として三人のモダニストを挙げている点だ。彼女の見立ては、九〇年以上前のQ・D・リーヴィスによる現状認識、つまりウルフやジョイスといったハイブラウ作家たちが、単に読み書き能力があるだけのミドルブラウ読者に見向きもされないとの診断(4-5, 46)と変わらない[17]。

だがオーツの発言は、リーヴィスの見取り図よりも複雑な状況を明示している。オーツが、幅広い読者を持つ一流作家としてプリンストンの同僚トニ・モリスンを挙げたことの言外の意味は、一九九三年、モリスンのノーベル文学賞受賞に言及した私信を参照すると、浮かび上がってくる。

トニは真にこの賞に値します。［中略］素晴らしく、魅惑的で、情熱的な作家であるばかりでなく、使命感と、洞察力と、不屈の勢力と野心を持ち合わせた女性です。唯一無二の存在でありながら、見習うべき鑑でもあります。［中略］わたしはただの物書きです——わたしには社会的／歴史的特徴がありません。「読者層」というものがありません。わたしは誰も、そして何も代表していません——わたし自身をすら（思うに）代表していません。わたしの「自我」。まるで空気のように、知らぬ間に、よく考えることもなく吸い込んでいた、白い肌という不当な優位性、［中略］、特権。（qtd. in McGurl 318-19; 中略および強調は原文のまま）

マーク・マクガールが論じるように、ノーベル賞候補としばしば噂されたオーツがモリスンに送る惜しみない賛辞は、「自身に不利に働く（あるいはそう彼女が信じる）アイデンティティ・ポリティクスの分析」へと横滑りしてゆく（McGurl 318-19）。オーツには、第二次世界大戦後のアメリカで拡大した教育機会の恩恵を受けて階級上昇を果たしたという「社会的／歴史的特徴」があるはずだが、人種的印づけを必要としない特権は、読者層の特定を困難にする。

他方ピコーは、より多くの読者に作品が届くよう戦略的に、権威ある文学賞とは無縁の商業作家というあり方を選択する（Clark）。白人が人種問題を論じる難しさと気後れを公言するフランゼンとは対照的に、二〇一六年の『小さくても偉大なこと』では黒人差別を主題とし、ドナルド・トランプが大統領に就任し、人種間の分断がいっそう深まることが懸念されるいまこそ、「白い肌で生まれてこなかった人の立場に立って考えたことがない人に手に取ってほしい」と語っている（Clark）。ピコーの願いに、『私の中のあなた』以来のファンだという『ｎｂ』読者は、つぎのように応える。

〔前略〕始めは、二、三〇年前に設定されているのだと思いましたが、本が進むにつれ、またさまざまな出来事が言及されるにつれ、現代に設定されていることに気づいて、衝撃を受けました。ジョディ・ピコーは、精力的に下調べをする作家なので、この本に描かれた出来事は事実にもとづいていると確信します。いわゆる文明国で、今日、このような過激主義がはびこっているなんて、信じ難いことです。子どものころ、クルー（ママ）・クラックス・クランをテレビで見てぞっとしたものですが、同じようなグループがいまも密かに活動しているなんて怖い〔scary〕です。これはフィクションかもしれませんが、この、憎悪の生々しい描写は、残念ながら限りなく真実に近いのでしょう。

　それぞれの章は、読者に〔新たな〕視点を示し、自分はちっとも人種差別主義者なんかじゃないと信じている白人たちと、侮辱の意図のないところでいちいち傷つくルースとの間の、認識と解釈のズレを明るみに出します。ジョディ・ピコーが書く物語はいつも素晴らしく、読者を――これは経験から言うのですが――あるページで不運な出来事に泣かせたと思ったら気の利いた短いジョークや愉快な場面で笑わせ、その数ページ後にはまた仰々しい文章が続くのです。〔後略〕（Grant 19; 加筆部分は編集部による）

「ジョディ・ピコー――彼女にはイシューがある」という『ワシントン・ポスト』紙の二〇〇五年

の記事（Clark）の見出しには、彼女自身の生い立ちにイシューの影が微塵もないことを逆説的に強調する意図が分明である。オーツ以上に「社会的／歴史的特徴」を欠くピコーは、「あらかじめ決まった読者層」すなわち同じ白人中産階級女性に向けて、繰り返し同じスタイルで、先のレビュアーいわく「物議をかもして大当たりすること請け合いの〔blockbuster〕主題」（Grant 19）を論じる。

4　民主化されたモダニズム、またはワードプロセッサー・シークエンス

ピコーのナラティヴは、複数の視点と時間を移動する。ふたたび『私の中のあなた』を見てみよう。二〇〇四年の九日間が七人の視点から語られるだけでなく、折々に母親の一人称現在の語りが「セアラ／一九九〇年」、「セアラ／一九九〇―一九九一年」、「セアラ／一九九七年」、「セアラ／二〇〇一年」、「セアラ／二〇〇二年」、「セアラ／現在」と年代順に挿入され、最後は長女の一人称現在の語り「ケイト／二〇一〇年」で結ばれる。さらに、主要なアクションである訴訟をきっかけに一五年ぶりに再会する弁護士キャンベルと後見人ジュリアの過去が、キャンベルの一人称現在の語りの合間に、たびたびフラッシュバックによって、斜字体で呼び起こされ、徐々に解き明かされる仕掛けである。この、かつての恋人同士が結ばれるロマンス小説ふうのサブプロットに加え、キャンベルの介助犬にまつわる謎が、読者の関心を結末まで持続させるためのもう一つの仕掛けとなっている（もっとも、キャンベルが介助を必要とする事情と、一五年前に彼がジュリアの前から突然姿を消した理由とが無関係でないことに、おおかたの読者は遅くとも小説の中盤あたりで勘づくであろう）。

出来事が生起する順序を複雑に入れ替えたプロットを、ガイ・プリングルは「ワードプロセッサー・シークエンス」と呼び、彼が過去二〇年間に読んだ小説の多くがこれを採用していると指摘する。その理由は「単に、コンピューターを使えばできてしまうから」で、緊張感を生むための効果的な技法であることを認めたうえで、マギー・オファーレル（Maggie O'Farrell）の最新作のゲラを物理的にバラして、時系列順に並べ替えて読んだと明かす。なぜなら「自分のような単純な人間」は「時系列に沿って編まれたバージョンを読むほうがよい」からだ（"View," spring 2016, 3）。そしてつぎの号では、購読者から寄せられた共感の声を紹介している。ある購読者は、「小説家が時系列を分割するアプローチを採るのは、厳密に年代順に配した話は、面白くない／退屈な／味気ないのではないかと恐れてのことだと、わたしは踏んでいます」と主張し、別の購読者は、興味深い二つのエピソードを伝える（"View," summer 2016, 3）。

現代小説にありがちな、無駄な行ったり来たりについてのあなたの意見にどれほど深く同意しているか、お伝えしたくて書いています。創意と洞察に富んだ作品もありますが（わたしが思うに、ケイト・アトキンソンはつねに上手くやってのけます！）、往々にして、陳腐な物語を「もっと面白く」するために用いられる怠惰な手法であるように思えます。わたしの姉／妹は、自費出版したことがあるのですが、次作の執筆に行き詰まってバース・スパ大学の創作コースを受講しました。講師の一人が、時間をバラバラに入れ替えるよう助言したそうです。なぜなら「それが出版社の望むこと」だからだと。わたしの読書会の面々は最近、事の起こりから始まってただ物語を語るようなものが読みたい！と話しています。

プリングルの印象を裏づけるように、T読書会で二〇一四年九月からの一年間に読んだ一二作のうち、二〇〇〇年以降に英語で書かれた（英国籍の作家による）小説五作で、「事の起こりから始ま」って「行ったり来たり」することのない作品は、一つだけだった。マーク・ローソンの『複数の死』（二〇一三年刊行）は、三人称の語りに自由間接話法を頻繁に挿入しながら、出来事の生起した順序を複雑に入れ替えて、真相究明のサスペンスを維持するのであるが、こうした「行ったり来たり」に指摘が及ぶと、長くAレベル（大学などへ進学する基準資格）の英文学の指導をしていたハナが、古くから存在する技法であることを説明すべく、『トリストラム・シャンディ』のプロットをかなり詳細に紹介した（二〇一五年三月一一日）。けれどもそのつぎの、サスナム・サンゲラの『マリッジ・マテリアル』（二〇一三年刊行）の回では、主人公の一人称の語りと、主人公が生まれる前の、彼の母と叔母についての三人称の語りとを織り交ぜる趣向が、やはり「最近の小説が採用する、流行りのスタイル」と評され、皆、食傷気味といった様子であった（二〇一五年四月一三日）。

物語の焦点を時間的に移動させる技法は、古くは〈イン・メディアス・レス〉すなわち事件の途中から始まる古代ギリシャの叙事詩にまで遡ることができる。ダロウェイ夫人の〈意識の流れ〉は切れ目なく、一八歳の頃の、清々しい朝に味わった気分に接続するだけでなく、霧のようにセプティマスの意識にまで入り込んでいき、ピーター・ウォルシュの認識の限界を露呈する。にもかかわらず、経験豊かなプロの編集者と一般読者がともに、この技法を流行りのスタイルと認識するのはなぜだろう。

ガイ・プリングルが批判したオファーレルの『この場所に違いない』(*This Must Be the Place*) は、表題から察しがつくとおり、移動するのは物語の時間だけではない。二八のセクションがそれぞれ異なる登場人物・場所・年代に焦点を合わせ、「わたしの両脚の違和感/ダニエル/ドニゴール、二〇一〇年」と題された最初のセクションが一人称の語りならば、つぎの「わたしは女優ではない/クローデット/ロンドン、一九八九年」の語りは一人称複数から二人称へと移り、続く「ページの末尾に/ニール/サンフランシスコ、一九九九年」は三人称の語りに脚注が施される、といった具合である。文字テクストだけでなく、「オークション・カタログ」のセクションは、タイトルそのままに、クローデットの所持品の写真とキャプションで構成されている。誰の意識に焦点化されるのか、いつどこにいるのか、セクションの冒頭に明記してあるのは、モダニズム文学に親しんだ読者には、むしろ親切な趣向と感じられるし、一九世紀中葉のウィルキー・コリンズの探偵小説を想起させもする。「単純な人間」を寄せつけないハウブラウの技巧というよりは、モダニズムとジャンル小説とのハイブリットである。

「ワードプロセッサー・シークエンス」が、出版社の意向すなわち市場調査の結果を踏まえた創作コースの指導の下、量産され、リアルな読者に飽きられ始めているとしたら、つぎは単一の視点から時系列に沿って語られる物語が新たな流行になるのかもしれない。ただし、『nb』ブック・オブ・ザ・イヤーや「二一世紀のベストブックス」の受賞作が例証するとおり、リアルな読者の特徴は、いわばその雑食性にあり、プリングルの挑発的なプロパガンダを受け流すしなやかさにある。

おわりに　よりよく繋がるための文学の力

本は、読者の掌中に「奇跡のごとく姿を現すのではな」く、「何重にも媒介された、極めて複雑な物質的・社会的プロセスの最終結果」である（Radway 14）。〈読書履歴に基づくおすすめ〉や〈すぐ読める本〉として端末のディスプレイに現れる電子書籍でも、同じことだ。紙であれ電子であれ、本は、読者に届いたときにはすでに何らかの価値を帯びていて、その価値はナラティヴのかたちで呼びかけてくる。しかし、その呼びかけは宿命ではない。本に新たな価値を付与するのは読者である。

英文学史において盛期モダニズムと呼ばれる時代は、英文学が娯楽から学術研究の対象へと格上げされつつある時代でもあった。その過程で、文学史に名を刻み、シラバスに掲載されるに値する作家・作品と、そうでないものとが腑分けされ、序列化された。大学に確固たる基盤を得た英文学科では、ヴァージニア・ウルフの「ベネット氏とブラウン夫人」が、その主張の妥当性が吟味されないまま読み継がれ、多大な影響を及ぼしてきた。第一章は、エドワーディアン対ジョージアンの世代論、リアリズムからモダニズムへという単線的発展史観、ジャーナリズム対アカデミズムないしはロウ／

ミドルブラウ対ハイブラウの構図には収まりようもない、多様なアクターの交流と交渉を追い、別様であり得た英文学史を提示した。

アカデミアにおける英文学研究は、とりわけ一九七〇年代以降、批評理論の成果を取り込んで洗練の度合いを増し、特殊な訓練を要する難解な営みとなった。その訓練とは、情動を排してテクストと距離を取り、テクスト自身が無意識に抑圧している意味を回復する訓練であった。第二章では、そのような解釈者と解釈対象の主客二元論を再考し、テクストを知や快楽の源泉として敬う、肯定的読みの可能性を探究した。

第三章は、消費文化と精神分析学がともに勃興する二〇世紀初頭の文学テクストに焦点を絞り、壮大な叙事詩から広告にいたるまでさまざまなテクストの解釈／消費を通じて、主体化とジェンダー化が同時におこなわれるさまを考察した。教育の機会を得られなかったヒロイン、ガーティは、独学者でもある。ときに啓蒙的な教養小説をロマンス小説に読み換え、ときに騎士道ふう恋愛のプラトニックな異性愛主義の物語をいわば誤読するガーティの言語実践は、集合的な物語の抑圧的な強制力ばかりでなく、それらが参照され反復される際に必ず生じるズレを例証する、一つの肯定的読みでもある。

批評理論が文学研究を豊かにしたことには疑いを容れず、文学研究者による精緻なテクスト解釈が批評理論を刷新し続けてきたこともまた事実である。セジウィックの『男たちの間で』は、マルクス主義フェミニズムの歴史的カテゴリーが文学批評においていかに有効であるかを、具体的なテクスト分析で論証してみせた、力強い著作である。すでに歴史学や社会科学の領域で用いられていた〈ホモソーシャル〉という用語が広く人口に膾炙し、近年はアカデミアの外でも、現行の性体制に憤りを覚え、また生きづらさを抱える人びとに、みずからの経験を分節化する枠組みを提供するようになったのは、ひとえにセジウィックの貢献である。しかしながら、セジウィックが依拠した人類学者が、男による女の交換をいささか非歴史的に強調するゲイル・ルービンではなく、マリリン・ストラザーンであったなら、さらにはストラザーンの一般書が、第二波フェミニズムの余波のなか予定どおり刊行されていたならば、フェミニズムは、個人の自律を何より重んじ、行為者たる主体すなわち人間と、被行為者たる客体すなわち非‐人間とを弁別する西欧の特殊な伝統を普遍化する危険に、より留意することになったのではないか。第四章では、あり得たかもしれない別様のフェミニズム批評に思いを巡らせた。

『ユリシーズ』の独学者ガーティが参照したのが教養小説であり騎士道物語であるとしたら、同じ頃、男性事務職員たちの間で流通したのは、雇い主の娘と結婚し、義父の共同経営者になるというファンタジーであった。筆者はこれを〈娘婿＝共同経営者ファンタジー〉と名づけ、第五章では、有力な顧客と相思相愛になるというヴァリエーションにも注目した。現実と乖離するほど強力に作動するのがファンタジー／イデオロギーである。事務職員たちが、自助と勤勉の精神を、資本家といかさま商業教育に搾取されることなく、尊厳を持って生きていくのは容易でない。ジェントルマンという自己アイデンティティゆえに、労働者として組織するより個人主義的な自己改善を選ぶ傾向にあった事務職員たちは、非‐労働時間を余暇に変えるべく、孤独で勤勉な消費者になりがちだった。しかしベネットに言わせれば、ロマンスは工業製品の生産地のただなかにも、事務所にもある。優れた経費担当事務員は、真の詩人よりも稀少であり、タイピストの業務は詩人の創作と等しく尊い。かつて女性誌編集者としてコルセット排斥を訴えて斥けられたベネットが、英文学史上の「驚異の年」に望みを託したのは、シングルマザー＝経営者のリリアンの大きなお腹と、その姿にロマンスを見出す若いタイピストたちであった。

第六章では、二〇〇〇年創刊の『ｎｂ』誌に着目し、読者の口コミを、「大都市の知識階層」による情報流通の制御から「完全に独立した書評」として提示し、一般読者を侮蔑的な他称である「ミドルブラウ」ではなく「リアル」という肯定的な形容詞でまとめ上げる戦略を分析した。『ｎｂ』誌を通覧し、連動するウェブサイトを追って見えてきたリアルな読者のリアルさは、社主の挑発的なプロパガンダを受け流すしなやかさと雑食性にあった。

以上、一九世紀中葉から二一世紀までのジャーナリズム、出版文化、英文学研究、アカデミア内外の読者について検討を進めてきた本書は、アクター同士が、戦闘的な覇権争いに参与するのではなく、可能な世界への想像あるいは夢想を働かせて、よりよく繋がることを希求するものである。

本書の下敷きとなった拙稿にはすべて、共同研究や領域横断的プロジェクトが関わっている。機会を与えてくださったかたすべてのお名前を挙げることは叶わないが、この場を借りて心より感謝申し上げたい。

「はじめに」には、アーノルド・ベネット協会のニューズレターへの寄稿を一部組み込んだ。執筆を熱心に勧めてくれたのは、協会員で、第六章にリズという仮名で登場する読書会の世話役である。

第一章は、勤務先である一橋大学大学院社会学研究科の講義「先端課題研究11「脱文脈化」を思考する」の成果の一部である。二〇一〇年度からの三年間、人類学、哲学、倫理学、宗教学など専門もさまざまな教員と院生が参加したこのプロジェクトからは、大いに学び刺激を受けた。この交流がなければ、本書第六章から『読書会の効用』へと繋がる研究は、生まれなかったかもしれない。蛮勇を奮って現地調査に赴いたのも、コーディネーターの大杉高司氏の、「きっといいエスノグラファーになる」とのお言葉に背中を押されてのことだった。そうおっしゃったのをご当人は憶えておられまいし、拙論がいいエスノグラフィになり得ていないとしたら、その責めを負うのはむろん筆者である。

第二章と第三章の構想は、「はじめに」で触れたとおり、それぞれ日本ロレンス協会と日本ジェイムズ・ジョイス協会にお招きいただき、準備を進めながら練ったものである。シンポジウムのテーマは「情動、共感、D. H. Lawrence とその周辺」（第四八回大会、二〇一七年七月二三日、於東洋大学）と、「ジョイスの少女たち」（第二〇回大会、二〇〇八年六月一四日、於青山学院大学）。膨大な先行研究のある作家を、生半可な勉強で論じるのは無謀に過ぎるが、打ち合わせの過程で、協会の登壇者の皆さまが最新の潮流などを惜しみなく（ジョイスに関しては、モノグラフに限っても、専門家が追い切れないほどの新刊が出来するのだとも）ご教示くださった。いま振り返っても、なんと贅沢な耳学問であったかと感に耐えない。ロレンス協会の武藤浩史氏と遠藤不比人氏、ジョイス協会の福岡眞知子氏、道木一弘氏、山田久美子氏には、改めて御礼を申し上げたい。ジョイス協会の年報には、プロシーディングスとして発表原稿を寄稿したが、これに加筆修正を施して紀要『言語文化』に投稿したものが先に活字になった。『言語文化』のピアレビュアー金井嘉彦氏は、ジョイス研究の伝統に即った典拠の示し方を、拙稿の余白で懇切にご指南くださった。

第三章と第四章は、二〇〇七年に始動した「一橋大学における男女共同参画社会実現に向けた全学的教育プロジェクト（GenEP）」の基幹科目の一つでリレー講義の「ジェンダーから世界を読む」とも深く関わっている。二〇一一年度のコーディネーター、故三浦玲一氏が、筆者の過去の業績にお目通しくださったうえで、講義の構成をご提案くださった。本書のバージョンは、氏のご提案を反映したものである。第四章は、筆者がコーディネートした二〇一五年度の「ジェンダーから世界を読む」の講義を下敷きとしている。「個人的なことは政治的なこと」というフェミニストの訴えが発せられて四五年のタイミングで、「個人」と「政治」がいかに接続され得るのか、ともに学部共通教育を担う同僚一二名に、それぞれの専門領域の知見から検討してほしいと打診したところ、倫理学者の藤野寛氏は、キャロル・ハニシュの文書「個人的なことは政治的なこと」を正面から取り上げ、さらに筆者に翻訳を促してくださった。藤野論文が巻頭を飾る論集を、拙訳と訳者解題で結ぶ運びとなったのは、そのような経緯による。

第五章は、二〇〇四年度お茶の水女子大学二一世期ＣＯＥプログラム「ジェンダー研究のフロンティア」の助成を受けて以来、地道に続けていたアーカイヴ調査の成果である。第一章と同じく、社会学研究科で発表の機会を得たのであるが、その「先端課題研究7　日常実践／方法としてのジェンダー」（二〇〇六―〇八年度）は、前掲のGenEP立ち上げとも連動していた。論集への寄稿に際しては、編者の木本喜美子・貴堂嘉之両氏に執筆の遅れを辛抱強く見守っていただいた。付録に一部組み込んだのは、アーノルド・ベネット協会のジョン・シャプコット会長（当時）の企画によるベネット研究論集の一章および日本英文学会関東支部大会シンポジウム「workと二〇世紀転換期の英米文学」の発表原稿である。前者を、ベネットの故郷にほど近い町リークのチャーネット・バリー・ブックスから刊行したのには、一般読者が手に取りやすいよう、大学出版局や学術出版社の書籍の三分の一から四分の一の価格に抑える目的もあった。後者は、学務に取り紛れて論文にする機会を逸していたものである。シンポにはイギリス近現代文学研究の市川千恵子氏と、アメリカ文学・文化を専門とされる村山淳彦・中垣恒太郎両氏に登壇願い、文学作品における仕事(ワーク)／労働(ワーク)の表象と、しばしば神の業(ワーク)のごとく神秘化される文学作品(ワーク)について、多面的に論じていただいた。敬愛するかつての同僚、越智博美氏は、村山・中垣両氏との仲介の労をお執りくださった。筆者が焦点を合わせた事務職員小説は、（同じく発表したきりになっている）ベネットの第一次世界大戦のプロパガンダへの関与と同様、いずれ稿を改めて詳細に論じたいテーマである。

第六章は、二〇一二年秋に発足した「ミドルブラウ文学研究会」の活動の最終成果の一部である。研究会発足のきっかけは、二〇一一年に逝去された竹村和子氏を追悼する集いで、武藤浩史氏から、ミドルブラウ文化を切り口にビートルズ論を執筆中とうかがって、「ミドルブラウ・ネットワーク」の動向をお話ししたことであったと記憶している。本書第一章で言及したこのプロジェクトを筆者が知ったのは、前述のシャプコット氏が関わっていたためだ。当時はまだ『読書会の効用』を著すことになろうとは思ってもいなかったが、二〇一五年一月に、ネットワークの拠点の一つシェフィールド・ハラム大学にエリカ・ブラウン氏を訪ね、大学附属図書館内の「ミドルブラウ小説」特別コレクションと、氏が主催する地域の人たちの読書会を見学させていただいたことが、想をまとめる助けとなった。シェフィールドに行くのだと話したら、T読書会の仲間たちが「ヨークシャーは寒いから暖かくして」と気遣ってくれたのも懐かしい。

院生時代には、学会の懇親会にどうにも気後れして参加できず、宿に戻って己の不甲斐なさを呪ったこともあったけれど、こうして振り返ると、人見知りが過ぎて挙動不審になってしまう筆者を、偶然の出会いから、さまざまな場所で、所属にかかわらず、じつに多くのかたがたが寛大に教え導いてくださったことに、深い感慨を覚える。

もちろん学生からも日々学んでいる。もともと文学部のない一橋大学に着任してしばらくは、英語圏文学の科目を履修しようという奇特な学生たちと、ユダヤ-キリスト教文化から批評理論まで、文学テクストの理解に役立つ（と筆者が考える）知識を分かち合いたいばかりに、明らかに前のめりになっていた。そんなある日、まるでそれらの知識なしに文学は理解し得ないと言われているかのようだという趣旨のリアクションペーパーに、猛省を迫られ、シラバスを見直した。文学研究者が一番やってはいけないことが、学生を文学嫌い、本嫌いにさせることである。選択必修の英語科目でも、小説を読んでみたいという受講生は学部を問わず存外に多い。もっと読みたい、卒業してからも読み続けたいと感じてもらえるよう、今後も文学への熱い関心を伝えていきたい。なかには筆者のおたく的アプローチを面白がり、犀利な対象観察で驚かせ、精緻な読みで唸らせてくれる学部生も院生もいる。研究教育環境は厳しさを増すいっぽうだが、専門領域や組織の垣根、立場を超えた対話と議論が、アカデミア内外に連帯を生む契機となり得ると、希望を捨てずにいたいと思う。

厳しさを増しているのは出版界も同じである。英米文学科の減少は、英語圏文学関連書籍の潜在的読者の減少に繋がる。この逆境にもかかわらず、否、逆境にあってこそ、刊行物を通じて、学術書／

一般書というジャンル分けそのものを、学術的厳格さは手放さず、揺るがしてきたのが小鳥遊書房である。学術書寄りの本書を、より幅広い読者に向けた『読書会の効用』の姉妹編として同時刊行するという、筆者の無茶な要望を叶えてくださった高梨治氏に、深謝する。

なお、本研究は、前掲のプログラムの他、科研費基盤研究（C）25370275、同16K02484および同19K00389の助成を受けている。「競争的資金」獲得のための煩雑な手続きと、獲得後のさらに煩雑な作業は、勤務先の事務職員の支援なしにはおぼつかない。研究教育機関の業務は多岐にわたる。本書の二つの章は学内の紀要が初出であるが、担当助手の皆さまは、教務を始めさまざまな事務を回しつつ、高度な編集技術で拙論を世に出してくださった産婆である。本書が読者の手に届くまでに経てきた複雑なプロセスには、こうした直接的な研究支援のみならず、すべての部署のあらゆる事務作業が含まれる。そう考えると、研究が本のかたちになること自体が、奇跡のように感じられる。

冒頭の言葉と矛盾するようだけれど、ベネットに言わせれば、遍在する奇跡に目を開かれた瞬間、わたしたちは文学の領域にいる。世界のあらゆるものに奇跡を見出し、それを他者に伝えずにはいられない衝動こそが「文学の影響力」だとベネットは語る。その伝播に小著がいくらかでも役に立つことを、念じている。

二〇二四年一二月

井川ちとせ

索引

おもな人名、書名を五十音順に記した。

【カ行】

【サ行】

【タ行】

【ナ行】

【ハ行】

【マ行】

【ラ行】

【ワ行】

初出一覧

はじめに

“From Tokyo to Arnold Bennett’s Five Towns: Literary Landscape and Day-to-Day Reading Practices.” *The Arnold Bennett Society Newsletter*, vol. 6, no. 2, 2018, pp. 3-7.

第一章

「リアリズムとモダニズム――英文学の単線的発展史を脱文脈化する」大杉高司編『一橋社会科学』第7巻別冊 特集「「脱／文脈化」を思考する」2015年、61-96頁。

第二章

「情動と「多元呑気主義」――ポストクリティークの時代にD. H. ロレンスを読む」『言語文化』第56巻、2019年、57-78頁。

第三章

「ガーティのケース――『ユリシーズ』第13挿話のメランコリックなヒロイン」『言語文化』第45巻、2008年、17-33頁。

「少女は何を欲しているのか？――ガーティ・マクダウウェルの交叉する視線」*Joycean Japan* 第20巻、2009年、46-63頁。

「主体化、ジェンダー化――家父長制資本主義体制下のイングランドとアイルランド」三浦玲一・早坂静編著『ジェンダーと「自由」――理論、リベラリズム、クィア』彩流社、2013年、15-72頁。

第四章

「抑圧と解放？――ヴィクトリア朝小説に見る生命、財産、友情、結婚」井川ちとせ・中山徹編著『個人的なことと政治的なこと――ジェンダーとアイデンティティの力学』彩流社、2017年、159-81頁。

第五章

「二〇世紀転換期イギリスの事務職員と〈男らしさ〉」木本喜美子・貴堂嘉之編『ジェンダーと社会――男性史・軍隊・セクシュアリティ』旬報社、2010年、84-109頁。

付録

“Bennett and the Philosophy of Self-Help.” *An Arnold Bennett Companion: A Twenty-First Century Perspective*, edited by John Shapcott, Churnet Valley Books, 2015, pp. 209-27.

「アーノルド・ベネットとclerical work」日本英文学会関東支部第8回大会 英米部門シンポジウム「workと二〇世紀転換期の英米文学」、2013年11月2日、於日本女子大学。

第六章

「「ミドルブラウ」ではなく「リアル」――現代英国における文学生産と受容に関する一考察」中央大学人文科学研究所編『英国ミドルブラウ文化研究の挑戦』中央大学出版部、2018年、399-430頁。

註

◉第一章

※本章は、日本英文学会第86回大会（2014年5月24日、於北海道大学）第四部門シンポジウム「ミドルブラウという名の挑発」における報告「「文学趣味」、自己改善、ミドルブラウ――Arnold Bennettと読者たち」に大幅に加筆したものである。

(1)「わたしはスノッブだろうか？」は、ヴァージニア・ウルフがごく親しい仲間に向けて読んだエッセイのタイトルである（Latham 1）。

(2) 2007年に初版ハードカバーを刊行したブラックウェル・パブリッシングは、その年、ジョン・ワイリー＆サンズに買収される。2010年、ジョン・ワイリー＆サンズは、入門書シリーズ *Blackwell Concise Companions to Literary and Culture* の1巻としてペーパーバック化するが、その際、テリー・イーグルトンの論考（Terry Eagleton, "Fictions of the Real: 'All Truth with Malice in It'"）を新たに加え、表題も *A Concise Companion to Realism* と改めている。表題から「冒険」が消えたのも象徴的と言えようか。また、ブルーノ・ラトゥール（Bruno Latour）、イアン・ホダー（Ian Hodder）、グレアム・ハーマン（Graham Harman）が寄稿した *New Literary History* 2014年冬の特集号 "Ecology, Agency, Entanglement" は、リアリズムへの新しいアプローチの一つとして重要である。同誌は、ラトゥールのアクター・ネットワーク・セオリーを、2011年秋の特集号 "Context?" でも大きく取り上げている。本書第二章を参照。

(3) リチャード・デラモラ（Dellamora 85–102）など。

(4) 1922年は南アイルランドにアイルランド自由国が誕生した年でもあり、その前後で「連合王国」の指示する領域は異なるが、本書では「イギリス」という語を、イングランド、スコットランド、ウェールズ、アイルランド北部を含む領域を示すものとして用いる。本書はまた、「英文学」が制度として確立する過程そのものを主題化するため、超歴史的にその外縁を定めることを意図しない。例えば、ケンブリッジ大学が「英文科」を設置する以前にケンブリッジ大学出版が刊行を開始した全15巻の『ケンブリッジ英文学史』（1907-27）は、「科学や哲学、政治や経済の文献〔literature〕、議会演説、〔中略〕私信や俗謡」までをも扱ういっぽうで、植民地や合衆国の文学を「大部分は、別の空の下で生み出された母国の文学」と位置づけており（Ward and Waller vii）、今日、一般に思い描かれる英文学史とはかなり趣を異にする。そもそも大学における「英文学」研究は、イングランドではなくスコットランドにおいて、社会的・経済的動因から「イングランド化」の手段として開始されことや（Crawford 20）、東京帝国大学において「オックスフォード、ケインブリッジ大学の同様の講座よりも古くから、比較的はっきりとできていた」こと（日本の英学一〇〇年編集部 47）が例証するように、英文学が、イングラ

ンドという中心に対してみずからの位置を周縁と認識する地域において、正規の講座となった歴史を、看過することはできない。なお、現在の英文学研究においては、英文学（English literature）は、最も広義には、帝国主義の遺産でもある（北米を含む）英語圏文学（Anglophone literature）を、狭義には、アメリカ文学とイギリス文学という二つの柱のうちの後者を指し、そのイングランド=ロンドン中心主義にもかかわらず「イングランド文学」の意味で用いられることは稀である。アイルランド出身でアイルランドを舞台とする作品を物したジョイスの本格的な執筆活動は、1904年以降、「自発的亡命先」である大陸ヨーロッパで為されたし、セントルイス生まれでハーバードに学んだエリオットがイギリスに帰化するのは1927年のことであるが、両者とも、「イギリス文学」を代表する作家として、その歴史に包含される。

(5) 富山太佳夫「漱石の読まなかった本――英文学の成立」は、大学における英文学の制度化の過程のみならず、「大学というイデオロギー装置の外側で流布してゆく〈英文学〉の像」（161）に迫るもので、N. A. Jepson, *The Beginnings of English University Adult Education: Policy and Problems*. Michael Joseph, 1973; Ian Small, *Conditions for Criticism,* Clarendon, 1991; Stefan Collini, *Public Moralists: Political Thoughts and Intellectual Life in Britain 1850-1930*, Oxford UP, 1991と並ぶ、重要な先行研究である。

(6) ただしこのイデオロギー化を、テリー・イーグルトンやクリス・ボールディックのように、既存の社会秩序を存続させるための保守派の策略と見るのは、あまりにも一面的に過ぎる。アレクサドラ・ローリーが指摘するように、ともに1983年に出版され今日にいたるまで多大な影響力を持つボールディックの『英文学批評の社会的使命』（*The Social Mission of English Criticism 1848–1932*）とイーグルトンの『文学理論入門』（*Literary Theory: An Introduction*; 大橋洋一訳『文学とは何か』）における英文学の起源論は、サッチャー政権下の英文学制度に対する危機感を過去に投影したものである（Lawrie 4–5, 161）。

(7) Samuel Butlerの半自伝的小説 *The Way of All Flesh*（1903）のこと。

(8) *Evening Standard* からの引用は *Arnold Bennett: The Evening Standard Years* に拠り、以下ESと略して、括弧内に掲載年月日および頁数とともに示す。

(9) なおこの一文は、1917年にコラムの選集が刊行された際には削除されている（Bennett, *Books* 213）。刊行時にすでにドストエフスキー全集の配本が進んでいたためか。

(10) 1933年に *For Continuity* に収められる。

(11) パウンドの作品のファンであったロザミア卿夫人は、彼が『クライテリオン』に参加することを望んでいたが、パウンドは「R夫人が何の権利があって、無給の海外編集者兼斥候としての奉仕を期待するのか理解できない」、「ぼくが、これまで創刊されたあらゆる自由主義的で理想主義的な雑誌に寄稿して、すっかり貧乏になり、執筆料も下げてしまったということを思い出して

くれ」と反感をあらわにしている（1922年3月14日付のエリオット宛の書簡、Eliot, *Letters*, vol. 1, 512）。

(12)「ロザミア卿が、彼の発行するジャーナルのいずれかの文芸欄のポスト（小さいものでもかまいません）を与えてくれる可能性はあるでしょうか？」(1923年2月15日付のロザミア卿夫人宛の書簡、Eliot, *Letters*, vol. 2, 55)。

(13) 例えば、落合恵子「In Sisterhood…… わたしたちの、かけがえのない姉へ」ニコルソン、199-206頁。

(14) 姉妹が公教育を受けることなく父親の蔵書で学んだという知識階級らしい逸話が、ウルフ自身がそう公言していたために、研究者によって繰り返し語られてきたが、近年の研究で、ウルフが1897年から1901年にかけてロンドン大学キングズ・カレッジの女性部の講座を多数受講していたことが明らかになっている（Brown & Grover 7–8）。

(15) 事務職の階級的・文化的位置づけについては、本書第五章を参照されたい。

(16) 1924年5月22日付の手紙（Eliot, *Letters*, vol. 2, 430）。

(17)『ポエトリー』誌（*Poetry: A Magazine for Verse*, vol. 78, no. 6, Sep. 1946）掲載のエッセイ（"Ezra Pound"）の一節（qtd. in Eliot, *Letters*, vol. 2, 430）。

(18) 1924年7月13日付の手紙（Eliot, *Letters*, vol. 2, 465）。10月23日にはたいそう丁重な礼状を書き送っている——「あなたの下さったご示唆すべてに従って戯曲を再構成していることをお伝えしたくペンを取りました。お目にかかれたことに、また、これが書き続けるに値するものだとあなたが思ってくださったことに、大変に励まされました。ロンドンでこのような試みに対する意見を求められる人はあなた以外にはなく、もしあなたがこの計画を断念するよう忠告なさったとしたら、わたしはただちにそうしたことでしょう。／どれだけあなたに感謝しているか、あなたのようなかたに助言と指導をいただけるという特権をどれほどよく承知しているか、また時間と注力を割いてご教示くださったあなたの寛大さをどれだけ有難く感じているか、言葉では言い表せません。いずれにせよ、この戯曲が完成すれば、わたしのものであると同時にあなたのものであるように感じられることでしょう。とはいえ、誰もが羨むようなご助力を賜りながら良いものができなかったとしたら、それは最終的にはわたしの劇作の能力の欠如の証左ということになりましょう」(Eliot, *Letters*, vol. 2, 520)。さらに、少しまとまった量が書けた頃に再度会ってほしいと懇請し、「あなたがロンドンにおられなければわたしはまったく途方に暮れてしまうでしょう、わたしはあなたの助言に頼り切っているのですから」と結んでいる（Eliot, *Letters*, vol. 2, 521）。

(19) 1919年4月10日（Woolf, *Letters* 189–90）。『一般読者 第一集』には"Modern Fiction"と表題を変えて再録されている（Woolf, *Common Reader* 184–95）。

(20) 本書第五章を参照。

(21) 1923年9月（日付は不明）の手紙（Eliot, *Letters*, vol. 2, 203）。

(22) 二つのバージョンの異同については Eve Sorum, “Taking Note: Text and Context in Virginia Woolf's ‘Mr. Bennett and Mrs. Brown,’” *Woolf Studies Annual*, no. 13, 2007, pp. 137-58 に譲る。また、20 世紀初頭のニュー・リベラリズムをめぐるウルフとベネットとの矛盾関係については、大田信良「ウルフとブラウン夫人の表象——リベラル・イングランド再考」『ヴァージニア・ウルフ研究』第 20 号、2003 年、83-103 頁を参照。

(23) ウッドヘッド(Woodhead 233)を参照。

(24) *Clayhanger* の Darius Clayhanger, *Anna of the Five Towns* の Ephraim Tellwright, *Helen with the High Hand*(1910)の James Ollerenshaw ら。

(25) プリーストリーが毎号担当する「フィクション」のレビュー。1923 年 12 月号は、『ライシーマン』を筆頭に、マコーリーの *Told by an Idiot* を含む全 6 編を取り上げている。

(26)「1930 年秋に出版されたある疑似哲学」について、ヒュー・ウォルポールが『エヴリマン』に寄せた手紙とレナード・ウルフの『ネイション & アシニーアム』の記事とを比較して QD は、「ここで確認された鑑識眼と批評力の差は、良いほうの二種類〔ミドルブラウとハイブラウ〕の文芸誌の読者層に対応するものである」と結論している (279-80)。

(27) なお、シンクレアはすでに創刊号に短編(“Victim”)を寄稿している。

(28) Pauline Smith(1882-1959)は南アフリカ出身の作家。ベネットの教示を受けた。『アデルフィ』や『ニュー・ステイツマン』(*The New Statesman*)に発表した短編を、ベネットの序文とともに『リトル・カルー』(*The Little Karoo*, 1925)にまとめている。1933 年にはベネットの回想録も出版した。ドラブル(Drabble 170–71)を参照のこと。

(29) 正確には、毎号決まって巻頭に掲載される社説ふうの A Commentary の後であるが、日記が雑誌本体の最も重要な位置に置かれていることに変わりはない。一つ置いてロレンスの紀行文(“Flowery Tuscany III”)が掲載されているのも興味深い。

(30) R.H.C. はオレイジがビアトリス・ヘイスティングズ(Beatrice Hastings: 1879-1943)らと共有していたペンネーム。

(31)『リトル・レビュー』に寄せたエッセイでこう述べたのは、フォード・マドックス・フォード(Ford Madox Ford: 1873-1939)である。本書第五章で触れるとおり、『ニュー・エイジ』の記事は事務職員の労働組合の物議を醸したことがある。

(32) 1909 年 9 月 21 日号。

(33) 山田雄三は、FR が 1940 年の『スクルーティニー』第 9 号に寄稿した「教育と大学——批評とコメント」と、それを大幅に書き改めて『教育と大学』に収めたバージョンとを丁寧に読み解いて、FR が英文学科からジャーナリストを輩出しようと考えていた点に着目し、ジャーナリストの育成を学校教育

の埒内に置き、純粋培養した文化伝統をトップ・ダウン式に大衆に届けようとする発想に、リーヴィスの限界を見て取っている（42–43）。

(34) 1903年刊行の『作家の真実』の一節であり、第一次世界大戦が「プロパガンダ」の今日最も一般的な語義を生む前のことである。

◉第二章

(1) 以下、引用は、1923年8月にアメリカで刊行された初版を底本とするケンブリッジ大学出版の “Final Version” に拠る。

(2) リクールは、1965年刊行の *De l'interprétation: Essai sur Sigmund Freud* において、懐疑＝暗号解読という革新的な解釈を肯定的に評価し、その技法の創始者としてフロイト、マルクス、ニーチェの三者を「懐疑学派」と呼んでいるが、「懐疑的解釈」という造語は後年になって、数回用いているのみである。

(3) F. R. Leavis, *D. H. Lawrence: Novelist* (1930) に引用された『アメリカ古典文学研究』の一節を、岩崎が訳したもので、「多元呑気主義（ポリアナリティクス）」の訳註はつぎのとおり。「‘Pollyanalytics.’「多元解析学」という意味にもなり得るが、ここではアメリカの少女小説作家エリノー・ポーター（一八六八～一九二〇）の小説の極度に楽天的でお人好しの人物ポリアナ（Pollyanna）へのアルージョンをこめてロレンスの生の哲学を揶揄する言葉」（岩崎 198）。

(4) 例えば Gregory J. Seigworth and Melissa Gregg は1995年を情動論の分水嶺とし、それを決定づけた二つの論考として Eve K. Sedgiwick and Adam Frank, “Shame in the Cybernetic Fold” と Brian Massumi, “The Autonomy of Affect” を挙げているが（5）、本書では紙幅の都合もあり、これらを含め網羅的に論じることは叶わない。Seigworth and Gregg による共編著の他、Patricia Ticineto Clogh, editor, *The Affective Turn: Theorizing the Social*, Duke UP, 2007 も参照されたい。

(5) この潮流が、日本の英文学研究においては、およそ15年後に観察されるようになったことを示す史料として、『D. H. ロレンス研究』第8号（1998年）の「掲載論文講評」（96-98）が興味深い。ボードリヤールやアルチュセールに夢中だった院生時代の拙論の、「これまでのロレンス研究にはあまり見られなかった視点」（96）で作品を「裁断していく方法」が、編集委員の間に「作品そのものから遊離しすぎはしないかと危惧の意見」を招いている（98）。

(6) セジウィックが、1996年の『小説研究』（*Studies in the Novel*）誌特集号に編者として寄稿した4ページ弱の序文に、大幅に加筆して、論集 *Novel Gazing: Queer Reading in the Fiction* の序文としたのが “Paranoid Reading and Reparative Reading; or, You’re So Paranoid, You Probably Think This Introduction Is about You” である。2003年刊行の単著（*Touching Feeling*）にも、いくぶん修正を施したものが、第4章として収められている。

(7) *The Ethnography of Reading*, edited by Jonathan Boyarin, U of California P, 1993, pp. 180-211.

(8) 本書第四章を参照されたい。
(9) 2011 年秋の "Context?" と 2014 年冬の "Ecology, Agency, Entanglement"。
(10) 以下、『息子と恋人』からの引用は小野寺・武藤訳に拠る。
(11) David Garnett。前出のエドワードの息子。

◉第三章

(1)『ユリシーズ』のテクストは *Ulysses: A Critical and Synoptic Edition*, edited by Hans Walter Gabler, Garland, 1984 に拠り、( ) 内に引用箇所の挿話番号と行数を記す。引用箇所は、丸谷才一他訳『ユリシーズ II』河出書房新社、1964 年を参考に筆者が訳出した。
(2) マリー・ボナパルト宛ての手紙。
(3) *What Does a Woman Want?*, Johns Hopkins UP, 1993. 引用は、チェスラーからの引用を含め、下河辺美知子訳『女が読むとき 女が書くとき』に拠る。
(4) 流行歌 "With All Her Faults I Love Her Still" (1888) をもじったもの (Gifford 389)。
(5) イングランドでは、1880 年代以降、限られた給与所得でいかに中産階級の体裁を保つかというテーマが、新聞紙上で活発に論じられたが、同時に、セールに群がる下層中産階級の女たちを『パンチ』(*Punch*) や『暖かい家庭』(*Hearth and Home*) といった雑誌は揶揄の対象とした (Hosgood, 152-54)。
(6) アイルランドをイングランドの植民地と解釈することの妥当性については、Kinealy を参照。
(7) 第 4 挿話ではブルームが、流行歌「海辺の若い女たち (Seaside Girls)」を想起する。イングランドやウェールズの海浜リゾートは、リビドーの横溢する開放的な空間であり、そのイメージを巧みに利用して、「海辺の若い女たち」の意匠が、保養地とはとくに関係のないさまざまな商品の広告に用いられた。この点については拙論「少女は何を欲しているのか?」で論じたが、ここでは立ち入らない。Richards, ch. 5; Leonard Garry, *Advertising and Commodity Culture in Joyce*, U of Florida P, 1998 および夏目博明「海辺の娘ガーティ」*Joycean Japan*, no. 4, 1993, pp. 53-59 も参照されたい。
(8) デイヴィッド・リースマンの古典『孤独な群集』を参照。
(9)『ユリシーズ』創作のための計画表 (scheme) による (結城 22-23)。C. H. Peake, *James Joyce: The Citizen and the Artist*, Edward Arnold, 1977; David Hayman, *Ulysses: The Mechanics of Meaning*, U of Wisconsin P, 1982; Gifford も参照。

◉第四章

(1) Carol Hanisch, "The Personal is Political." 1969. *Writings by Carol Hanisch*. 2006. www.carolhanisch.org/CHwritings/PIP.html. キャロル・ハニシュ、井川ちとせ訳

「個人的なことは政治的なこと」井川・中山徹編著『個人的なことと政治的なこと――ジェンダーとアイデンティティの力学』彩流社、2017年、321-37頁。

◉第五章

(1) ただし女性参政権が認められるのは1928年のこと。

(2) 1977年にジョフリー・クロシックが編んだ『イギリスの下層中産階級』は、アンダーソンの「後期ヴィクトリア朝における事務職員の社会経済」などを収めているが、本の表題が示すとおり、事務職員のみならず、商店主などを含む下層中産階級全体を考察の対象としている。日本では、後述のホズグッドらの成果を踏まえた新井潤美『階級にとりつかれた人びと――英国ミドル・クラスの生活と意見』(中公新書、2001年)が重要。

(3) Ernest Thurtle, "Bank Clerk's Branch," *The Clerk*, Oct. 1908, p. 152.

(4) ロックウッドの造語(Lockwood 36)。

(5) "A Lady Clerk and Her Salary," *Typist's Gazette and Shorthand Clerk's Journal*, 30 Sep. 1897, p. 190. 1シリング=20分の1ポンド=12ペンス。

(6) Mrs. Fawcett, *The Clerk*, Jan 1908, p. 1.

(7) May E. Taplin, "Women's Work," *The Clerk*, Nov. 1908, p. 168.

(8) *The Clerk*, Jan. 1909, p. 4.

(9) "Our New Heading," *Typist's Gazette and Shorthand Clerk's Journal*, 14 Jan. 1897, p. 7.

(10) *The Railway Clerk: The Official Organ of the Railway Clerk's Association*, Jan. 1904, p. 1.

(11) 〈男らしく〉なるために事務職から逃れる小説の主人公たちについては、前掲のハマートン(Hammerton 177)を参照。

(12) "Office Yarns―― viii. Well, Perhaps, But――!" *The Law Clerk*, Oct. 1906, p. 120.

(13) 例えば1874年にはロンドンで *How to Live on a Hundred Pound a Week, Make a Good Appearance, and Save Money* と題した小冊子が発行されている。雑誌の懸賞については本書第一章を参照。

(14) 同様のモデル設定は、月刊誌『一九世紀』1897年10月号にも見られる。「もし統計が取れるとしたら、大勢の事務職員の20分の19くらいは週給2ギニー〔1ギニー=1.05ポンド〕以下だろう。典型的な例として、週30シリングの給与を得、家やその他の資産のないロンドンの若者を挙げてよいだろう」(White 594)。

(15) 娯楽やファッションにうつつを抜かすジェントルマンならぬ「ジェント gent」については、Judith R. Walkowitz, *City of Dreadful Delight: Narratives of Sexual Danger in Late-Victorian London*, U of Chicago P, 1992を参照。

(16) そもそも『自助』は1840年代から50年代に刊行された啓発書の一群のなかに位置づけられるものである。これらは、古今の成功者の実例をこれでも

かとばかりに列挙する手法で、どの階層に属する者にも社会的上昇が可能であるとする、ヴィクトア朝以前の産業革命初期にこそ最も相応しい神話を、ヴィクトリア朝中期の人びとの思考に植えつけた（Seaman 95）。その後もセルフヘルプ・マニュアル市場は活況が続くが、輝かしい成功物語を詳述するよりも、成功のための具体的な助言をおこなうスタイルが一般的になり、必然的にターゲットとする読者層も細分化されることになる（Harrison 208）。

(17) 1870年代末から取り沙汰されていたドイツ人事務職員の潜在的脅威は、90年代にはほとんど強迫観念と化していた（Anderson, *Victorian Clerks*, 132-33）。

(18) これこれの金額「で」という意味の前置詞onが用いられている点に注意。

(19) *The Pelman System of Mind and Memory Training*, London, 1915; T. Sharper Knowlson, *The Art of Thinking,* T. Werner Laurie, 1899; Knowlson, *The Century Student's Manual*, Frederic Warne, 1910.

◉第六章

(1) "An Interview with Tom McCarthy."

(2) 本章の元となった拙論の発表（2018年3月）以降の動向については、『読書会の効用』序章を参照されたい。

(3) 2014年9月から2016年11月にかけて実施したTグループの読書会の参与観察およびメンバーへの聞き取りの、ごく一部を参照する。Tグループの読書会は、ある全国的女性団体のイングランド中部の支部の活動の一つで、グループの全員が読書会に参加しているわけではない。読書会の結成は、1981年。メンバーのほとんどが50代から70代と年齢が高い理由は、その歴史に加え（結成時からのメンバーは3名のみではあるが、在籍が10年を超えるメンバーも多数いる）、パート／フルタイムにかかわらず退職後、時間の余裕ができて加わったメンバーが少なくないため。2015年の名簿に掲載されている（筆者を含む）30名のうち、月1度の集まりに参加するのは9名から19名とばらつきがある。聞き取りには、常連メンバーを中心に14名が応じてくれた。ご協力くださった皆さまに深謝したい。成果発表の際に匿名を希望しないかたも多かったが、本書では混乱を避けるため一貫して仮名とした。参与観察と聞き取りの実施年月日は、本文の括弧内に記す。『読書会の効用』も参照されたい。

(4) 誌名は*newBooksmag, newbooks, NB, nb*と変遷するが、混乱を避けるため、本文では『nb』、引用文献一覧では*nb*にそれぞれ統一する。

(5) 作家が文学フェスティバルの運営に関わる例は珍しくない。メイヴィス・チークはマールバラ文学フェスティバルを主催。ピーター・ジェイムズは2016年のオールド・ペキュリアー・クライムライティング・フェスティバルのプログラム・ディレクターを務めている。

(6) ラジオ2での放送は2018年5月をもって終了。

(7) 二つのブッククラブの違いについては、Mylerに詳しい。

(8) 後述の『私の中のあなた』以外に挙げられているのは、Alice Sebold, *The Lovely Bones* (New York: Little, Brown, 2002); Monica Ali, *Brick Lane* (London: Doubleday, 2003); Jennifer Donnelly, *A Gathering Light* (London: Bloomsbury, 2003); Karen Joy Fowler, *The Jane Austen Book Club* (New York: Putnam, 2004); *The Time Traveler's Wife* (San Francisco: MacAdam/Cage, 2003); David Mitchell, *Cloud Atlas* (London: Hodder and Stoughton, 2004); Geraldine Brooks, *March* (New York: Viking, 2005); Kim Edwards, *Memory Keeper's Daughter* (New York: Viking, 2005); Kate Morton, *House at Riverton* (London: Pan Macmillan, 2007); Sadie Jones, *The Outcast* (London: Chatto and Windus, 2008); Dave Boling, *Guernica* (London: Picador, 2008). 以上、括弧内は初版の出版地およびインプリントと発行年。また、*A Gathering Light* は *A Northern Light* のイギリス版改題。

(9) この独自のセールスポイントは2020年をもって終了。2024年6月には紙媒体での発行を年1度とする方針を発表した（"Important Update"）。

(10) Salley Vickers, *Miss Garnet's Angel* (Fourth Estate: London, 2000); Alexander McCall Smith, *The No 1 Ladies Detective Agency* (Edinburgh: Polygon, 1998); Alice Sebold, *The Lovely Bones*; Audrey Niffegger, *The Time Traveler's Wife*. 最後の2作は、アラスター・ジャイルズが挙げた11のタイトルにも含まれている。

(11) 2024年9月現在、インプリントは300を超えている。

(12) 2023年9月時点で会員は1億5千万人を超え、依然として「世界最大の読者コミュニティ」として独走を続けている（Stamper-Halpin）。

(13)「リアル・リーダーズのための季刊誌」と銘打って2004年に創刊した『スライトリー・フォックスト』（*Slightly Foxed*）の想定読者は、『nb』のそれとは明らかに異なる。編集者の二人が、勤めていたジョン・マリーがラガルデールに買収されたのを機に有限会社を立ち上げ、「大手出版社が誇大宣伝〔hyping〕し、新聞各紙がレビューするものばかり読みたくないという人びと」に向けて創刊した経緯（*Slightly Foxed*）こそ、『nb』と似ているが、新刊書の紹介に重点を置く後者と異なり、毎号16編の随想で扱われる本が、かなりの割合で絶版なのである。2016年からは、刊行中のものは営業部に注文すれば送料無料で届けてくれるし、絶版の書籍の入手方法についても電話で相談に乗ってくれる。こうしたサービスから窺える読者層は、ネットショッピングの習慣のない、比較的裕福な高齢者である。（きつね色に変色した古書を思わせる）クリーム色の、手触りの良い上質の紙を用いたこの雑誌については、稿を改めて論じたいが、掲載された随想の一例は、『読書会の効用』第七章を参照されたい。もう一点、注意が必要なのは、『nb』が、新刊マーケティングのための媒体であることを誇らしげに明言するいっぽうで、読者が購入するのは必ずしも新刊ばかりではないことである。プリングルは、「ブック・オブ・ザ・イヤー」の選考結果に見られるある種の偏りの原因をこう推し量っている――「みなさんは、読みたい本すべてをハードバックで買う余裕がありま

すか？　あるなら結構ですが、わたしの推察は、ほとんどの読書会ではペーパーバックになったときが購入可能なタイミングだろうということです（理屈に合う、でしょ？？？）」（“And Our 14th Reading Group Book” 61）。

（14）『nb』への投稿のきっかけは、創刊準備中のプリングルが、T読書会の親団体を通じて協力を要請してきたことによる。雑誌が軌道に乗ると、レビュアーの数も増えたため、投稿の頻度は自然と減ったという（2017年5月28日の聞き取り）。

（15）2018年当時の数字。2024年9月現在、646のプロジェクトに資金提供している（“About”）。

（16）Darren Chetty, “You Can’t Say That!: Stories Have to Be about White People,” Shukla, pp. 101-02.

（17）この見立ての妥当性については第一章を参照されたい。

引用文献

＊邦訳を参照した場合にはその出典情報を記し、原典の出版年を（　　）内に付す。

◉はじめに

Bennett, Arnold. *Anna of the Five Towns*. 1902. Oxford UP, 1995.

——. *Literary Taste: How to Form It*. 1909. Books for Libraries Press, 1975.

Heffer, Simon. "The True Great 20th-Century Novelists Who Irked the Bloomsbury Snobs." *Telegraph*. 9 Jan. 2010. www.telegraph.co.uk/comment/columnists/simonheffer/6957419/The-true-great-20th-century-novelists-who-irked-the-Bloomsbury-snobs.html.

川崎寿彦『イギリス文学史』1988 年、成美堂、1991 年。

◉第一章

Abrams, M. H., and Geoffrey Galt Harpham. *A Glossary of Literary Terms*. 11th ed., Cengage Learning, 2014.

Ardis, Ann L. *Modernism and Cultural Conflict 1880–1922*. Cambridge UP, 2002.

Baldick, Chris. *The Modern Movement: 1910–1940. The Oxford English Literary History*, Jonathan Bate, general editor, vol. 10, Oxford UP, 2004.

Beaumont, Matthew, editor. *A Concise Companion to Realism*. Wiley-Blackwell, 2010.

Bennett, Arnold. *Arnold Bennett: The Evening Standard Years*, edited by Andrew Mylett, Chatto and Windus, 1974.

——. *Books and Persons: Being Comments on a Past Epoch 1908–1911*. 1917. Books for Libraries Press, 1975.

——. "Florentine Journal I." *The Criterion*, vol. 6, no. 6, 1927, pp. 484–98.

——. "Is the Novel Decaying?" 1923. *Virginia Woolf: The Critical Heritage*, edited by Majumdar Robin and Allen MacLaurin, Routledge and Kegan Paul, 1975, pp. 112-14.

——. *The Journal of Arnold Bennett*. Edited by Newman Flowers. Books for Libraries Press, 1975. 3 vols.

——. *Letters of Arnold Bennett*. Edited by James Hepburn, Oxford UP, 1970. 4 vols.

——. *Literary Taste: How to Form It*. 1909. Books for Libraries Press, 1975.

——. *Riceyman Steps*. 1923. Churnet Valley Books, 2012.

——. *The Truth about an Author*. 1903. Books for Libraries Press, 1975.

Bourne, Richard. *Lords of Fleet Street: The Harmsworth Dynasty*. Unwin Hyman, 1990.

Bowlby, Rachel. Foreword. *Adventures in Realism*, edited by Matthew Beaumont, Blackwell, 2007, pp. xiv-xxi.

Brown, Erica, and Mary Grover. Introduction. *Middlebrow Literary Cultures: The Battle of the Brows, 1920-1960*, edited by Brown and Grover, Palgrave Macmillan, 2012, pp.

1-21.
Carey, John. *The Intellectuals and the Masses: Pride and Prejudice among the Literary Intelligentsia, 1880-1939*. Faber and Faber, 1992.
Crawford, Robert. *Devolving English Literature*. 2nd ed., Edinburgh UP, 2000.
Dellamora, Richard. "Engendering Modernism: The Vernacular Modernism of Radcliff Hall." Hapgood and Paxton, pp. 85-102.
Deming, Robert H. Introduction. *James Joyce: The Critical Heritage*, Deming, editor, vol. 1, Routledge and Kegan Paul, 1970, pp. 1-31.
Dettmar, Kevin J. H., and Stephen Watt, editors. *Marketing Modernisms: Self-Promotion, Canonization, Rereading*. U of Michigan P, 1996.
Drabble, Margaret. *Arnold Bennett: A Biography*. Weidenfeld and Nicolson, 1974.
Eliot, T. S. *The Letters of T.S. Eliot.* Valerie Eliot and Hugh Haughton, editors, vol. 1, Faber and Faber, 2009.
——. *The Letters of T.S. Eliot.* Valerie Eliot and Hugh Haughton, editors, vol. 2, Yale UP, 2011.
Eysteinsson, Astradur. *The Concept of Modernism*. Cornell UP, 2000.
Gagnier, Regina. "The Law of Progress and the Ironies of Individualism in the Nineteenth Century." *New Literary History*, vol. 31, no. 2, 2000, pp. 315-36.
Guillory, John. *Cultural Capital: The Problem of Literary Canon Formation*. U of Chicago P, 1993.
Hapgood, Lynne, and Nancy L. Paxton, editors. *Outside Modernism: In Pursuit of the English Novel, 1900-30*. Macmillan, 2000.
Hepburn, James. Introduction. Hepburn, pp. 1-138.
——, editor. *Arnold Bennett: The Critical Heritage*. Routledge and Kegan Paul, 1981.
Humble, Nicola. *The Feminine Middlebrow Novel 1920s to 1950s: Class, Domesticity, and Bohemianism*. Oxford UP, 2001.
Hulme, T. E. "Modern Art. IV. Mr. David Bomberg's Show." *The New Age*, vol. 15, no. 10, 1914, pp. 230-32.
Joyce, James. *James Joyce's Letters to Sylvia Beach 1921-1940*. Edited by Melissa Banta and Oscar Silverman, Indiana UP, 1987.
川崎寿彦『イギリス文学史』1988 年、成美堂、1991 年。
Latham, Sean. *"Am I a Snob?": Modernism and the Novel*. Cornell UP, 2003.
Lawrie, Alexandra. *The Beginnings of University English: Extramural Study, 1885-1910*. Palgrave Macmillan, 2014.
Leavis, F.R. "Arnold Bennett: American Version." F. R. Leavis, pp. 97-101.
——. *For Continuity.* The Minority Press, 1933.
——. "Mass Civilisation and Minority Culture." F. R. Leavis, pp. 13-46.
Leavis, Q.D. *Fiction and the Reading Public*. 1932. Chatto and Windus, 1939.

Lee, Hermione. *Virginia Woolf*. Vintage, 1997.

Light, Alison. *Forever England: Femininity, Literature and Conservatism between the Wars*. Routledge, 1991.

Macaulay, Rose. "Rose Macaulay, in the 'Nation and Athenaeum' 10 November 1923, 248," Hepburn, p. 418.

Macdonald, Kate. "Introduction: Identifying the Middlebrow, the Masculine and Mr Miniver." *The Masculine Middlebrow, 1880-1950: What Mr Miniver Read*, edited by Macdonald, Palgrave Macmillan, 2011, pp. 1-23.

McDonald, Peter D. *British Literary Culture and Publishing Practice 1880-1914*. Cambridge UP, 2002.

Middlebrow Network. "Middlebrow: An Interdisciplinary Transatlantic Network." *Middlebrow Network*, web.archive.org/web/20200313163803/https:/www.middlebrow-network.com/. Accessed 12 Sep. 2024.

Mylett, Andrew. Introduction. *Arnold Bennett: The Evening Standard Years: Books and Persons 1926-1931*, edited by Mylett, pp. xv-xxviii.

ニコルソン、ナイジェル『ヴァージニア・ウルフ』（2000 年）市川緑訳、岩波書店、2002 年。

日本の英学一〇〇年編集部編『日本の英学一〇〇年 大正編』、研究社、1968 年。

越智博美『モダニズムの南部的瞬間――アメリカ南部詩人と冷戦』研究社、2012 年。

Poovey, Mary. *Genres of the Credit Economy: Mediating Value in Eighteenth- and Nineteenth-Century Britain*. U of Chicago P, 2008.

Priestley, J.B. "Fiction." *The London Mercury*, vo. 9, no. 50, Dec. 1923, pp. 204-06.

R. H. C. "Readers and Writers." *The New Age*, vol. 15, no. 10, 1914, p.229.

Scholes, Robert. "General Introduction to *The New Age* 1907-1922, *Modernist Journal Project*," modjourn.org/general-introduction-to-the-new-age-1907-1922-by-scholes-robert/. Accessed 12 Sep. 2024.

Seigworth, Gregory J., and Melissa Gregg. "An Inventory of Shimmers." *The Affect Theory Reader*, edited by Gregg and Seigworth, Duke UP, pp. 1-25.

Shapcott, John. "Aesthetics for Everyman: Arnold Bennett's *Evening Standard* Columns." Brown and Grover, pp. 82-97.

竹村和子『文学力の挑戦――ファミリー・欲望・テロリズム』、研究社、2012 年。

富山太佳夫「漱石の読まなかった本――英文学の成立」『ポパイの影に――漱石／フォークナー／文化史』みすず書房、1996 年、145–84 頁。

Tonson, Jacob. "Books and Persons." *The New Age*, vol. 6, no. 22, 1910, pp. 518-19; vol. 7, no. 19, 1910, pp. 442-43.

Ward, A. W., and A. R. Waller, editors. *The Cambridge History of English Literature*, vol. 1. 1907. Cambridge UP, 1920.

White, Hayden. *Figural Realism: Studies in the Mimesis Effect*. Johns Hopkins UP, 1999.
Woodhead, Lindy. *Shopping, Seduction and Mr Selfridge*. Profile Books, 2007.
Woolf, Virginia. "Character in Fiction." 1924. Hepburn, pp. 442-60.
——. *The Common Reader*. 1st series. 1925. Hogarth Press, 1951.
——. Introduction. *Mrs. Dalloway*. 1925. Modern Library, 1928, pp. v-ix.
——. *The Letters of Virginia Woolf: A Change of Perspective*, vol. 3, edited by Nigel Nicolson, Hogarth Press, 1977.
——. *A Room of One's Own*. 1929. Penguin, 1945.
山田雄三『ニューレフトと呼ばれたモダニストたち——英語圏モダニズムの政治と文学』松柏社、2013 年。
The Yellow Dwarf. "Books: A Letter to the Editor." *The Yellow Book*, no. 7, 1895, pp.125–43.

◉第二章

Ahmed, Sara. *The Promise of Happiness*. Duke UP, 2010.『幸福の約束』拙訳、花伝社、近日刊行予定。
Anker, Elizabeth S., and Rita Felski, editors. *Critique and Postcritique*. Duke UP, 2017.
Bennett, Arnold. "So Embarrassing—This Christmas Book Buying." *Arnold Bennett: The Evening Standard Years: Books and Persons 1926-1931*, edited by Andrew Mylett. Chatto and Windus, 1974, pp. 438-40.
Bhabha, Homi K. "On Cultural Choice." Garber et al., pp. 181-200.
Chaudhuri, Amit. *D. H. Lawrence and "Difference": Postcoloniality and the Poetry of the Present*. Oxford UP, 2003.
遠藤不比人『情動とモダニティ——英米文学／精神分析／批評理論』彩流社、2017 年。
Felski, Rita. *The Limits of Critique*. U of Chicago P, 2015.
——. *Uses of Literature*. Blackwell, 2008.
Garber, Marjorie, et al., editors. *The Turn to Ethnics*. Routledge, 2000.
Harraway, Donna. "Situated Knowledges: The Science Question in Feminism and the Privilege of Partial Perspective." *Feminist Studies*, vol. 14, no. 3, 1988, pp. 575-99.
岩崎宗治、訳注、F. R. リーヴィス『D.H. ロレンス論』岩崎訳、八潮出版社、1981 年、197-210 頁。
Keen, Suzzanne. *Empathy and the Novel*. Oxford UP, 2010.
Latour, Bruno. "Why Has Critique Run Out of Stream? From Matters of Fact to Matters of Concern." *Critical Inquiry*, no. 30, winter 2004, pp. 225-48.
Lawrence, D. H. *Fantasia of the Unconscious and Psychoanalysis and the Unconscious*. 1922. Penguin, 1960.
——. *Sons and Lovers*. 1913. Penguin, 1948.『息子と恋人』小野寺健・武藤訳、筑摩

書房、2016年。
——. *Studies in Classic American Literature*. 1923. Edited by Ezra Greenspan et al., Cambridge UP, 2003.
Miall, David S. *Literary Reading: Empirical and Theoretical Studies*. Peter Lang, 2016.
Millett, Kate. *Sexual Politics*. 1969. U of Illinois P, 2000.
Moores, D. J. "The Eudaimonic Turn in Literary Studies." *The Eudaimonic Turn: Well-Being in Literary Studies*, edited by James O. Pawelski et al., Fairleigh Dickenson UP, 2013, pp. 26-63.
武藤浩史「訳者あとがき」、『息子と恋人』小野寺・武藤訳、785-98頁。
Nussbaum, Martha. *Cultivating Humanity: A Classical Defense of Reform in Liberal Education*. Harvard UP, 1997.
——."Exactly and Responsibly: A Defense of Ethical Criticism." *Philosophy and Literature*, vol. 22, no. 2, 1998, pp. 343-65.
Radway, Janis A. *A Feeling for Books: The Book of the Month Club, Literary Taste, and Middle-Class Desire*. U of North Carolina P, 1997.
Sedgwick, Eve Kosofsky. "Introduction: Queer than Fiction." *Studies in the Novel*, vol. 28, no. 3, fall 1996, pp. 277-80.
——. "Paranoid Reading and Reparative Reading, or, You're So Paranoid, You Probably Think This Introduction Is about You." *Touching Feeling: Affect, Pedagogy, Performativity* by Sedgwick, Duke UP, 2003, pp. 123-51.
Sommer, Doris. "Attitude, Its Rhetoric." Garber et al., pp. 201-20.
——. *The Work of Art in the World: Civic Agency and Public Humanities*. Duke UP, 2014.
Woolf, Virginia. *Mrs. Dalloway*. 1925. Penguin, 2000.

◉第三章

Baym, Nina. Introduction. *The Lamplighter*, by Maria Susanna Cummins, Rutgers UP, 1995, pp. ix-xxxi.
ボーヴォワール『決定版　第二の性Ⅰ 事実と神話』(1949年)『第二の性』を原文で読み直す会訳、新潮文庫、2001年。
Beetham, Margaret. *A Magazine of Her Own?: Domesticity and Desire in the Woman's Magazine, 1800-1914*. Routledge, 1996.
Bowlby, Rachel. *Just Looking: Consumer Culture in Dreiser, Gissing and Zora*. Methuen, 1985.
バトラー、ジュディス『ジェンダー・トラブル——フェミニズムとアイデンティティの攪乱』(1990年)竹村和子訳、青土社、1999年。
Butler, Judith. *Giving an Account of Oneself*. Fordham UP, 2005.
Chen, Vincent. *Joyce, Race, and Empire*. Cambridge UP, 1999.
Chesler, Phyllis. *Women and Madness*. Doubleday, 1972.

Collins, Jerr, et al. "Questioning the Unconscious: The Dora Archive." *In Dora's Case: Freud—Hysteria—Feminism*, 2nd ed., edited by Charles Bernheimer and Claire Kahane, Columbia UP, 1990, pp. 243-53.

Colum, Mary. "Mary Colum, *Life and the Dream* (London, 1947)." *Women in Ireland, 1800-1918: A Documentary History*, edited by Maria Luddy, Cork UP, 1995, pp. 115-18.

クーンツ、ステファニー『家族という神話——アメリカン・ファミリーの夢と現実』（1992年）岡村ひとみ訳、筑摩書房、1998年。

Davidoff, Leonore, et al. *The Family Story: Blood, Contract and Intimacy, 1830-1960*. Longman, 1990.

道木一弘『物・語りの『ユリシーズ』』南雲堂、2009年。

Drabble, Margaret. *Arnold Bennett*. Weidenfeld and Nicolson, 1974.

フェルマン、ショシャナ『女が読むとき 女が書くとき——自伝的新フェミニズム批評』（1993年）下河辺美知子訳、勁草書房、1998年。

Freud, Siegmund. *The Life and Work of Siegmund Freud*, edited by Ernest Jones, vol. 2, Hogarth Press, 1955.

Gifford, Don, with Robert J. Seidman. *Ulysses Annotated: Notes for James Joyce's Ulysses*, 2nd ed. 1988. U of California P, 2008.

Gissing, George. *The Odd Women*. 1893. Penguin, 1993.

Henke, Suzette. "Gerty MacDowell: Joyce's Sentimental Heroine." Henke and Unkless, pp. 132-49.

Henke, Suzette, and Elaine Unkless. Introduction. Henke and Unkless, pp. xi-xxii.

——. *Women in Joyce*. U of Illinois P, 1982.

Hennessy, Rosemary. *Profit and Pleasure: Sexual Identities in Late Capitalism*. Routledge, 2000.

Hepburn, James, editor. *Arnold Bennett: Sketches for Autobiography*. Allen and Unwin, 1979.

Hosgood, Christopher P. "Mrs Pooter's Purchase: Lower-Middle-Class Consumerism and the Sales, 1870-1914." Kidd and Nicholls, pp. 143-63.

Joyce, James. *Ulysses: A Critical and Synoptic Edition*, edited by Hans Walter Gabler, Garland, 1984.

Kidd, Alan, and David Nicholls, editors. *Gender, Civic Culture and Consumerism: Middle-Class Identity in Britain, 1800-1940*. Manchester UP, 1999.

Kinealy, Christine. "At Home with the Empire: the Example of Ireland." *At Home with the Empire: Metropolitan Culture and the Imperial World*, edited by Catherine Hall and Sonya O. Rose, Cambridge UP, 2006, pp. 77-100.

リースマン、デイヴィッド『孤独な群集』（1960年）加藤秀俊訳、みすず書房、1964年。

McClintock, Anne. *Imperial Leather: Race, Gender and Sexuality in the Colonial Contest*. Routledge, 1995.
Mitchell, Sally. *The New Girl: Girls' Culture in England, 1880-1915*. Columbia UP, 1995.
Mullin, Katherine. *James Joyce, Sexuality and Social Purity*. Cambridge UP, 2003.
Richards, Thomas. *The Commodity Culture of Victorian England: Advertising and Spectacle 1851-1914*. Stanford UP, 1990.
Sedgwick, Eve Kosofsky. *Between Men: English Literature and Male Homosocial Desire*, with a new preface by Sedgwick, Columbia UP, 1985.
Shapcott, John. Introduction. *Arnold Bennett's Uncollected Short Stories 1892-1932*, edited by Shapcott, Charnett Valley Books, 2010, pp. 5-26.
The Story of a London Clerk: A Faithful Narrative Faithfully Told. The Lethanhall Press, 1896.
高橋渡「『ユリシーズ』第 13 挿話：ガーティー・マクダウウェルと模倣するナレーター」『広島女子大学国際文化学部紀要』第 12 号、2004 年、155-65 頁。
竹村和子『愛について――アイデンティティと欲望の政治学』岩波書店、2002 年。
Tosh, John. *A Man's Place: Masculinity and the Middle-Class Home in Victorian England*. Yale UP, 1999.
Vicinus, Martha. *Independent Women: Work and Community for Single Women 1850-1920*. U of Chicago P, 1985.
Walzl, Florence L. "*Dubliners*: Women in Irish Society." Henke and Unkless, pp. 31-56.
Wicke, Jenniffer A. *Advertising Fictions: Literature, Advertisement, and Social Reading*. Columbia UP, 1988.
結城英雄『「ユリシーズ」の謎を歩く』集英社、1999 年。
Žižek, Slavoy. "Psychoanalysis and the Lacanian Real." *Adventures in Realism*, edited by Matthew Beaumont, Blackwell, 2007, pp. 207-23.

◉第四章

Collins, Willkie. *The Woman in White*. 1859-60. Bantam Books, 1985.
Davidoff, Leonore, et al. *The Family Story: Blood, Contract and Intimacy 1830-1960*. Longman, 1999.
Gaskell, Elizabeth. *North and South*. 1854-55. Penguin, 1995.
Gilbert, Sandra M., and Susan Gubar. *The Madwoman in the Attic: The Woman Writer and the Nineteenth-Century Literary Imagination*. Yale UP, 1979.
Marcus, Sharon. *Between Women: Friendship, Desire, and Marriage in Victorian England*. Princeton UP, 2007.
Marcus, Sharon, and Stephen Best. "Surface Reading: An Introduction." *Representations*, no.108, 2009, pp. 1-21.
"Redstockings Manifesto." *Radical Feminism: A Document Reader*, edited by Barbara A.

Crow, pp. 223-25.
Rubin, Gayle. "The Traffic in Women: Notes on the 'Political Economy' of Sex." *Toward an Anthropology of Women*, edited by Rayna R. Reiter. Monthly Review Press, 1975, pp. 157-210.
Sedgwick, Eve Kosofsky. *Between Men: English Literature and Male Homosocial Desire*, with a new preface by Sedgwick, Columbia UP, 1985.
Strathern, Marilyn. *Before and after Gender: Sexual Mythologies of Everyday Life*. Hau Books, 2016.
——. *Women in Between: Female Roles in a Male World: Mount Hagen, New Guinea*. Seminar Press, 1972.

◉第五章＋付録

＊労働組合機関紙の出典情報は註に記した。

Advertisement for the Pelman School of Memory. *The New Age*, vol. 4, no. 23, 1 Apr. 1909, p. 467.
Althusser, Louis. "Ideology and Ideological State Apparatuses." 1970. *Essays on Ideology*, translated by Ben Brewster. Verso, 1984, pp. 1-60.
Anderson, Gregory. "The Social Economy of Late-Victorian Clerks." Crossick, pp. 113-33.
——. *Victorian Clerks*. Manchester UP, 1976.
Baudrillard, Jean. *The Consumer Society: Myths and Structures*. 1970. Translated by C. T., SAGE, 1998.
Bennett, Arnold. *Friendship and Happiness*. 1914. Books for Libraries Press, 1975.
——. A *Great Man*. 1904. Books for Libraries Press, 1975.
——. *Hilda Lessways*. 1911. Books for Libraries Press, 1975.
——. *How to Make the Best of Life*. 1923. Books for Libraries Press, 1975.
——. *How to Become an Author: A Practical Guide*. 1903. Books for Libraries Press, 1975.
——. *How to Live on Twenty-Four Hours a Day*. 1908. Books for Libraries Press, 1975.
——. *The Journal of Arnold Bennett*. Edited by James Hepburn, Oxford UP, 1970. 4 vols.
——. *Journalism for Women: A Practical Guide*. 1898. Serenity, 2009.
——. *Lilian*. 1922. Books for Libraries Press, 1975.
——. *Literary Taste: How to Form It*. 1909. Books for Libraries Press, 1975.
——. *A Man from the North*. 1898. Methuen, 1912.
——. *Married Life*. 1913. Books for Libraries Press, 1975.
——. *Mental Efficiency: And Other Hints to Men and Women*. 1911. Books for Libraries Press, 1975.
——. *The Savour of Life: Essays in Gusto*. 1928. Books for Libraries Press, 1975.

——. *Self and Self-Management: Essays about Existing*. 1918. Books for Libraries Press, 1975.
——. *These Twain*. George H. Dran, 1915.
——. *The Truth about an Author*. 1903. Books for Libraries Press, 1975.
Booth, Charles. *Life and Labour in London*, ser. 2, vol. 4. 1902-04. AMS Press, 1970.
Clerk, Anna. "Gender, Class and the Constitution: Franchise Reform in England, 1832-1928." *Re-Reading the Constitution: New Narratives in the Political History of England's Long Nineteenth Century*, edited by James Vernon, Cambridge UP, 1996, pp. 230-53.
Cross, Duncan. *Choosing a Career: A Guide to Success in Professions, Occupations and Trades*. Cassell, 1908.
Crossick, Geoffrey. "The Emergence of the Lower Middle Class in Britain: A Discussion." Crossick, pp. 11-60.
——, editor. *The Lower Middle Class in Britain 1870-1914*. Croom Helm, 1977.
Davidoff, Leonore, et al. *The Family Story: Blood, Contract and Intimacy 1830-1960*. Longman, 1999.
Davies, Byron J. *How to Study and Remember: A Guide for Commercial Students, Clerks, etc*. 1907. Sir Isaac Pitman and Sons, 1910.
Drabble, Margaret. *Arnold Bennett: A Biography*. Weidenfield and Nicolson, 1974.
Gissing, George. *The Odd Women*. 1893. Penguin, 1993.
Graves, Haslehurst. *The Commercial Clerk and His Success*. Cassell, 1909.
川村朋貴「ロンドン・シティとジェントルマン資本主義」秋田茂編著『パクス・ブリタニカとイギリス帝国』ミネルヴァ書房、2004 年、51-85 頁。
Hammerton, A. James. "The English Weekness? Gender, Satire and 'Moral Manliness' in the Lower Middle Class, 1870-1920." Kidd and Nicholls, pp. 164-82.
Harrison, J. F. C. *Learning and Living 1790-1960: A Study in the History of the English Adult Education Movement*. Routledge and Kegan Paul, 1961.
波多野葉子「アンソニー・トロロプ小伝」『筑波学院大学紀要』第 3 集、2008 年、75-86 頁。
Hepburn, James. Introduction. Hepburn, *Arnold Bennett*, pp.1-138.
——. *The Art of Arnold Bennett*. Haskell House, 1973.
——, editor. *Arnold Bennett: The Critical Heritage*. Routledge and Kegan Paul, 1981.
Hosgood, Christopher P. "Mrs Pooter's Purchase." Kidd and Nicholls, pp. 143-63.
How to Live on a Pound a Week. Wit and Wisdom, 1890.
Ikawa Chitose. "Masculinity and Franchise Reform in Britain." *F-GENS Journal*, no. 4, Sep. 2005, pp. 21-28.
Kidd, Alan, and David Nicholls, editors. *Gender, Civic Culture and Consumerism: Middle-Class Identity in Britain, 1800-1940*. Manchester UP, 1999.

Kynaston, David. *The City of London: Golden Years 1890-1914*, vol. 2. Pimlico, 1996.
Lockwood, David. *The Blackcoated Worker.* Unwin UP, 1958.
Masterman, C. F. G. *The Condition of England*. New and popular ed., Faber and Faber, 2008.
マックウィリアム、ローハン『一九世紀イギリスの民衆と政治文化——ホブズボーム・トムスン・修正主義をこえて——』（1998年）松塚俊三訳、昭和堂、2004年。
Meyer, Henry Robert. *The ABC of Commerce: A Textbook for Explaining to Students and Clerks the Meaning and Purpose of Business Operations, etc*. Simpkin, Marshall and Co, 1910.
村岡健次『近代イギリスの社会と文化』ミネルヴァ書房、2002年。
Knowlson, T. Sharper. *The Art of Thinking*. T. Werner Laurie, 1899.
——. *The Century Student's Manual*. Frederic Warne, 1910.
Parkin, Harold. *The Rise of Professional Society: England since 1880*. New ed., Routledge, 2002.
The Pelman System of Mind and Memory Training. London, 1915.
Pound, Reginald. *Arnold Bennett: A Biography*. William Heinemann, 1956.
Price, Richard N. "Society, Status and Jingoism: The Social Roots of Lower Middle Class Patriotism, 1870-1900." Crossick, pp. 89-112.
Priestley, J. B. "Mr. Arnold Bennett, 'London Mercury' February 1924, 394-406," Hepburn, *Arnold Bennett*, pp. 426-41.
Pugh, Edwin. "The Mere Clerk." *The New Age*, vol. 1, no. 22, 26 Sep. 1907, p. 342.
——. "The Mere Clerk Again." *The New Age*, vol. 1, no. 24, 10 Oct. 1907, p. 374.
——. "The Mind of the Clerk." *Slings and Arrows* by Pugh, Chapman and Hall, 1916, pp. 15-37.
——. "A Pierian Spring." *The New Age*, vol. 4, no. 23, 1 Apr. 1909, p. 460.
Rodrick, Anne B. *Self-Help and Civic Culture: Citizenship in Victorian Birmingham.* Ashgate, 2004.
Sarker, Sunil Kumar. *A Companion to E. M. Forster*, vol. 2. Atlantic, 2007.
Seaman, L. C. B. *Victorian England: Aspects of English and Imperial Hitory 1837-1901*. 1973. Routledge, 1990.
Scott, Joan W. *Gender and the Politics of History*. Rev. ed., Columbia UP, 1999.
Smiles, Samuel. *Self-Help*. 1859. Oxford UP, 2002.
Thompson, F. M. L. *The Rise of Respectable Society: A Social History of Victorian Britain 1830-1900*. Harvard UP, 1988.
Tonson, Jacob. "Trollope's Method." *The New Age*, vol. 4, no. 22, 23 Sep. 1909, p. 432.
White, Robert. "Wanted: A Rowton House for Clerks." *The Nineteenth Century*, vol. 42, Oct. 1897, pp. 594-96.
Wild, Jonathan. *The Rise of the Office Clerk in Literary Culture, 1880-1939*. Palgrave

Macmillan, 2006.
Zald, Mayer N. *Organizational Change: The Political Economy of the YMCA*. U of Chicago P, 1970.

◉第六章

＊ウェブサイトについては、記事に日付がある場合はそれを記す。また、現在も同じページが存在するものの2017年3月以降、内容が大幅に更新されている場合はURLに続いてAccessed 31 Mar. 2017と記し、2024年9月時点で存在が確認できない場合はWeb. 31 Mar. 2017と記す。

"About." *Unbound*, unbound.com/about. Accessed 12 Sep. 2024.
"About Alma Books." *Alma Books*, almabooks.com/about/. Accessed 12 Sep. 2024.
"About NetGalley." *NetGalley.* Web. 31 Mar. 2017.
"About Us." *Newbooks*. Web. 31 Mar. 2017.
Arana, Marie. "Jodi Picoult: She Has Issues." *Washington Post*, 6 Mar. 2005. www.washingtonpost.com/archive/entertainment/books/2005/03/06/jodi-picoult-has-a-way-some/5c9ada14-e335-47de-a4dd-c8c797ad7621/.
"Baileys Women's Prize for Fiction." *nb*, no. 89, summer 2016, pp. 84-85.
"Bertelsmann Open to Increasing Its Stake in Penguin Random House." *Bertelsmann*, 18 Jan. 2017. www.bertelsmann.com/news-and-media/news/bertelsmann-open-to-increasing-its-stake-in-penguin-random-house.jsp.
Bloom, Clive. *Bestsellers: Popular Fiction since 1900*. 2nd ed., Palgrave Macmillan, 2008.
"The Books Are My Bag Readers Awards." *nb*, no. 90, autumn 2016, p. 32.
Cain, Sian. "Essay Collection about Race in Britain Named Readers' Book of 2016." *The Guardian*, 24 Nov. 2016. www.theguardian.com/books/2016/nov/24/essay-collection-about-race-in-britain-named-readers-book-of-2016#:~:text=With%20more%20than%2050%2C000%20votes,at%20a%20ceremony%20in%20London.
Cater, Anne. "My Review Policy." *Random Things Through My Letterbox*, randomthingsthroughmyletterbox.blogspot.com/p/about-my-reviews.html. Accessed 31 Mar. 2017.
Chandler, Otis. "Our Story." *Goodreads*, www.goodreads.com/ourstory. Accessed 31 Mar. 2017.
Clark, Alex. "Jodi Picoult: Trump Supporters Need My Book." *The Guardian*, 23 Dec. 2016. www.theguardian.com/books/2016/dec/23/jodi-picoult-novelist-election-trump.
"Company Profile." *Hodder and Stoughton*. Web. 31 Mar. 2017.
English, James F. *The Economy of Prestige: Prizes, Awards, and the Circulation of Cultural Value*. Harvard UP, 2005.

Farr, Cecilia Konchar. *Reading Oprah: How Oprah's Book Club Changed the Way America Reads*. State U of New York P, 2005.

Flood, Alison. "Jodi Picoult Attacks Favouritism towards 'White Male Literary Darlings." *The Guardian*, 20 Aug. 2010. www.theguardian.com/books/2010/aug/20/jodi-picoult-white-male-literary-darlings.

Gale, Patrick. "Giving Back in Exchange for Good Fortune." *nb,* no. 86, autumn 2015, p. 17.

Giles, Alastair. "We're 15!" *nb*, no. 86, autumn 2015, pp. 8-9.

"Goodreads Choice Awards 2016: Fiction." *Goodreads.com*. Web. 31 Mar. 2017.

Grant, Sheila A. "Sheila's Review of *Small Great Things*." *nb*, no. 90, autumn 2016, p. 19.

Hartley, Jenny. *Reading Groups*. Oxford UP, 2001.

"Important Update for Subscribers." *nb*, 28 Jun. 2024. E-mail.

"Imprints." *Penguin Random House*, www.penguinrandomhouse.com/imprints. Accessed 12 Sep. 2024.

"INS Announces a Purge of Its First Committee." *International Necronautical Society,* Sep. 2003. vargas.org.uk/press/ins/purge_first_committee.html.

"INS Bulletin: International Necronautical Society Latest News." *International Necronautical Society*, 16 Jul. 2014. www.necronauts.net/bulletin/.

"An Interview with Tom McCarthy." *Alma Books*, almabooks.com/interview-tom-mccarthy/. Accessed 12 Sep. 2024.

Leavis, F. R. *For Continuity*. Minority Press, 1933.

Leavis, Q. D. *Fiction and the Reading Public*. 1932. Chatto and Windus, 1939.

Lerner, Susan. "A Conversation with Joyce Carol Oates." *Booth*. Butler University. 20 May 2016. booth.butler.edu/2016/05/20/a-conversation-with-joyce-carol-oates/.

Long, Elizabeth. *Book Clubs: Women and the Uses of Reading in Everyday Life*. U of Chicago P, 2003.

McCarthy, Tom. *Remainder*. 2005. Alma Books, 2016.

McGurl, Mark. *The Program Era: Postwar Fiction and the Rise of Creative Writing*. Harvard UP, 2009.

Myler, Kerry. "You Can't Judge a Book by Its Coverage: The Body that Writes and the Television Book Club." Ramone and Cousins, pp. 85-108.

O'Farrell, Maggie. *This Must Be the Place*. Tinder Press, 2016

Olson, Liesl. *Modernism and the Ordinary*. Oxford UP, 2009.

Picoult, Jodi. *My Sister's Keeper*. 2004. Hodder and Stoughton, 2005.

Pringle, Guy. "And Our 14th Reading Group Book of the Year Is...." *nb*, no. 88, spring 2016, p. 61.

——. "Best Books of the 21st Century." *nb*, no. 84, spring 2015, p. 80.

——. "Books of the Year 2016: Your Publisher Reminisces!" *nb*, no. 90, autumn 2016, pp.

8-9.
——. "Jodi Picoult." *nb*, no. 90, autumn 2016, pp. 14-19.
——. "The View from Here." Editorial. *nb*, no. 86, autumn 2015, p. 3; no. 88, spring 2016, p. 3; no. 89, summer 2016, p. 3.
Ramone, Jenni, and Helen Cousins. *The Richard & Judy Book Club Reader: Popular Texts and the Practices of Reading*. Ashgate, 2011.
"Real Readers." *nb*, no. 90, autumn 2016, p. 39.
Richard, Lea. "J. K. Rowling Inspires Surge to Fund Book on Race and Immigration in Three Days." *The Guardian*, 3 Dec. 2015. www.theguardian.com/books/2015/dec/03/jk-rowling-david-nicholls-among-sponsors-crowdfunding-book-on-uk-race-and-immigration.
Rooney, Kathleen. *Reading with Oprah: The Book Club that Changed America*. U of Arkansas P, 2005.
Serpell C. Namwali. *Seven Modes of Uncertainty*. Harvard UP, 2014.
Shukla, Nikesh, editor. *The Good Immigrant*. Unbound, 2016.
Slightly Foxed. Brochure.
Smith, Nicola. "About." *Short Books and Scribes*, shortbookandscribes.uk/about/. Accessed 12 Sep. 2024.
Stamper-Halpin, Phil. "How to Reach More Readers on Goodreads." *News for Authors*. Penguin Random House. Sep. 2023. authornews.penguinrandomhouse.com/how-to-reach-more-readers-on-goodreads/#:~:text=With%20more%20than%20150%20million,using%20your%20Goodreads%20Author%20account.
"The 2015 VIDA Count." *Vidaweb.org*. VIDA: Women in Literary Arts. 30 Mar. 2016. Web. 31 Mar. 2017.
"Welcome, Please, Some of Our Real Readers." *nb*, no. 89, summer 2016, p. 49.
"What Is Amazon Vine?" *Amazon.co.uk*, www.amazon.com/vine/about. Accessed 31 Mar. 2017.
"Who We Are." *Goodreads.com*. Web. 31 Mar. 2017.
"Who's Who at *Newbooks*." Web. 31 Mar. 2017.
「米ランダムハウスと英ペンギン合併、出版最大手に」『日本経済新聞』2012 年 10 月 29 日。www.nikkei.com/article/DGXNASGM29066_Z21C12A0FF2000/#:~:text.

【著者】

井川ちとせ
（いかわ　ちとせ）

1970年生まれ。お茶の水女子大学大学院博士後期課程単位取得退学。現在、一橋大学大学院社会学研究科教授。専門は英文学。
著書に、本書の姉妹編となる『読書会の効用、あるいは本のいろいろな使いみちについて —— イングランド中部Tグループの事例を中心に』（小鳥遊書房）、共編著に、『ブライト・ヤング・ピープルと保守的モダニティ —— 英国モダニズムの延命』（小鳥遊書房）、『個人的なことと政治的なこと —— ジェンダーとアイデンティティの力学』（彩流社）、訳書に、エドナ・オブライエン『ジェイムズ・ジョイス』（岩波書店）など。

アカデミアの内と外

英文学史、出版文化、セルフヘルプ

2025年2月14日　第1刷発行

【著者】

井川ちとせ

発行者：高梨 治

発行所：株式会社**小鳥遊書房**

〒102-0071　東京都千代田区富士見1-7-6-5F

電話 03（6265）4910（代表）／FAX 03（6265）4902

https://www.tkns-shobou.co.jp

info@tkns-shobou.co.jp

装幀　宮原雄太（ミヤハラデザイン）

印刷　モリモト印刷株式会社

製本　株式会社村上製本所

ISBN978-4-86780-066-9　C0098